Jazz Winter

Las Vegas Gigolos

Pleasure Games

Plaisir d'Amour Verlag

FSC
www.fsc.org
MIX
Papier aus verantwortungsvollen Quellen
Paper from responsible sources
FSC® C105338

Jazz Winter
LAS VEGAS GIGOLOS: PLEASURE GAMES
Erotischer Roman

Am Gassenkopf 8
D-64686 Lautertal
www.plaisirdamourbooks.com
info@plaisirdamourbooks.com
Covergestaltung: © Sabrina Dahlenburg
(www.art-for-your-book.weebly.com)
ISBN Taschenbuch: 978-3-86495-155-8
ISBN eBook: 978-3-86495-156-5

Sämtliche Personen in diesem Roman sind frei erfunden.

Kapitel 1

Sie wirkte herrlich ausgelassen, als Ethan mit ihr den Nachtclub verließ und sie gemeinsam in einem Taxi zu ihrem Hotel fuhren. Ihr Name war Helena und sie kannten sich bereits seit einiger Zeit. Mehrfach im Jahr reiste sie in die Stadt der Sünde, um Geschäftstermine für ihre Modelinie wahrzunehmen, und immer wieder nahm sie sich denselben Gigolo in dieser Zeit. Ethan Price war jedoch mehr als nur ein Gentleman, den man für gewisse Stunden buchen konnte. Bei seinen Klientinnen handelte es sich zum Großteil um Stammkundinnen, die ihre devote, manchmal auch masochistische Seite mit ihm auslebten. Man konnte fast behaupten, dass sich nach so vielen Jahren zwischen ihm und Helena eine vertraute und intime Freundschaft entwickelt hatte, dennoch wahrte Ethan stets auch einen professionellen Abstand. Sie war Anfang vierzig, dreimal geschieden und wusste ganz genau, was sie vom Leben und im Bett wollte. Zeit mit unbefriedigenden One-Night-Stands zu verplempern, lag ihr nicht. Ebenso wenig ließ ihr der Beruf Zeit für Beziehungen oder Affären. Aus diesem Grund buchte sie sich professionelle Männer, die nicht lange fackelten, denen sie ihre expliziten Wünsche verraten konnte und die sich nicht scheuten, ihr das zu geben, wonach sie sich sehnte, ohne sie dafür zu verurteilen oder ihr das Gefühl vermittelten, sie wäre nicht ganz richtig im Kopf. Außerdem war es für Helena ein gewisser zusätzlicher Kick, einen Mann für Sex zu bezahlen.

Diesmal hatte Ethan Helena zuerst in der Hotelbar getroffen, wo sie sich wie alte Freunde begrüßt und sich bei einem Glas Schampus einige Neuigkeiten aus ihrem Leben erzählt hatten. Danach waren sie zum Dinner in eins der Hotelrestaurants im *Venetian* gegangen. Während des Essens plauderte Helena von ihrer Arbeit, ihrer neuen Modelinie und einigen Freunden, die Ethan gar nicht kannte. In Wirklichkeit interessierten ihn ihre Geschichten nicht, doch er war Profi genug, den guten Zuhörer zu mimen und so zu tun, als wäre das Gespräch aufregend, amüsant und alles, worauf er gewartet hatte. Sie sollte sich in seiner Gesellschaft wohlfühlen, sich entspannen und fallen lassen können. Er wusste, Helena machte sich bei ihrer geschäftlichen Transaktion keine falschen Hoffnungen, wusste genau, dass die Beziehung zwischen ihnen nicht echt war, dennoch schaffte Ethan es immer wieder, sie davon zu überzeugen, die einzige Frau zu sein, die ihn interessierte. Das Treffen in der Bar, das Dinner und der anschließende Besuch im Nachtclub waren zwischen ihnen wie eine Art Vorspiel zum Vorspiel. Es fiel ihm selten schwer, etwas an seinen Kundinnen zu entdecken, das ihn anzog, interessierte und erregte. Helena war eine blonde Schönheit mit festen Brüsten, rundem Hintern und einer schmalen Taille, und trotz der feinen Linien an ihren Augenwinkeln blitzte mit jedem Lächeln, das sie ihm schenkte, noch immer ein junges freches Luder in ihrem Gesicht auf.

Nachdem der Fahrer sie vor dem Hotel abgesetzt hatte, durchquerten sie gemeinsam die goldene Eingangshalle des *Venetian* und stiegen in einen der vielen Aufzüge. Kurz nachdem sich die Türen hinter ihnen geschlossen hatten, schob Ethan Helena mit dem Rücken gegen die Glaswand und sah mit einem Schmunzeln in ihr überraschtes Gesicht.

„Gib mir dein Höschen!“

Helena lächelte zurück, leckte sich nervös über die Lippen und in ihren Augen erkannte er, dass sie sofort Feuer gefangen hatte. Nachdrücklich schob er seine rechte Hand an ihrem Oberschenkel empor, unter ihr Kleid, und zupfte an der Seide ihrer Unterwäsche.

„Wenn du nicht augenblicklich gehorchst, muss ich es mir wohl selbst holen.“ Er senkte seine Stimme zu einem strengen, aber sanften Flüstern. „Höschen!“

Helenas Atemzüge beschleunigten sich, und umgehend begann sie, ihren Slip auszuziehen. Kaum war sie aus dem seidigen Wäschestück gestiegen und wollte es vom Boden aufheben, hinderte Ethan sie daran und presste sie noch bestimmter mit dem Rücken gegen die Liftwand. Erneut schob er ihr die rechte Hand unter den Rock, drängte mit den Knien ihre Beine ein wenig auseinander und berührte mit den Fingerspitzen ihren blanken Schoß. Sofort zuckte Helena zusammen, hielt den Atem an und starrte ihm ins Gesicht. In jeder Etage hätte der Aufzug halten, sich die Türen öffnen und andere Hotelgäste hinzusteigen können. Sie liebte diesen herrlichen Kick des Verbotenen in der Öffentlichkeit. Es erregte sie mit der Fantasie zu spielen, dass sie jederzeit erwischt werden könnten. Ethan lachte leise.

„Du bist ein schmutziges kleines Miststück, nicht wahr?“

Helena nickte langsam und bekam diesen unvergleichlich sinnlichen Ausdruck, der selbst Ethan niemals kaltließ. In seinem Schritt regte sich seine Männlichkeit, und um ihr deutlich zu machen, was ihr devoter Blick bei ihm auslöste, presste er seinen Schoß gegen ihren Körper. Abermals leckte Helena sich über die Lippen.

„Und wie ich es sehe, kannst du diesem Miststück nicht widerstehen, Sir.“

Ethan packte mit beiden Händen ihre Pobacken und knetete sie kräftig, was ihr ein leises Seufzen entlockte. Als sie abermals ihren Kopf zu ihm hob, presste er seine Lippen fest auf ihren Mund, spaltete ihre Lippen mit seiner Zunge und drang in sie ein, küsste sie so heiß und gierig, dass ihr der Atem stockte. Abrupt löste er sich von ihr, trat einen Schritt zurück und blickte auf den Boden, dorthin, wo noch immer ihr Höschen lag.

„Heb es auf.“

Helena ging vor ihm auf die Knie, dann auf alle viere und nahm das Stück Stoff in ihre linke Hand. Sie präsentierte es ihm, als wäre es ein Geschenk. Ethan zögerte, betrachtete sie in ihrer unterwürfigen Haltung und wartete, bis sie seinen Blick direkt erwiderte. Erst dann nahm er ihr Höschen in Empfang. Er beugte sich ein wenig zu ihr hinunter.

„Wenn diese Türen sich öffnen, wirst du mir auf allen vieren zu deinem Zimmer folgen."

Helena wollte protestieren, doch sie konnte sich gerade noch bremsen. Es benötigte nur einen strengen Blick von ihm und sie lenkte ein.

„Ja, Sir."

Als der Aufzug zum Stehen kam, war er sich fast sicher, ihren rasanten Pulsschlag hören zu können, und grinste. Helena schien unter einem heftigen Hitzeanfall zu leiden, so wie sich ihre Wangen augenblicklich röteten; er konnte die Demütigung in ihren Augen erkennen. Ethan berührte besänftigend ihren Kopf, strich ihr zärtlich über das Haar.

„Du bist ein wahrer Augenschmaus, wenn du rot wirst."

Die Türen glitten auf, und bevor er den Lift verließ, blickte er rechts und links den Gang entlang, um sicherzustellen, dass niemand sie sehen konnte. Tatsächlich in flagranti erwischt zu werden, lag nicht in seiner Intention, es ging lediglich um die Möglichkeit, die Helena als so erregend empfand. Fast hätte sich der Aufzug wieder geschlossen, denn Helena zögerte, seinem Befehl zu folgen, und schaffte es gerade noch rechtzeitig aus dem Lift. Auf allen vieren kroch sie ihm hinterher, und er spazierte den Gang entlang, als wäre es das Normalste der Welt; wissend, dass Helena innerlich bereits brodelte. Er steckte die Karte ins Schloss, öffnete die Tür und lachte auf, als Helena eilig in die Suite kroch und erleichtert war, dass keiner sie so gesehen hatte. Leise schloss Ethan die Tür hinter sich und Helena blieb auf ihren Knien. Er streckte die Hand nach ihr aus, half ihr aufzustehen und küsste sie sanft.

„Wirst du heute ein braves Mädchen sein?"

Sie nickte ergeben und schien bereits zu diesem Zeitpunkt schon völlig in ihrer Spielwelt von Dominanz und Submission aufzugehen.

„Zieh dich aus und folge mir ins Schlafzimmer."

Helena hatte es eilig, aus ihrem Kleid zu schlüpfen, während Ethan sich auf den Weg ins angrenzende Zimmer machte. Es dauerte nicht lang, bis sie ihm dort Gesellschaft leistete, nackt und in devoter Haltung, wie er es ihr aufgetragen hatte. Er entledigte sich seines Jacketts und nahm am Fußende des Kingsize-Bettes Platz. Nachdem er seine Hemdsärmel aufgeknöpft hatte, krempelte er sich den Stoff bis zu den Ellbogen empor, entknotete seine Krawatte und legte sie einmal gefaltet neben sich auf die Tagesdecke.

„Komm her."

Helena zitterte sichtbar vor Erregung, als sie sich ihm näherte. Mit beiden Händen berührte er ihre Hüften, lächelte zu ihr empor und zog sie dann bäuchlings über seine Beine. Ihr Po war rund und dennoch fest. Unter seiner zupackenden Hand konnte er die Muskeln deutlich spüren. Er packte zuerst die rechte, dann die linke Pohälfte, knetete das Fleisch und lauschte ihrem leisen Stöhnen. Zum Aufwärmen begann er mit sanften Hieben, die er langsam steigerte und kraftvoller werden ließ. Ihre sensible Haut rötete sich recht schnell, und je mehr Intensität er in jeden Schlag legte, desto gepeinigter klangen ihre lustvollen Laute. Auch wenn die Wände der Hotelsuite recht gut gedämmt waren, befürchtete er, dass sich die Gäste des Nachbarzimmers gestört fühlen könnten, also zog er ihr Höschen aus der Hemdtasche, wohin er es auf dem Weg hierher gesteckt hatte, und nutzte es als Knebel, um ihre Lautstärke zu dämpfen. Nachdem ihre Hinterbacken leuchtend rot glühten und ihre Haut sich erwärmt hatte, ging er dazu über, ihr das gewünschte Spanking zu verpassen. Dreißig feste Hiebe mit der flachen Hand, und Ethan spürte jeden einzelnen davon selbst. Seine Handfläche prickelte, während

Helena in den Knebel schrie, doch er wusste, wie sehr sie es tatsächlich genoss. Es war ihre Art Stress loszuwerden, angestaute Frustrationen von sich zu werfen und wirklich und wahrhaftig loszulassen. Jeder Schlag erschütterte nicht nur ihren Körper, sondern auch ihren Geist. Sie hatte es einmal eine Befreiung genannt, wenn ihre Tränen flossen, und Ethan schenkte ihr nur zu gerne dieses Gefühl. Mit den letzten zehn Hieben brachte er Helena an ihre Grenzen, und aus ihren Schreien wurde ein Wimmern und schlussendlich weinte sie. Ethan hob sie sanft empor, zog sie an seine Brust und lauschte ihrem leisen Schluchzen, bis sie sich beruhigt hatte.

Helena wischte sich die Tränen von den Wangen und lächelte.

„Danke, Ethan."

Für einen kurzen Moment verließ er seine dominante Rolle.

„Sehr gern geschehen."

„Das muss eigenartig sein, dass ich das benötige, um …"

Ethan legte ihr sanft einen Finger auf die Lippen, um ihre Rechtfertigung im Keim zu ersticken.

„Nichts an dir oder deinen Wünsche ist eigenartig, Helena. Im Grunde steckt in jedem Menschen ein besonderer Kink, etwas, das ihn anmacht und erregt. Bist du bereit, weiter zu gehen?"

„Hat es dir genauso viel gegeben wie mir, Sir?"

Ethan verstand den Wink mit der Ansprache und nickte streng. Das Spiel hatte erst begonnen, sie hatte ihn für die ganze Nacht gebucht. Ihre Blicke trafen sich und Helena rang nach Atem. Zur Antwort nahm er ihre Hand und legte sie an seinen Schritt, wo sich sein Schwanz mittlerweile hart und geschwollen unter dem Stoff seiner Anzughose beulte.

„Das ist deine Schuld, kleines Luder, und ich denke, das wirst du wohl wiedergutmachen müssen. Ab aufs Bett und streck mir diesen herrlich roten Arsch entgegen. Ich will ihn betrachten, wenn ich dich ficke."

Ein deutlich sichtbares Beben durchdrang ihren nackten, erregten Körper. Helena liebte es, wenn er schmutzig mit ihr redete und direkt zur Sache kam. Sie kletterte in die Mitte des Kingsize-Bettes, bog ihren Rücken zu einem leichten Hohlkreuz und präsentierte ihm das, was er sehen wollte. Ihr Schoß glänzte bereits nass und ihre Schamlippen öffneten sich leicht. Ethan nahm sich ein Kondom aus der Hosentasche, riss die Verpackung mit den Zähnen auf und kletterte hinter ihr aufs Bett. Nachdem er seine Hose geöffnet und sich die Latexhülle übergezogen hatte, packte er Helena bei den Hüften und gebot ihr stillzuhalten. Er drang heftig und tief in sie ein, entlockte ihr ein entzückendes Keuchen.

In dieser Nacht nahm er sie mehrfach in Besitz, fesselte sie, quälte sie bis kurz vor ihren Höhepunkt und ließ sie dennoch nicht kommen. Erst nachdem er sich mehrfach mit ihr vergnügt hatte, gestattete er ihr einen Orgasmus, und dadurch, dass er sie so lange darauf hatte warten lassen, explodierte sie regelrecht auf seinem Schwanz und jede Muskelzuckung ihres Körpers wirkte selbst auf ihn wie ein elektrischer Schlag, der ihm durch und durch ging. Es war ihr Wunsch gewesen und Ethan war gewillt, den vollen Service zu leisten, für den Helena bezahlt hatte.

Der nächste Morgen graute bereits über Las Vegas, als Helena befriedigt lächelnd und matt aus dem angrenzenden Badezimmer zurückkehrte. Ethan zog sich gerade an und beobachtete aus dem Augenwinkel, dass Helena ihm einen Umschlag auf den Nachttisch legte.

„Eine kleine Aufmerksamkeit für dich."

Sie streichelte ihm zärtlich über das Haupthaar und wirkte dabei wie eine frisch verliebte Frau, die gerade den besten Sex ihres Lebens hinter sich hatte. Ethan schenkte dem Umschlag keinerlei Beachtung, was ihm einen kurzzeitig verärgerten Blick einbrachte. Er erhob sich und blieb vor Helena stehen.

„Du weißt, dass ich kein Geld annehmen darf."

Helena rollte mit den Augen und grinste.

„Komm schon, Ethan. Es ist ein kleines Trinkgeld, weil ich mich so auf dich gefreut hatte und die Nacht mit dir besonders schön gewesen ist."

„Tut mir leid, aber ich kann keine Ausnahme machen. Graham macht mich einen Kopf kürzer, wenn er davon erfährt. Außerdem haben die Wände in Las Vegas Ohren und manchmal auch Augen. Ich kann es mir nicht leisten, wegen Prostitution im Knast zu laden. Und du willst sicherlich auch keine Polizeiakte besitzen, in der *Anstiftung zur Prostitution* steht."

„Wieso sollte ich …"

„Auch Anstiftung zur Prostitution ist strafbar in Clark County, Liebes. Und mit sogenannten Freiern verfahren sie nicht gerade zimperlich in dieser Gegend. Du weißt doch, Las Vegas soll familientauglicher werden. Allein deswegen haben sie vor zwei Jahren auch den Rotlichtbezirk komplett ausgemerzt. Der neue Bürgermeister macht hier wirklich reinen Tisch."

Helena runzelte die Stirn. „Ich dachte in Nevada wäre das völlig legal."

„In Nevada schon, aber Ausnahmen bestätigen die Regel. Du hast für die Begleitung bezahlt, für meine Gesellschaft und die Unterhaltung. Der Sex zwischen uns war einvernehmlich und nicht Teil der Buchung. Du weißt, wie es läuft."

Natürlich kannte Helena die Regeln, und es war nicht das erste Mal, dass er sie daran erinnern musste. Sie schmunzelte verständnisvoll, dennoch schmollte sie ein wenig. Ethan hob mit den Fingerkuppen unter ihrem Kinn ihren Kopf behutsam zu sich empor und küsste sie sanft.

„Glaub mir, ich habe diese Nacht mit dir mehr als nur genossen."

„Sehen wir uns wieder?"
„Das liegt ganz bei dir, Helena."
Sie begleitete ihn noch zur Tür und wartete so lange, bis Ethan in den Aufzug gestiegen war. Die Türen schlossen sich hinter ihm. Mit einem tiefen Atemzug lehnte er sich gegen die Glaswand des Lifts. Ewig würde er diesen Job nicht mehr machen können, dessen war Ethan sich sicher. Er war schon lange nicht mehr mit dem Herzen bei der Sache, und einige Gedanken über seine Zukunft kreisten ihm durch den Kopf. Es gab sogar Dates, bei denen es ihm zunehmend schwerfiel, so zu tun, als ob, und das war in seinem Job kein gutes Zeichen. Bisher war es Ethan immer noch gelungen, seine wahren Gedanken zu maskieren, damit die Kundinnen sie ihm nicht vom Gesicht ablesen konnten. Doch es wurde Zeit, sich ernsthaft mit seinen Bedenken auseinanderzusetzen. Daran führte früher oder später einfach kein Weg mehr vorbei.

Kapitel 2

„Seit vier Jahren sind wir nun als Tanzgruppe in ganz Amerika unterwegs, und Sie suchen eine neue aufregende Show für ihr Hotelcasino. Wir würden uns freuen, wenn Sie unsere Burlesque-Show in Betracht ziehen würden.“

Savanna Bishop beendete ihre Präsentation und schaltete per Fernsteuerung den Videozusammenschnitt ihrer Tanztruppe aus. Hoffnungsvoll blickte sie in die Runde von sechs in maßgeschneiderten Anzügen vor ihr sitzenden Männern, doch sie bemerkte schnell, dass niemand der Anwesenden auch nur ein Wort ihres halbstündigen Vortrags gehört hatte. Jeder von ihnen starrte entweder ihre Oberweite an, oder ihre Beine und sie hätte garantiert gewonnen, wenn sie die Wette eingegangen wäre, worauf diese Kerle noch geblickt hatten, während sie ihnen den Rücken zugewandt hatte. Tapfer setzte Savanna ein Lächeln auf und ließ sich ihre Frustration nicht anmerken. Schließlich war sie nicht die Einzige in ihrer Burlesque-Gruppe, die sich – nach vier Jahren nonstop auf Tour – endlich eine Festanstellung ersehnte. Zu Beginn war sie selbst noch Teil des Akts gewesen, sie hatte jedoch nach einem Jahr bereits das Management übernommen und folgte der Show, wohin es sie verschlug. Vier Jahre lang nur aus dem Koffer zu leben, jeden Tag in einer anderen Stadt, in einem anderen Hotel aufzuwachen und nicht mehr zu wissen, wo man sich eigentlich befand, zerrte nicht nur an den Nerven der Tänzerinnen, sondern auch an Savannas. Genau aus diesem Grund war sie nach Las Vegas gekommen: Sie hoffte, hier in einem der unzähligen Hotels oder Casinohotels endlich ein langfristiges Zuhause für sie alle zu finden.

Savanna setzte sich wieder auf den Stuhl, der sie nur noch mehr in den Mittelpunkt der starrenden Blicke brachte, kreuzte ihre Unterschenkel und achtete auf eine gerade Sitzhaltung. Sowohl ihr enger Stiftrock wie auch ihr geschnürtes Taillenkorsett ließen sowieso nichts anderes zu, und sie wusste, was all diese Männer auf ihren Sitzen dachten. Ihren Gesichtern war deutlich anzusehen, dass sie keinerlei Interesse besaßen, mit ihr über Geschäfte zu reden. Ihnen schwebten ganz andere Fantasien vor.

„Nun meine Herren, was sagen Sie dazu?“

Der Jüngste in der Männerrunde war ihr zuvor als Michael Joffrey vorgestellt worden, und er hatte sie bereits während der Begrüßung mit seinen Blicken regelrecht ausgezogen. Er erhob sich nun und räusperte sich.

„Ein interessantes Angebot, Schätzchen. Ihre Videopräsentation war wirklich beeindruckend, keine Frage, aber ich erlaube mir, im Namen des gesamten Managements der Saga-Hotelgruppe zu sprechen, wenn ich sage, dass uns alle eine persönliche Vorstellung von Ihnen sicherlich mehr überzeugen würde.“

Savanna bemühte sich, das Lächeln in ihrem Gesicht aufrechtzuerhalten, auch wenn ihr eher danach war, diesem miesen Großkotz direkt vor die Füße zu spucken. Besser noch, ihm ihre Faust ins Gesicht zu rammen und mit einem Knieheber seine mögliche Familienplanung zu ruinieren. Joffrey wurde noch frecher, trat näher auf sie zu, umrundete sie und beugte sich dann über ihre linke Schulter.

„Wie wäre es mit einer intimen Vorstellung deiner Künste in meinem Büro, Schätzchen? Ich bin sicher, wir würden dann zu einer Einigung kommen.“

Sein schmutziges Grinsen schickte ihr eine Gänsehaut den Rücken hinunter und Savanna ballte die Hände in ihrem Schoß. Als seine Finger ihre Schultern berührten, wurde ihr übel, und um diesem widerlichen Typen aus dem Weg zu gehen, stand sie auf, packte ihren Laptop und ihre Unterlagen zusammen und verließ ohne ein weiteres Wort den Raum. Sie war froh, endlich ihre Lungen mit frischer Luft füllen zu können, als sie das Hotel *Saga* verließ und auf die Straße hinaustrat. Mehrere tiefe Atemzüge sorgten dafür, dass sich ihre Wut legte und ihre Übelkeit wieder besserte. Allerdings steckte ihr der Frust tief in den Knochen, denn es war bereits der dritte Termin an diesem Tag. Die anderen beiden waren ähnlich verlaufen, wobei einer dieser Möchtegernmachos ihr sogar ein sehr direktes Angebot unterbreitet hatte: Wenn sie eine Nacht in seinem Bett verbringen würde, würde er dafür garantieren, seinen Vorgesetzten ihr Angebot zu unterbreiten. Einen Scheiß würde er tun. Wie all die anderen Kerle wollte auch er nur an einen kostenlosen Fick mit einer ehemaligen Burlesque-Tänzerin kommen und sich damit später brüsten. Savanna hatte es satt, sie war es leid, aus dem Koffer zu leben, und sehnte sich nach einem Zuhause, nach eigenen vier Wänden, in die sie zurückkehren konnte, wenn die Show gelaufen war. Aber nicht nur das allein machte ihr – besonders in den letzten Monaten – zu schaffen. Sie fühlte sich einsam, vermisste es, dass jemand auf sie wartete, für sie da war, jemand, an den man sich anlehnen konnte. Für eine Beziehung war keine Zeit, und ihre devote Neigung war nicht annähernd mit One-Night-Stands zu sättigen, da sie mehr als nur ein paar Stunden benötigte, um genügend Vertrauen aufzubauen, damit sie sich tatsächlich fallen lassen konnte.

Langsam spazierte Savanna den *Las Vegas Strip* entlang, auf dem sich viele Familien tummelten, die hier ihren Urlaub verbrachten. Der aktuelle Bürgermeister hatte dafür gesorgt, dass die Stadt der Sünde wesentlich familienfreundlicher geworden war. Kreischende Kinder rempelten sie an und rannten den Gehweg entlang, schimpfende Elternpaare folgten ihnen. Frisch verheiratete Pärchen, die aus den unzähligen Wedding Chapels kamen, liefen Hand in Hand an ihr vorbei und würden sich wahrscheinlich am nächsten Tag in Reno wieder scheiden lassen, sobald sich der Alkoholpegel bei beiden gesenkt hatte. Savanna fühlte sich wohl in dieser verrückten bunten Welt, die so voller Leben gestopft war, dass es sie berührte. Kaum hatte sie einen Fuß in diese lebhafte Stadt gesetzt, war es für sie so, als ob sie nach Hause gekommen wäre. Dreimal war ihre Tanzgruppe hier für ein Kurzengagement gewesen und jetzt war es schon, als würden ihre Füße jedes Steinchen wiedererkennen. Sie schaffte es, mehrere junge Leute unbemerkt zu passieren, die Werbezettel für diverse Shows oder Hotels verteilten, doch einer von ihnen folgte ihr sogar und zwang ihr den Flyer regelrecht auf, obwohl sie dankend ablehnte. Sie steckte ihn ungesehen in ihre Laptoptasche und machte sich auf den Weg zurück zu ihrem Hotel. Die nächsten Termine würden erst am nächsten Tag stattfinden und das gab ihr genügend Zeit, ihren Optimismus wieder aufzubauen – mit einem guten Essen, Wein und einem sehr nötigen langen Schlaf.

„Und hatten Sie bei Ihren Geschäftsterminen Erfolg, Ms. Bishop?"

Der Concierge des *Montgomery Hotel* lächelte sie freundlich an, als sie die Empfangshalle betrat und nach ihrer Schlüsselkarte fragte.

„Leider nein, Ben, aber morgen ist ein neuer Tag und ich denke, es kann nur besser werden, nach heute."

„Das tut mir sehr leid für Sie. Aber wenn Sie möchten, kann ich mich gerne für Sie umhören. Ich kenne viele in meiner Branche und uns entgeht nichts."

„Sie müssen sich nicht für mich in solche Umstände stürzen, Ben. Aber danke für das Angebot."

Sie spürten seinen Blick an ihr kleben, als sie den Lift betrat, aber Ben war anders als die schmierigen Geschäftsmänner, mit denen sie den ganzen Tag zu tun gehabt hatte. Er war gerade mal achtzehn und viel zu schüchtern, um sie nach einem Date zu fragen, doch seine schmachtenden Augen und sein niedliches Erröten schmeichelten ihr und halfen ein wenig dabei, ihr Selbstbewusstsein wieder aufzupolieren. Allerdings war er eindeutig zu jung für sie. Viel zu jung, und Savanna verspürte nicht den Drang, Lehrerin spielen zu wollen, auch wenn Ben in Gedanken verlockend erschien.

In ihrem Zimmer angekommen, warf sie ihre Laptoptasche aufs Bett und entledigte sich ihrer Kleidung. Savanna fühlte sich beschmutzt nach der Klinkenputzerei und gönnte sich zuerst eine lange heiße Dusche. Gehüllt in einen weichen flauschigen Bademantel kehrte sie zurück, ließ sich seufzend auf ihr Bett fallen und starrte minutenlang reglos an die Zimmerdecke. Savanna drehte sich auf den Bauch, zog ihr Laptop aus der Tasche und öffnete es. Nachdem sie ihre E-Mails gecheckt hatte, öffnete sie ihren Chat-Account in der Hoffnung, Carrie wäre online und sie könnte ihr ihr Leid von diesem schrecklichen Tag klagen. Carrie wurde in der Tanzgruppe mit ihren Stagenamen gerufen, Cherry Lipstick. Sie war genauso lange dabei wie Savanna und mittlerweile eine der Hauptattraktionen der Show, mit ihren frechen und auch lustigen Stripteaseauftritten. Ebenso trainierte sie die Tänzerinnen und konzipierte mit Savanna gemeinsam immer wieder neue Ideen für die Show, um sie abwechslungsreicher zu gestalten. Sie kannten sich bereits schon bevor sie zusammen in der Show aufgetreten waren, ergänzten sich auch geschäftlich perfekt und hielten zusammen wie Pech und Schwefel. Savanna wusste, sie konnte sich auf Carrie verlassen und alles würde reibungslos funktionieren, auch wenn sie mal nicht da war.

Zu ihrer Enttäuschung war ihre Freundin nicht online, hatte aber einen Gruß als Nachricht hinterlassen, dass die Tanzgruppe alle Daumen drückte. Leider half das bisher nicht.

Savanna drehte sich wieder auf den Rücken.

„Morgen ist ein neuer Tag!“

Sie versuchte, sich mit einem Lächeln selbst wieder aufzubauen, und spürte, dass unter ihrer rechten Schulter etwas knisterte. Es handelte sich um den Flyer, den ihr der aufdringliche Kerl auf der Straße aufgezwungen hatte. Bevor sie ihn im Abfalleimer entsorgen konnte, erregte ein Wort darauf ihre Aufmerksamkeit. *Gigolo!* Savanna entfaltete das Stück Papier und begann, die Zeilen darauf aufmerksamer zu betrachten. Es handelte sich um Werbung für eine Begleitagentur, in der attraktive dominante Männer für allerlei Möglichkeiten gebucht werden konnten.

Suchen Sie eine wortgewandte Begleitung für den Abend? Sind Sie es leid, jeden Abend allein zum Dinner zu gehen? Sehnen Sie sich nach Gesellschaft für Partys, Galas oder für den Besuch in einer der unzähligen Shows dieser Stadt? Devils4Angels *garantiert Ihnen einen befriedigenden Abend oder auch mehr. Kontaktieren Sie uns über unsere Website und suchen Sie sich Ihren Traummann aus.*

Savanna starrte auf das Blatt und schluckte, fühlte sich mit jedem Wort persönlich angesprochen. Verdammt, das lag garantiert daran, dass sie tatsächlich einsam und extrem untervögelt war. Wäre ein Gigolo vielleicht die Antwort auf ihre Sehnsüchte? Wäre sie tatsächlich in der Lage, einen Mann dafür zu bezahlen, mit ihr ins Bett zu gehen? Sie schüttelte ihren Kopf, doch innerlich sagte eine Stimme sehr laut JA. War sie tatsächlich schon so verzweifelt, dass sie eine solche Möglichkeit in Betracht zog? Was für eine Art Frau wäre sie dann?

Auf ihrem Laptop grinste ihr frech mit Kussmund das Foto ihrer Freundin Carrie entgegen, und sie konnte ihre Stimme fast hören.

„Ist ja schon gut, ein bisschen Schaufenstershopping tut niemandem weh …"

Sie grinste in sich hinein, weil sie tatsächlich mit dem Foto ihrer Freundin quatschte und die Webadresse der Begleitagentur eingab. Schon auf der Startseite fand sie eine Auswahl von Männerfotografien mit Namen, und der Flyer hatte nicht zu viel versprochen, denn diese

Gigolos waren verflucht attraktiv. Savanna klickte sich durch die Profile und las aufmerksam die Spezialitäten der einzelnen Männer, die dort angeboten wurden. Es kam ihr befremdlich vor, denn es fühlte sich an, als würde sie auf einem Verkaufsportal im Internet eine Ware begutachten und wenn sie ihr gefiel, würde sie sie in den Warenkorb legen und *Kaufen* anklicken. Natürlich waren die Worte in den Profiletexten sehr gut gewählt, denn sie ließen viel Platz für Fantasien und sorgten gleichzeitig dafür, dass kein Gesetz verletzt wurde. Prostitution war in Las Vegas verboten, allerdings nutzten Begleitagenturen ihres Wissens nach eine Art Grauzone. Mann beziehungsweise Frau zahlte nicht für Sex, sondern nur für die Zeit, die er oder sie mit der Dame oder dem Herrn der Wahl verbrachte. So erklärte es auch die Agenturseite sehr eindrücklich.

Was zwischen den beteiligten erwachsenen Parteien geschieht, ist einvernehmlich und nicht im angebotenen Service enthalten.

Savanna hob amüsiert ihre linke Augenbraue und lachte leise auf. Ihr Mauszeiger bewegte sich über die Seitenoberfläche und klickte jede einzelne Seite an, die sie neugierig und aufmerksam las. Sie fand einen Link, der zu den Profilen der einzelnen dort angebotenen Gigolos führte. Direkt das erste Foto zog Savanna völlig in den Bann. Allein diese strahlend grünen Augen des Mannes gingen ihr durch und durch. Sein Name war Ethan Price, und um den Klang zu hören, sprach sie ihn laut aus, während sich ein köstliches Prickeln zwischen ihren Schenkeln ausbreitete.

„Wow …“

Savanna leckte sich über ihre trocken gewordenen Lippen und atmete tief durch, bevor sie Ethans Profil genauestens studierte. Weitere Fotografien von ihm wurden präsentiert, und sie konnte nicht widerstehen. Dieser Mann war eine regelrechte Augenweide und jetzt schon funkte ihr Verstand SOS. Jedes der Bilder zeigte ihn in verschiedenen Posen und diversen Outfits, doch immer war es eher seine natürliche Dominanz, die der Fotograf geschickt einzufangen verstand. Gut, dass Savanna schon auf dem Bett lag, denn sie bekam allein vom Betrachten der Fotos weiche Knie. Was würde erst ein tatsächliches Treffen mit diesem Mann bei ihr auslösen? Die Vorstellung, diesen Ethan Price mit diesem Blick und diesen Augen in Fleisch und Blut vor sich zu sehen, beschleunigte ihren Pulsschlag rapide.

Savanna wagte einen Blick auf die Preisliste, was kaum zu ihrer Ernüchterung beitrug, obwohl sein Service sehr hoch dotiert schien. Ehe sie sich selbst bewusst wurde, was sie tat, begann sie, ihre Finger über die Tastatur fliegen zu lassen, und füllte den Kontaktbogen vollständig aus. Es fiel ihr erstaunlich leicht, über ihre persönlichen Vorlieben und intime Details Auskunft zu geben, doch als es daran ging, den Senden-Button zu drücken, zögerte sie doch. Minutenlang ließ Savanna ihren Zweifeln Raum, die innerlich an ihrer Moral und ihren schmutzigen Absichten mäkelten, doch dann schloss sie die Augen, drückte auf die Maustaste und nahm einen tiefen Atemzug. Ihr wurde ganz flau im Magen, als ihr klar wurde, dass sie soeben tatsächlich einen Gigolo gebucht hatte. Erstaunt über sich selbst blieb sie reglos auf dem Bett liegen und konnte nicht aufhören, Ethans Fotos anzustarren.

„Alter Schwede, du bist nicht billig, mein Freund, hoffentlich bist du jeden Cent davon wert."

Plötzlich wirkte die Situation gar nicht mehr so verrückt, in Wirklichkeit bemerkte Savanna, dass es verflucht sexy erschien, einen Mann für Sex zu bezahlen.

Mit einem schmutzigen Lächeln auf den Lippen schlüpfte sie unter die Bettdecke, stellte den Laptop geöffnet neben sich auf das leere Kopfkissen des viel zu großen Bettes und schlief dann nach kurzer Zeit, mit dem Bild des gebuchten Mannes in ihren Gedanken ein.

Kapitel 3

Nach einer langen ausgiebigen Dusche, ein paar Stunden Schlaf und einem gesunden Lunch traf Ethan am späten Nachmittag in der Geschäftsstelle der Begleitagentur *Devils4Angels* mitten im Herzen von Vegas ein. Besonders in den letzten Monaten übertrug sein Boss ihm immer öfter die Aufgabe, neue Rekruten in die Regeln und Gepflogenheiten der Agentur einzuweisen. Ethan hatte Graham North kennengelernt, als er mit einundzwanzig als Barkeeper in einem Nachtclub in Reno gearbeitet hatte. Damals fungierte Graham selbst noch als Gigolo, stand jedoch kurz davor, seine eigene Agentur zu gründen und nach Vegas zu gehen. Es brauchte keine lange Überredungskunst und Ethan war ihm als erster Gigolo für *Devils4Angels* in die Stadt der Sünde gefolgt.

Graham erwartete ihn in Gesellschaft eines sehr jung aussehenden Mannes in seinem Büro.

„Ethan, schön, dass du da bist. Darf ich dir vorstellen, das ist Shane West, er wird unsere Dominanzfraktion verstärken. Shane, das ist Ethan Price, ein Mitarbeiter und Freund."

Ethan reichte dem Jungen die Hand und nickte kurz. Er zweifelte daran, dass Shane alt genug war, um devoten Frauen in kürzester Zeit genügend Vertrauen abzugewinnen, um sich von diesem Babyface unterwerfen zu lassen, doch Graham wusste, was er tat, und besaß genügend Erfahrung, um seine Gigolos gründlich und sorgfältig auszuwählen.

Sie setzten sich an den großen Glastisch, der im Büro stand, und Graham trug seiner Sekretärin auf, Kaffee zu bringen. Shane wirkte sichtlich nervös, doch Ethan konnte nachvollziehen, wie er sich fühlte.

„Also, Shane, dann erzähl mal von dir."

„Ich bin dreiundzwanzig und habe bereits als Callboy in New York gearbeitet, bin aber vor Kurzem hergezogen."

„Als Callboy?“

Shane kam ein wenig ins Schwitzen, und Ethan ahnte, dass Graham ihn bereits zuvor geeicht hatte. Grinsend warf Ethan Graham einen vielsagenden Blick zu und erlöste den Jungen von seiner Qual.

„Die Bezeichnung existiert hier nicht. Du wirst nicht für Sex bezahlt, sondern für die Zeit, die du den Ladys widmest. Wie ist es um deine sexuelle Orientierung bestellt?“

Die Fragen, die Ethan ihm stellte, gehörten zu seinem Test. Er wollte sehen, wie sich der Neuling schlug, wie er sich ausdrückte, wie er seine Mimik und Gestik kontrollierte. Nichts davon blieb Ethan verborgen.

Nervös lockerte Shane seine Krawatte. Es zeigte eindeutig, dass er es nicht gewohnt war, so elegant in einem Anzug gekleidet zu sein.

„Ich bin von Natur aus dominant.“

„Das war nicht meine Frage. Bist du schwul, hetero, bi?“

„Ich steh auf Frauen, ganz klar.“

Schmunzelnd wechselte Ethan erneut einen kurzen Blick mit Graham, der sich bemühte, nicht laut loszulachen. Er genoss es sichtlich, wie Ethan den Neuling grillte.

Ethan wandte sich wieder Shane zu.

„Und was tust du, wenn dich ein Ehepaar bucht und der Mann mehr als nur zusehen will?“

Der Junge begann zu schlucken, stotterte, ohne eine Antwort zu kennen. Graham grunzte leise auf, bis er sich nicht mehr unter Kontrolle hatte und laut zu lachen begann. Ethan grinste in sich hinein und klopfte Shane auf die Schulter.

„Bleib ruhig. All deine Vorzüge werden auf der Website genauestens festgehalten. Solltest du in eine solche Lage geraten, rufst du die Agentur an, die sich dann darum kümmert. Meistens werden entsprechende Sonderwünsche im Vorfeld abgeklärt.“

Fast rutschte Shane vor Erleichterung tiefer in seinen Stuhl, begann aber dann, über sich selbst zu lachen.

„Ich muss wirken wie ein blutiger Anfänger, oder?"

„Keine Panik, wir haben alle mal angefangen. Hör zu, es gibt ein paar feste Regeln, die ohne Ausnahme gelten. Sollte herauskommen, dass du sie nicht befolgst, egal ob aus Bequemlichkeit oder Geldgier, fliegst du raus."

Ethan bläute ihm ein, niemals Sex ohne Kondom mit einer Kundin zu haben. Dies galt in der Agentur als oberstes Gebot. Regelmäßige Gesundheitschecks waren selbstverständlich und vom Gesetz vorgeschrieben, und Ethan gab dem Neuen die Visitenkarte eines Arztes, der schon lange mit der Agentur arbeitete. Jeden Monat waren alle Gigolos dazu verpflichtet, zusätzlich einen HIV-Test sowie einen Bluttest auf Syphilis durchführen zu lassen und das entsprechende Attest in der Agentur vorzulegen. Hier ging es nicht nur allein um die Gesundheit der Kundinnen, sondern ins Besondere um die der Escorts. Niemals wechselte während eines Dates mit einer Kundin Geld den Besitzer, auch keine Zuschüsse wegen besonders guter Aufgabenerledigung.

„Was ist mit Geschenken? Manche meiner Kundinnen in New York haben mir ständig etwas geschenkt, mal eine teure Uhr oder einen Ring oder Ketten."

Shane hatte sich beruhigt und schien Ethans Worte regelrecht aufzusaugen wie ein Schwamm.

Ethan nickte.

„Die darfst du natürlich annehmen. Geld wird allerdings über die Agentur gehandhabt. Die Kundinnen drücken ihre Wünsche aus, zahlen im Voraus dafür und der Termin wird hier koordiniert. Du wirst keine eigenen Termine vereinbaren, alles läuft ausschließlich über die Website und die Agentur."

„Okay, das ist auch der Grund, warum ich mich dazu entschlossen habe, einer Agentur beizutreten. Ich war in New York so ausgebucht, dass ich nachher die Übersicht verloren habe."

Er sprach es aus, ohne überheblich zu klingen oder sich vor seinem neuen Boss in ein besonders günstiges Licht rücken zu wollen. Mittlerweile wirkte Shane wesentlich erwachsener und professioneller als zu Beginn des Gesprächs, weshalb Ethan sein Urteil korrigierte.

„Bist du schon einmal verhaftet worden?“

Shane nickte ohne zu zögern. „Zweimal sogar. Habe einmal sechs Monate wegen Prostitution abgesessen. Auch ein Grund, warum ich jetzt hier bin.“

Er war ehrlich, das schätzte Ethan besonders an ihm. Graham mischte sich wieder ins Gespräch ein.

„Ich brauche dann noch eine Kopie deiner Strafakte für unsere Unterlagen.“

„Kein Problem, Boss. Ich reiche sie morgen nach.“

Graham nickte kurz und bat Ethan, ihm aus dem Büro zu folgen. „Und, was denkst du?“

Ethan hob die Schultern, nachdem sie vor dem Büro stehen geblieben waren.

„Er hat Erfahrung, wobei ich noch zweifele, ob unsere devoten Kundinnen auf ihn reagieren werden. Er wirkt verdammt jung, was nicht unbedingt ein Makel sein muss. Aber die meisten Devoten wünschen sich Erfahrung, und danach sieht Shane nicht aus. Eventuell hilft es, wenn er sich einen gepflegten Dreitagebart wachsen lässt, eine nicht so flippige Frisur trägt, und allem voran soll er die Krawatte weglassen. Man merkt ihm an, dass er nicht gewohnt ist, so etwas zu tragen. Ganz dringend fällig wäre eine Maniküre, seine Nägel sehen nicht sonderlich gepflegt aus, und er sollte aufhören zu rauchen. Viele Frauen mögen es nicht, einen Aschenbecher zu küssen.“

Ethan warf erneut einen Blick durch die Glasscheibe und betrachtete Shanes Outfit.

„Am besten schickst du ihn erst mal mit Molly los, sie sollte ihn bei seiner Kleidung beraten und mit ihm einkaufen gehen. Und Peter sollte seine Fotos für die Website machen. Er weiß am besten, was gut wirkt.“

Graham hatte inzwischen beide Augenbrauen gehoben und nickte beeindruckt.

„Du hast ein gutes Auge, Ethan. Es erstaunt mich immer wieder, auf welche Details du achtest. Das meiste davon ist mir völlig entgangen. Kein Wunder, dass die Ladys dir zu Füßen liegen."

Gemeinsam kehrten sie zurück ins Büro, wo Graham dem Anwärter eine Kundenakte in die Hand drückte.

„Dein erster Auftrag. Studier die Formulare gut und bereite dich entsprechend vor. Du wirst Lorraine pünktlich um acht Uhr heute Abend treffen. Die Adresse findest du in der Akte. Melde dich bei Molly, drittes Büro auf der linken Seite. Sie soll mit dir einkaufen gehen und dir einen Termin beim Friseur machen, inklusive Maniküre und Pediküre. Du meldest dich, wenn das Date beendet ist."

Shane nahm den Ordner entgegen und lächelte. „Danke, Boss. Sie werden es nicht bereuen."

„Das hoffe ich, mein Sohn."

Kaum hatte Shane das Büro verlassen, brach Ethan in lautes Gelächter aus. „Mein Sohn?"

Graham ließ sich hinter dem Schreibtisch auf seinem Bürostuhl nieder und zuckte grinsend mit den Schultern. Ethan schüttelte den Kopf und nahm ihm gegenüber Platz.

„Allein der Blick, den du ihm zugeworfen hast! Ich hoffe, der Kleine hat keine Bremsstreifen in den Shorts."

Das Grinsen des Agenturchefs wurde breiter.

„Was soll ich sagen, ich traue ihm erst, wenn er seinen Job gut erledigt hat und die Testkundin in heller Begeisterung bei mir anruft und ihn in den Himmel lobt. Der Kleine hat große Schuhe zu füllen."

Graham schenkte sich ein Glas Wasser ein, bot Ethan ebenfalls eins an, der jedoch ablehnte.

„Apropos in den Himmel loben. Was war gestern mit dir los?"

Ethan war überrascht.

„Was soll denn los gewesen sein?"

„Helena hat angerufen. Es ist nicht so, dass sie nicht zufrieden war. Laut ihrer Aussage wäre ihr allerdings aufgefallen, dass du dich anders als sonst verhalten hättest. Gibt es etwas, das ich wissen müsste?"

Er fragte mehr als Freund denn als sein Boss und brachte Ethan eindeutig zum Grübeln. Hatte er sich doch etwas anmerken lassen? War seine Fassade tatsächlich gebröckelt? Scheinbar ließ sich Ethan zu lange für seine Antwort Zeit. Graham faltete die Hände auf dem Schreibtisch und beugte sich leicht vor.

„Wie lange spielst du schon mit dem Gedanken, den Job an den Nagel zu hängen?"

Graham kannte ihn besser als jeder andere und es würde nichts bringen, ihm etwas vorzumachen und es abzustreiten. Ethan lehnte sich mit einem tiefen Atemzug zurück.

„Schon eine ganze Weile. Ich bin siebenunddreißig, und wir beide wissen, dass ich nicht bis in alle Ewigkeiten als Gigolo arbeiten kann."

„Nun, das kann ich nicht bestätigen. Du siehst gut aus, bist sehr gepflegt und über die Jahre hast du eher noch an Attraktivität gewonnen, was sicherlich all deine Stammkundinnen nur zu gerne bestätigen würden. Ich bin sicher, dass du im Alter deine Anziehungskraft nicht einbüßen wirst."

Ethan betrachtete den mittlerweile neunundfünfzigjährigen Mentor vor sich genauer. Trotz oder vielleicht auch gerade wegen der Silbersträhnen in seinem noch vollen dunklen Haar sah Graham immer noch teuflisch gut aus, soweit er das als Mann ohne jeglichen Neid beurteilen konnte. In seinen braunen Augen saß noch immer der Schalk, und trotz der feinen Linien in seinem Gesicht wirkte er nicht älter als Ende vierzig und die Köpfe der Frauen drehten sich noch immer nach ihm um, obwohl der goldene Ring an dem Finger des Agenturchefs eindeutig zeigte, dass er verheiratet war.

Ethan schüttelte den Kopf.

„Mir könnten jeden Tag sämtliche Haare ausfallen, und die Falten warten nur darauf, endlich zum Vorschein zu kommen, glaub mir."

Auch wenn er es als Scherz gemeint hatte, gab es Tage, an denen er sich bedeutend älter fühlte, als er tatsächlich war.

Graham lächelte.

„Und was willst du danach machen?"

Das war das eigentliche Problem. Die Uni hatte er nie besucht und zurück in seinen Beruf als Barkeeper zu kehren, klang nicht sonderlich verlockend für ihn. Eine eigene Bar oder einen Club zu eröffnen, kam bei der derzeitigen allgemeinen Finanzlage in den Staaten einem wirtschaftlichen Selbstmord gleich. Viele Möglichkeiten blieben ihm nicht, und genau damit schlug er sich bereits seit Monaten herum.

„Ich habe über die Jahre Geld zurückgelegt, und neben meiner eigenen Wohnung gehören mir noch zwei weitere im selben Gebäude."

Ethan seufzte tief.

„Ehrlich gesagt habe ich keine Ahnung, was ich mit meinem Leben anfangen soll, wenn ich damit aufhöre. Ich weiß nur eins, mir fällt es zunehmend schwerer, so zu tun, als ob, und diese perfekten Scheinwelten aufrechtzuerhalten, die die Kundinnen sich von mir wünschen."

„Du weißt, dagegen hat die Medizin mittlerweile die kleinen blauen Pillen erfunden."

Lachend schüttelte Ethan den Kopf. „An meiner Potenz liegt es nicht, glaub mir. Damit ist alles in Ordnung."

Graham nickte mit einem frechen Grinsen im Gesicht. „Ich glaube, ich weiß, wovon du redest. Als ich selbst noch als Gigolo gearbeitet habe, hatte ich auch zum Ende hin immer mehr Zweifel. Melanie hat es zunehmend gehasst, wenn ich sie einmal mehr vertrösten musste, weil ich gebucht war. Es ist sowieso ein Wunder, dass diese Frau es schon so lange mit mir aushält."

„Kann ich auch nicht verstehen."

Ethan stand schmunzelnd auf, ging zum Glastisch hinüber, um sich eine Tasse Kaffee zu holen, und kehrte zurück zu seinem Platz.

„Wie geht es eigentlich dieser wundervollen Frau und Mutter deiner fünf Kinder?"

„Melanie will nach L.A. ziehen."

Ethan setzte sich wieder und blickte überrascht auf. „Ich dachte, sie findet Vegas gut."

„Nicht wirklich. Sie liegt mir seit Jahren in den Ohren, dass es kein Ort ist, um Kinder großzuziehen, und in L.A. hat sie als Künstlerin einfach bessere Möglichkeiten."

„Denkst du darüber nach, hier die Zelte abzubrechen?"

„Ich denke nicht nur darüber nach, Ethan. Melanie setzt mir die Pistole auf die Brust, und das mit gutem Grund. All die Jahre hat sie mich unterstützt, hat sich nie beschwert und es wird Zeit, dass ich den Spieß mal umdrehe und das Gleiche für sie tue."

Erneut lehnte Graham sich vor und blickte direkt in Ethans Augen. „Damit kommst du ins Spiel."

„Ich?"

„Genau du. Dieses Geschäft ist nicht unbedingt etwas, das man an seinen ältesten Sohn weitergibt, außerdem ist Jeremy auf dem besten Weg, Anwalt zu werden. Du weißt doch noch, er lief schon als Fünfjähriger mit einem dicken Gesetzbuch durch die Gegend."

Die Ironie war herrlich, denn seine älteste Tochter hatte sich zusätzlich erst kürzlich bei der Polizeiakademie angemeldet und er als Vater der beiden bewegte sich mit seiner Agentur in einer gesetzlichen Grauzone.

„Ich will die Agentur aber auch nicht an einen x-beliebigen Menschen verkaufen, schließlich bin ich für die Jungs verantwortlich und will, dass sie sich hier weiterhin gut aufgehoben fühlen."

„Okay, das verstehe ich, aber was habe ich damit zu tun?"

„Du wärst der perfekte Ersatz für mich. Die Jungs rennen dir mittlerweile sowieso alle Nase lang die Tür ein, wenn sie Probleme haben oder einen Rat brauchen. Sie vertrauen dir und sie bewundern dich. Du bist der erfolgreichste Gigolo in diesem Laden, Ethan, und sie respektieren dich. Du weißt, wie es geht, es ist nicht das erste Mal, dass du die Geschäfte übernimmst, und du kennst die Abläufe, weißt, worauf es ankommt, und hast ein gutes Auge für neue Talente."

„Ich sagte zwar, dass ich etwas Geld zurückgelegt habe, aber ich kann dir die Agentur nicht abkaufen. Zumal ich nicht einmal einen Schimmer habe, wie hoch der Wert ist."

„Deswegen könntest du für ein paar Jahre als Geschäftsführer für mich arbeiten und mich in Raten ausbezahlen, bis ich dir den Laden gänzlich überschreibe. Wir werden uns sicherlich einig."

„Ich weiß nicht, ich glaube, darüber muss ich erst einmal in Ruhe nachdenken."

Die Vorstellung, plötzlich selbst Chef der Agentur zu sein, klang verlockend, aber zugleich hatte Ethan Zweifel, ob der Sprung vom Gigolo zum Boss einer Begleitagentur das Richtige für ihn wäre. Ebenso wirkte die Aussicht, auf einen seiner langjährigen Freunde in Zukunft verzichten zu müssen, alles andere als prickelnd. Graham schien ein wenig enttäuscht zu sein, dass Ethan nicht sofort zusagte, doch er nahm es mit Gelassenheit.

„Lass es dir in Ruhe durch den Kopf gehen. Wenn du möchtest, können wir beide bei Gelegenheit in den nächsten Tagen über die Bücher gehen und Details besprechen. Es ist nur ein Angebot und vielleicht eine Lösung deines und auch meines Problems."

„Okay, ich überlege es mir."

„Gut, und jetzt hab ich noch ein paar Termine mit dir zu besprechen. Du hast eine neue Kundin. Ihr Name ist

Savanna Bishop, zweiunddreißig, ledig, im Moment beruflich in Las Vegas und Managerin einer Tanzgruppe aus Miami."

Ethan hörte ihm zu, besprach mit ihm die angelegte Kundenkartei für die neue Klientin, notierte sich die Buchungen für die folgenden drei Tage in seinem Smartphone-Kalender und stellte fest, dass drei Termine davon mit Stammkundinnen stattfanden.

„Kelly hat mich das letzte Mal gefragt, ob es möglich ist, eine Barzahlung zu leisten, statt unsere Dates über die Kreditkarte laufen zu lassen. Du weißt, sie ist verheiratet."

„Ungern, du weißt, warum ich dieses System eingeführt habe. Im Grunde hat sie nichts zu befürchten, die Kontendaten sind neutral, sodass unser Firmenname nicht auf den Abrechnungen auftaucht."

„Natürlich weiß ich das, aber Tatsache ist, dass sie nicht die Einzige ist, die mich darauf angesprochen hat. Ich weiß, die Gefahr besteht immer, dass im Eifer des Gefechts erst hinterher bezahlt wird, und das kann Trouble mit dem Gesetz geben. Ich würde gerne nur für sie eine Ausnahme machen, wollte es aber nicht einfach tun, ohne es mit dir abzusprechen."

Graham wirkte nicht begeistert, doch er willigte schlussendlich ein, denn Ethan war nicht erst seit gestern in diesem Spiel und der Boss vertraute ihm blind.

„Also gut, aber dass mir das nicht zur Gewohnheit wird, und behalt es bitte für dich. Ich will nicht, dass die anderen Jungs ebenfalls auf die Idee kommen und womöglich eigene Kasse machen, du verstehst?"

„Kein Problem. Gibt es sonst noch etwas Wichtiges?"

„Nein, so weit sind wir durch."

Graham begleitete Ethan noch zum Büroausgang.

„Wenn du mir einen Gefallen tun könntest, behalt Shane ein wenig im Auge. Ich bin mir nicht sicher, aber ich glaube, bei manchen Angaben seiner Bewerbung hat er wohl etwas geflunkert."

„Mach ich."

Grinsend umarmte er seinen Mentor und nahm die Treppen des Gebäudes statt den Aufzug. Ethan nutzte jede Gelegenheit, seine Fitness zu erhalten. Während er die zehn Stockwerke des Bürogebäudes hinablief, klingelte sein Handy und die Nummer kannte er sehr gut.

„Ethan Price."

„Hey Baby! Hast du heute Abend Zeit für mich?"

„Hey Honey!"

Es gab gewisse Stammkundinnen, die bereits so vertraut waren, dass sie auch mit ihm direkt ihre Verabredungen buchen konnten und daher seine Mobilfunknummer erhalten hatten. Auch das war eine Ausnahme, die Graham ihm gestattet hatte, denn unter anderem bot Ethan auch einen speziellen Service an, der sich *Boyfriend Experience* nannte. Bei dieser Art von Service buchten die Kundinnen ihn als Lover, der ihnen eine Traumbeziehung ermöglichte. Oft nutzten berufstätige Frauen dieses Angebot, weil sie schlichtweg zu beschäftigt waren, um Männer kennenzulernen, auf Dates zu gehen und Zeit mit ihnen zu verbringen. Eine gebuchte Beziehung mit einem Gigolo war hingegen einfach, direkt, im Voraus klar strukturiert und jederzeit abrufbar. Veronica Peterson war genau diese Art von Kundin. Immer wenn sie in der Stadt war, rief sie an, und sofort taten sie so, als wären sie in einer festen Beziehung. Ihre Spontaneität allerdings machte die Koordination von Terminen äußerst schwierig.

„Sorry, Honey, heute habe ich so viele Geschäftstermine, das wird wohl nicht klappen. Wie lange bist du in der Stadt?"

Die Enttäuschung war ihr deutlich anzumerken, doch sie verabredeten sich für den nächsten Abend.

„Klingt großartig, Honey, ich freu mich auf dich. Ich habe dich wirklich vermisst."

„Ich dich auch, Baby. Du glaubst gar nicht wie sehr."

Nachdem er das Gespräch beendet hatte, textete er die Buchung gleich per SMS an die Agentur und trat aus der Eingangstür, wo Shane auf ihn wartete.

„Hast du ne Minute für mich?"

Er wirkte etwas rastlos, und erneut war die Nervosität zurückgekehrt. Ethan dachte an die Abschiedsworte von Graham und nickte. Der alte Fuchs hatte immer den richtigen Riecher.

„Ich habe auch zwei. Komm, gehen wir ein Stück."

Weil Shane nicht direkt mit der Sprache rausrückte, steckte Ethan sein Smartphone wieder ein und blieb stehen. „Also, was ist los? Wo drückt dein Schuh?"

Der junge Gigolo sah sich um, trat näher und knabberte unruhig an dem Nagel seines Zeigefingers. Ethan klopfte ihm auf die Hand, damit Shane es unterließ.

„Jetzt red schon, ich habe nicht den ganzen Tag Zeit."

„Können wir vielleicht irgendwo einen Kaffee trinken gehen?"

Diese Ansage klang ernster, als Ethan zuvor vermutet hatte. „Okay, komm mit, mein Apartment ist nicht weit von hier."

Kapitel 4

Ethan schloss seine Tür auf und Shane folgte ihm.

„Wow, Alter."

Erstaunt sah sich der junge New Yorker um und riss seine stahlblauen Augen weit auf. Zugegeben, die Eigentumswohnung war geräumig und sehr offen gestaltet, aber mit dieser Reaktion hatte Ethan nicht gerechnet. „Gemietet oder gekauft?"

„Sie gehört mir, neben zwei weiteren Wohnungen in diesem Gebäude."

„Wahnsinn. So viel Platz! Lebst du hier allein?"

„Wenn du darauf aus bist, hier einziehen zu wollen, sorry, mein Freund, ich mag meine Privatsphäre."

Ethan bot ihm grinsend eine kleine Flasche Wasser aus dem gläsernen Kühlschrank in der Küche an. Shane trank sie halb aus und starrte ihn an.

„Wie viele Weiber musstest du für diese Bude flachlegen?"

„Wow, langsam mit den jungen Pferden, Shane. Ich habe nichts dagegen, wenn du unter uns so redest, aber ich hoffe, du weißt dich in Gegenwart einer Kundin besser auszudrücken."

„Entschuldige. Aber die Bude ist der Hammer."

Ethan hob die Schultern und lächelte. „Wenn du dein Geld zusammenhältst und dich nicht von all den Sünden dieser Stadt locken lässt, dann könnte so etwas für dich auch drin sein."

Shane war beeindruckt, doch Ethan wollte endlich wissen, was er wirklich von ihm wollte.

„Also, rückst du jetzt endlich mit der Sprache raus? Ich habe später noch ein Date und muss mich vorbereiten."

„Neue Kundin?"

Ethan nickte, spürte aber, dass Shane erneut ausweichen wollte.

„Jetzt rede endlich."

Der junge Gigolo setzte sich an den Esstisch und blickte minutenlang aus dem riesigen Panoramafenster hinaus auf die Stadt. „Okay, die Sache ist die, ich war vielleicht nicht ganz ehrlich, was meine Erfahrung angeht. Ich mache den Job erst seit einem Jahr, und das mit den sechs Monaten Knast war nicht gelogen."

Ethan lachte leise auf und nahm ihm gegenüber am Tisch Platz. „Okay, das heißt, du machst das Ganze tatsächlich erst seit sechs Monaten. Und wo liegt jetzt wirklich das Problem? Wir haben alle mal angefangen, wie ich schon sagte."

„Mein Problem ist das."

Shane zog die Karteikarte die Graham ihm zuvor überreicht hatte aus der Innentasche seiner Anzugjacke, schlug sie auf und schob sie über die Tischplatte zu Ethan.

„Mh, ich kapier es nicht."

„Die Frau ist sechsundsechzig."

Amüsiert nahm Ethan einen Schluck aus seiner eigenen Wasserflasche und stellte sie vor sich auf den Tisch, ohne die Akte auch nur in Augenschein zu nehmen.

„Hast du tatsächlich erwartet, unsere Kundinnen sind alle Anfang zwanzig, knackig, schlank, vollbusig und wunderschön? Komm schon, für so naiv halte ich dich wirklich nicht."

„Nein, das hab ich natürlich nicht erwartet, aber so alt? Was, wenn ich bei ihr keinen hochkriege?"

Ethan strich sich mit beiden Händen durch das Haar und seufzte. „Du wirst ältere Frauen haben, jüngere, schlanke, dicke, dürre, manche haben irgendwelche Defekte oder Makel. Andere stehen auf richtig abgefahrene Sachen. Niemand ist perfekt."

„Wie machst du das?"

„Du fragst mich allen Ernstes nach einer Taktik? Wie hast du diesen Job sechs Monate durchgezogen?"

Darauf antwortete Shane nicht und senkte seinen Kopf. „Okay, es waren auch keine sechs Monate."

Ethan wurde hellhörig und wütend, doch er bemühte sich darum, Letzteres zu kontrollieren. „Wie lange?"

„Zwei, vielleicht drei …"

„Monate?"

„Frauen."

Shane hob seinen Blick und in seinem Gesicht stand pure Beschämung geschrieben.

Ethan schüttelte den Kopf.

„Fuck. Das ist jetzt nicht dein Ernst?"

Die Mimik des Anfängergigolos sprach Bände. Ethan nahm die Akte der Kundin, die Shane an diesem Abend treffen sollte, und überflog die Zeilen flüchtig. Es handelte sich um eine langjährige Klientin, die sich gerne von jüngeren Dominanten unterwerfen ließ und den Sex mit einem jungen Mann sehr genoss. Sie war sehr gerne Testkundin für neue und besonders für junge Gigolos der Agentur. Ethan erinnerte sich daran, dass auch er bereits das Vergnügen mit ihr gehabt hatte, und nickte.

„Okay, hör zu. Lorraine ist recht unkompliziert. Sie ist direkt, nimmt kein Blatt vor den Mund und mag Dirty Talk im Bett. Übertreib es nicht, wenn du ihr Namen gibst. Sie steht auf Fesselspielchen und Augenverbinden, lässt sich gern überraschen und ist nicht zimperlich. Sie hat eine gute Figur für ihr Alter und hält sich fit. Bevor du dir Sorgen machst, dass du nichts an ihr anziehend findest, solltest du sie erst treffen und dir ein Urteil bilden."

Ethan stand auf, ging ins Bad und kehrte mit einer kleinen blauen Pille zurück. Er legte sie vor Shane auf den Tisch und hob die Schultern.

„Viagra?"

„Für alle Fälle, aber du solltest dir eine Strategie zurechtlegen, die Ladys kennenzulernen, ihnen gut zuzuhören und einen gemeinsamen Nenner zu finden, der dich anturnt. Diese kleinen Helferlein kannst du nicht wie Smarties schlucken."

„Nimmst du sie gelegentlich?"

„Ich habe nur eine dabei, wenn ich neue Klientinnen treffe, von denen ich nicht mehr weiß, als sie auf den Formularen angeben. Aber gebraucht habe ich sie bis heute noch nicht."

„Und was ist deine Strategie?"

„Für mich sind Frauen grundsätzlich schön. Wie ich bereits sagte, niemand ist perfekt, aber jeder besitzt etwas, das besonders ist. Für mich ist es egal, ob sie kurvig sind oder dürr wie eine Bohnenstange. Meist finde ich während der Gespräche den gewissen Kick, der dafür sorgt, dass ich sie wie eine Traumfrau betrachten kann. Glaub mir, ich habe bisher noch keine Frau kennengelernt, die überhaupt keine Qualitäten zur Traumfrau hatte. Und wenn ich sage, dass innere Schönheit ebenso zählt wie die Optik, dann ist es nicht gelogen."

„Ich schätze, das kommt wohl mit der Erfahrung, oder?"

„Nicht wirklich. Bevor ich mit dem Escortservice anfing, war ich Barkeeper und da trifft man auch allerhand Frauentypen. Manchmal ist es ihre Intelligenz, die mich anmacht, oder ihre Naivität oder sie reizen mich mit besonderen körperlichen Attributen, sie haben schöne Augen, einen sexy Mund, ein umwerfendes Lachen. Im Grunde finde ich immer einen Anhaltspunkt, der mich dahin bringt, wo ich sein muss."

Shane wirkte noch immer verunsichert, also holte Ethan sein Laptop aus dem Wohnzimmer, öffnete es und tippte eine Website ein.

„Mrs. Lorraine Forster, Vorsitzende der Las Vegas Aids Foundation und Gründungsmitglied." Er drehte den Computer mit Lorraines Profil zu Shane um, der sich das Foto genauestens ansah. Ethan schmunzelte. „Sag mir, was du siehst?"

„Die sieht aber nicht aus wie sechsundsechzig."

„Und da hast du schon deinen ersten Anhaltspunkt. Wir sind männliche Escorts. Shane, egal welche Frau, aus was für einer Gesellschaftsschicht sie kommt und so weiter … wir verurteilen nicht. Das steht uns nicht zu und killt die Fantasie, die wir verkörpern für diese Frauen. Jede hat ihre ganz persönlichen Gründe, warum sie sich einen Gigolo bucht, und glaub mir, selten ist eine dabei, die es aus absoluter Verzweiflung tut. Neunzig Prozent unserer Klientinnen wissen genau, was sie wollen, und deswegen buchen sie uns. Sie wollen weder Zeit verschwenden mit Dates, die ihnen nichts bringen, noch mit Männern, die nur an sich denken. Sie wollen so nah an ihre persönliche Vorstellung vom perfekten Sex herankommen, so perfekt es auch nur geht, und dafür sind wir da. Sie bezahlen dich dafür, dass du ihnen das Gefühl gibst, sie wären schön, perfekt, umwerfend, begehrenswert und sexy. Sie wollen sich in deiner Gegenwart besonders fühlen und du hast die Verpflichtung, ihnen genau das zu geben. Ansonsten bist du im falschen Geschäft. So einfach ist das. Dahinter steckt keine Magie und kein Hokuspokus."

Erst jetzt schien sich Shane wieder gefangen zu haben und nickte, wirkte erneut wie der Profi, der kurz zuvor noch in Grahams Büro gesessen hatte.

„Ich glaube, ich habe es kapiert. Danke, Ethan. Du hast es echt drauf."

Er nickte und gab Shane seine private Handynummer. „Wenn du ein Problem hast, meld dich."

Shane stand auf und steckte die Nummer in seine Jackentasche, packte die Kundenkartei wieder ein und machte sich auf den Weg zur Tür. Ethan begleitete ihn. Bevor der junge Gigolo ging, drehte er sich noch einmal um. „Hey, ähm, wenn du dem Boss nichts von unserem Gespräch erzählen könntest, wäre das echt cool, Mann."

„Wenn du das Date heute Abend versaust, dann haben wir beide ein mächtiges Problem."

„Geht klar."

Als er die Tür schloss, grinste Ethan in sich hinein. Es war bereits spät, aber obwohl er sich für das Date mit der neuen Kundin vorbereiten musste, rief er Graham an.

„Hey, deine Nase hat dich nicht beschissen. Er ist so grün hinter den Ohren, dass man schon von einem Feuchtbiotop sprechen könnte."

Graham fluchte am anderen Ende der Leitung, doch Ethan wusste ihn zu beruhigen.

„Ich denke, der Kleine hat es kapiert, und ich schätze, er wird sich redlich bemühen, Lorraine zufrieden zu stellen. Aber eins muss ich dir sagen: Deine Frischlingstests werden immer gemeiner. Lorraine?"

„Sie ist meine Ex und hat ein bisschen Spaß mit einem Grünschnabel verdient. Du weißt, wie sie ist. Sie hat nach dem Jüngsten in meiner Truppe gefragt und Shane ist zurzeit der Jüngste im Team."

„Und sie riecht Bullshit auf hundert Meilen."

„Ich will wissen, ob er wirklich was taugt, und Lorraine hat ihren Spaß."

„Okay, genug davon, ich melde mich nach meiner Verabredung bei dir. Bis dann."

„Viel Spaß."

Ethan beendete das Gespräch und ging in sein Ankleidezimmer, um sich das perfekte Outfit für sein Treffen mit … „Wie war doch gleich dein Name, Honey?" Er holte die Kartei aus dem Esszimmer und legte sie geöffnet auf sein Bett. „Savanna … klingt sinnlich."

Er las die Angaben, mit denen Savanna sehr großzügig umgegangen war, was seinen Job wesentlich erleichterte. Besonders ihre sexuellen Vorlieben hatte sie offen, direkt und sehr ehrlich erklärt, was ihm imponierte. Viele Neukundinnen gaben bei der Buchung nur ihren Namen und ihre Rufnummer an und der gewünschte Gigolo musste dann über ein intensives Gespräch herausfinden, wonach sie sich sehnten. Er mochte Savanna jetzt schon.

Kapitel 5

Savanna saß am Schminktisch und wickelte den Handtuchturban von ihrem Kopf. Ihr Haar fiel in dunkelroten feuchten Strähnen über ihre Schultern. Sie lachte. „Ich habe einen Gigolo gebucht!“

„Was hast du getan?“ Die Stimme von Carrie dröhnte aus ihrem Laptop, der auf dem Bett neben ihr stand, und der Gesichtsausdruck ihrer Freundin wirkte ungläubig. Savanna drehte sich zum Bildschirm um.

„Ich kann es selbst noch immer nicht glauben, aber ich habe einen Mann für heute Abend gebucht.“

„Savy, du schmutziges kleines Stück. Ich bin jetzt so was von entsetzt.“

Nachdem Carrie sehr übertrieben den Oberlehrerfinger gehoben hatte, lachte sie nun und schüttelte ihre blonden Monroe-Locken.

„Ich sag es ja immer wieder, stille Wasser sind tief und verflucht schmutzig. Aber ich gönne es dir. Du hattest ewig keinen Mann mehr zwischen deinen lüsternen Schenkeln, Schätzchen. Ich weiß ja nicht, ob ich das gemacht hätte. Ich meine, einen Mann für Sex bezahlen und so, aber hey, wer nicht sündigt, hat das Leben verpasst. Wie sieht er aus, ist er dominant?“

„Er sieht verdammt gut aus, jedenfalls laut den Fotos im Internet. Und ja, er ist dominant.“

Carrie wusste von Savannas sexueller Neigung. Die Blondine konnte mit BDSM persönlich nichts anfangen, doch sie verurteilte Savanna nicht dafür. Sie hatten lange Gespräche während der vielen Tourbusfahrten geführt, in denen Carrie sie darüber ausgequetscht hatte, und es tat so gut, eine Freundin zu haben, die neugierig und aufgeschlossen war, um nicht mit Warnungen ohne Hintergrundwissen um sich zu werfen. Auch wenn Savanna wusste, dass nur Insider die Komplexität des Machtgefüges zwischen Dom und Sub tatsächlich verstehen konnten, hatte Carrie alle Erklärungen wie ein Schwamm aufgesaugt und war schlussendlich zur Erkenntnis gelangt, dass BDSM nur eine weitere heiße Spielart im großen Schwimmteich Sex war. Jedem Tierchen sein Pläsierchen! Allein deswegen war Carrie für Savanna einfach nicht mehr aus dem Leben wegzudenken. Ihre offene und tolerante Art mochte sie einfach nicht mehr missen.

Savanna unterbrach kurz den Versuch, einen geraden Lidstrich aufzutragen, und schickte Carrie über den Chat den Link zu Ethans Profil. „Schau ihn dir selbst an und sag mir, was du denkst."

„Oh, meine Güte. Wow! Ist der … scharf." Die Mimik ihrer Freundin sagte noch mehr darüber aus, wie toll sie ihn fand. „Was sag ich da, scharf ist das falsche Wort … Der Mann ist ja …. wow."

„Das sagtest du schon." Savanna widmete sich wieder dem Make-up und lächelte, während Carrie immer noch nach dem richtigen Wort suchte, ihre Gedanken über Ethan in Worte zu fassen.

„Ach komm schon, tu nicht so, als wäre das nicht der geilste Body, den du je gesehen hast. Wieso sonst hast du diesen Teufelskerl gemietet? Mh, ich hoffe nur, das ist nicht mit Photoshop retuschiert oder so. Nicht, dass du nachher in Wirklichkeit einen Gorilla triffst."

Der Gedanke war Savanna bisher noch gar nicht gekommen. Sie schluckte und hielt mit der Hand auf halbem Weg zu ihrem Augenlid inne. „Das glaubst du doch nicht, oder?"

„Na ja, ich will deine Euphorie jetzt nicht dämpfen, Savy, aber solche Fotos können leider auch gefakt sein."

Innerlich sank ihr Optimismus eine Etage tiefer, und nicht zum ersten Mal zweifelte sie, ob die Sache eine gute Idee war. Scheinbar sah Carrie ihr genau an, was ihr durch den Kopf ging.

„Hey, Schätzchen, das war nicht meine Absicht. Vielleicht sieht dieser Ethan sogar in der Realität noch besser aus. Komm schon, jetzt warst du endlich einmal so spontan, wie ich es dir immer geraten habe. Er wird bestimmt toll sein."

Savanna nahm einen tiefen Atemzug und fing sich wieder. Allerdings blieb der Hintergedanke noch eine Weile hartnäckig in ihrem Kopf, obwohl sie sich bemühte, ihn zu verdrängen. Sie schminkte ihre Lippen mit Gloss und puderte ein zartes Rosa auf ihre Wangen. Danach tuschte sie sich ihre Wimpern, während Carrie mit ihr durchsprach, welches Outfit das beste für diesen Abend wäre.

„Du meinst doch nicht etwa das Rote? Savy, ich will dir wirklich nicht zu nahe treten, aber als du es gekauft hast, habe ich dir gesagt, dass es dir nicht steht. Es beißt sich mit deinem hübschen Haar, Liebes, und ehrlich gesagt, du möchtest ihn doch beeindrucken und nicht abschrecken, oder? Das Kleid hängt an dir runter wie ein nasser Jutesack. Es ist total unförmig geschnitten und deine Sanduhrfigur kommt dadurch überhaupt nicht zur Geltung."

Sie hatte es bereits an die Schranktür gehängt und war zuvor entschlossen gewesen, es zu tragen, doch jetzt verwarf sie die Idee wieder. „Sieht es wirklich so schrecklich an mir aus?"

Carrie nickte. „Ja. Zeig, was Mutter Natur dir gegeben hat. Du hast Titten, du hast einen herrlich prallen Arsch und eine schlanke Taille, präsentier sie auch und verhüll das Zeug nicht so. Wie wäre es mit dem eng anliegenden Blauen? Das sieht so heiß an dir aus. Dem werden die Augen aus dem Kopf fallen, wenn er dich darin sieht. Und nicht nur ihm."

Savanna hängte das rote Seidenkleid wieder zurück in den Kleiderschrank und zog das royalblaue Samtkleid auf dem Bügel heraus.

„Genau das. Perfekt! Da werde sogar ich grün vor Neid, wenn ich dich darin sehe."

Carrie lächelte aufmunternd und Savanna nickte seufzend. Bei einem solchen Argument der eigenen Freundin konnte man nicht diskutieren, außerdem mochte sie das Kleid selbst. Sie wählte passende Unterwäsche aus und ging nach nebenan ins Bad, ließ die Tür jedoch auf, um sich mit Carrie weiter unterhalten zu können, während sie sich anzog.

„Erzähl lieber mal, was so bei dir los ist? Läuft die Show gut?"

„Mit der Show läuft alles wie geschmiert. Rate mal, wer gestern bei der letzten Vorstellung war?"

„Keine Ahnung, aber du wirst es mir sicherlich gleich sagen."

„Jack!"

Überrascht blickte Savanna um die Ecke, um Carries Gesicht sehen zu können. „*Der* Jack?"

„*Der* Jack!"

„Ist nicht wahr." Carrie hatte nach der letzten Show in Salt Lake City einen texanischen Ölprinzen kennengelernt, der ganz hin und weg von ihrer Stripteasenummer gewesen war, die sie damals als Monroe-Double einstudiert hatte. Es war frech, witzig, und noch dazu sang sie den Text von „My Heart Belongs to Daddy" selbst. Jack Tylor hätte Carrie am liebsten vom Fleck weg geheiratet, und sie konnte nicht aufhören, von ihm zu schwärmen. Zugegeben, manchmal versetzte es Savanna einen leichten Stich, wenn sie sah, wie viele Männer und vor allem nette Kerle ihrer strippenden Freundin zu Füßen lagen. Wenn sie sang und tanzte, war es, als würde sie jedes Herz damit berühren und in eine andere Zeit versetzen.

„Ich hatte mich gewundert, warum nach der Show meine gesamte Garderobe mit roten Rosen zugestellt war, bis ich eine der Karten gelesen habe. Dann hats an der Tür geklopft und da stand er … groß, schwarzhaarig, mit Cowboyhut und diesem Bösewichtlächeln …. Ich sag dir eins, Savy, mein Höschen hätte sich am liebsten ganz von allein aus dem Staub gemacht."

„Du hast mit ihm geschlafen, oder?"

„Das ist eine völlig falsche Umschreibung dafür, was er und ich in dieser Nacht getrieben haben."

Wieder streckte Savanna den Kopf aus dem Bad und schüttelte ihn. „Erspar mir die Details."

Das tat Carrie auch und seufzte nur hingerissen bei der Erinnerung. „Er hat mich gefragt, ob ich mit ihm nach Houston gehe."

Savanna, die fast fertig angekleidet war, hielt inne und trat dann mit nur einem Seidenstrumpf am rechten Bein wieder zurück ins Schlafzimmer, denn die Ankündigung ihrer Freundin klang ernst. „Und was hast du gesagt?"

Carrie zuckte mit den Schultern. „Noch gar nichts."

„Willst du die Show verlassen?"

Der tiefe Atemzug, den Carrie ausstieß, bewies, dass sie tatsächlich darüber nachdachte. Savanna setzte sich aufs Bett und nahm das Laptop auf den Schoß. Zuerst wusste sie nicht recht, wie sie beginnen sollte, doch nichts zu sagen, wäre auch falsch.

„Carrie, du weißt, dass ich dir jedes Glück auf dieser Welt wünsche, und allem voran wünsche ich dir, dass du glücklich bist. Ich habe Jack kennengelernt und er scheint ein anständiger Kerl zu sein."

„Aber?"

Natürlich war da ein Aber, und die beiden kannten sich lange genug, um zu wissen, dass sie Kritik einander nicht verschwiegen.

„Ich wäre keine gute Freundin, wenn ich dir jetzt sagen würde: Geh mit ihm. Er hat zwei Shows von dir gesehen. Ihr wart ein Mal Essen und jetzt hattet ihr Sex. Glaubst du, das reicht als Basis für eine Beziehung und auch dafür, alles hinter dir zu lassen? Du springst in kaltes Wasser und weißt nicht, was dich erwartet. Ich versteh dich ja und glaub mir, ich weiß, wie einsam man auf Tour sein kann. Mir geht es doch nicht besser. Das ist doch der Grund, warum ich hier bin. Ich will endlich ein festes Zuhause für uns finden. Du und ich, wir sind nicht die Einzigen, die mittlerweile die Nase voll davon haben, jeden Tag in einem anderen Hotel in einer anderen Stadt aufzuwachen, und das auch noch alleine oder mit einem Typen, den man gerade kennengelernt hat und der dann wieder geht. Es ist scheiße. Den anderen Tänzerinnen geht es genauso. Wir haben hier in Vegas wirklich eine Chance und ich reiße mir den Allerwertesten dafür auf, dass wir endlich ein Festengagement bekommen. Das verspreche ich dir."

Carrie nickte, verstand auch ohne dass Savanna es aussprach, dass eine übereilte Entscheidung in dem Fall fatale Folgen haben könnte.

„Lass mir noch etwas Zeit, okay? Ich werde hier Klinken putzen, bis meine Finger bluten, aber ich finde ein Hotel, das uns fest bucht. Und wenn es so weit ist, dann kann Jack herkommen und ihr könnt euch Zeit lassen, euch näher kennenlernen, und wer weiß, vielleicht ist er wirklich der Eine."

Endlich lächelte ihre Freundin wieder und die Schwermut war aus ihrer Mimik verschwunden. „Ich bin halt ein wenig deprimiert. Mir geht es so auf die Nerven mit der Tour und …"

„Ich weiß."

Carrie blickte auf ihre Armbanduhr. „Oh verdammt, ist es schon so spät? Ich muss mich sputen. In einer Stunde beginnt die Show hier. Du weißt ja – The Show must go on!"

„Freddie trifft immer den Nagel auf den Kopf! Hals- und Beinbruch und toi, toi, toi."

„Dir auch."

Auch Savanna musste sich langsam beeilen. Sie kehrte zurück ins Bad, richtete den rechten Strumpf wieder ordentlich, hakte das Band in dem Strapsgürtel ein und rollte sich den linken ebenfalls vorsichtig über. Als sie fertig angezogen war, widmete sie sich ihren Haaren, überlegte, ob sie die Mähne besser hochstecken oder lieber offen tragen sollte. Noch immer hing ihr das Gespräch mit Carrie nach. So wie ihr ging es fast allen

Tänzern der Burlesque-Show. Vier Jahre nonstop auf Tour waren hart. Die Tanzshow war überall erfolgreich, oft ausverkauft und sehr beliebt. Die Acts waren bunt gemischt, frech, witzig, sexy und manchmal auch sehr anrüchig. Es musste einfach hier in Vegas klappen, und wenn nicht, würde sie es in Reno versuchen. Irgendwo würde sie ein Zuhause für die Show und ihre Tänzer finden.

So langsam lief ihr selbst die Zeit davon, also trocknete sie ihre rote Mähne nur, bürstete sie so lange, bis sie seidig glänzte, und ließ sie offen über ihre Schultern fallen. Da sie nicht wusste, wer für die Verhütung zuständig war, hatte sie für den Abend eine Packung Kondome besorgt, die sie in ihrer kleinen Handtasche verschwinden ließ, neben ihrer Kreditkarte und ein paar Geldscheinen. Nachdem sie einen letzten prüfenden Blick in den großen Badspiegel geworfen hatte, schlüpfte sie in die schwarzen High Heels, die sie zurechtgestellt hatte, und langsam stieg ihre Nervosität. Sie zog die Tür des Hotelzimmers hinter sich zu und schloss für einen Moment die Augen.

„Bitte lass es kein Gorilla sein."

Bei dem Gedanken musste sie dieses Mal grinsen. Dann machte sie sich auf den Weg zu den Aufzügen. Ob er schon in der Bar auf sie wartete? Ihr Puls stieg merklich an, als sie den Lift betrat und auf den Knopf für die Empfangshalle drückte. Der Fahrstuhl setzte sich in Bewegung und ihr Herzschlag beschleunigte sich mit jeder Etage, die nach unten führte.

Um sich von ihrer Anspannung und Aufregung abzulenken, ging Savanna den Plan für heute Abend noch einmal durch. Sie würden sich in der Bar zu einem Drink treffen, um sich kennenzulernen. Danach würden sie zum Dinner gehen. Sie hoffte, er würde ein paar gute Restaurants kennen, denn so perfekt kannte Savanna sich in Vegas nicht aus. Was dann geschehen oder ob überhaupt etwas zwischen ihnen laufen würde, würde sich wohl erst später entscheiden, schließlich musste die Chemie auch stimmen, egal wie gut er auf den Fotos aussah.

Die Türen des Lifts öffneten sich und für einen Augenblick zögerte sie. Sollte sie wirklich mit einem Gigolo den Abend verbringen? Savanna straffte ihre Schultern und betrat die Lobby. Sie hatte diesen Mann gebucht und im Voraus bezahlt. Außerdem, was war daran so verwerflich, für Sex mit einem gut aussehenden Profi zu zahlen? Männer taten so etwas jeden Tag auf der ganzen Welt, warum sollte sich eine Frau diesen Luxus nicht auch gönnen?

Mit gestärktem Selbstbewusstsein durchquerte Savanna erhobenen Hauptes die Empfangshalle und betrat die Hotelbar. Ihr Blick sondierte die anwesenden Gäste, und als sie zur Theke hinübersah, stockte ihr der Atem. Ethan Price besaß eine natürliche Dominanz, die ihn umgab und die ihr umgehend ein angenehmes Prickeln im Nacken verursachte. Er sah noch besser aus, als die Fotos es je hätten wiedergeben können, und sein erkennendes Lächeln schockierte sie sogar ein wenig. Mit einem Blick auf sie schien er zu wissen, dass sie seine Kundin war, auf die er gewartet hatte. Savanna fühlte sich von ihm magisch angezogen und ging langsam auf ihn zu. Ihre Knie fühlten sich butterweich an.

„Hi, ich bin Ethan und du musst Savanna sein."

„Hi, und ich bin froh, die Bar erreicht zu haben ohne nennenswerte Unfälle."

Ethans herzhaftes Lachen ging ihr durch den gesamten Körper und berührte Punkte, die sie in ein leichtes Beben versetzten. Er betrachtete ihre Füße und gab ihr recht.

„Würde ich versuchen, auf solchen Absätzen zu laufen, wäre ich garantiert sehr ungalant hingeknallt."

Er bot ihr seinen Sitzplatz an, vor dem ein Glas Wasser stand. Savanna spürte seine helfende Hand in ihrem Rücken und zitterte bereits jetzt schon vor Aufregung. Sie war dankbar für die Sitzgelegenheit, denn sie konnte nicht dafür garantieren, dass ihre Beine sie noch länger tragen würden, und korrigierte das Missverständnis zwischen ihnen nicht. Savanna konnte nicht aufhören, ihn anzustarren, obwohl sie in Gedanken immer wieder versuchte, sich davon abzuhalten.

Er lächelte sie sanft an. „Du siehst umwerfend in diesem Kleid aus.“

„Danke.“

Ebenso schickte sie stumm einen Dank an Carrie, die sie überredet hatte, dieses Outfit zu wählen.

„Was möchtest du trinken, Savanna?“

„Wodka mit Preiselbeersaft?“

Ethan bestellte ihren Drink und wandte sich ihr wieder zu, nahm sein Glas Wasser und trank einen Schluck davon. Savanna beobachtete genau, wie sich sein Adamsapfel dabei bewegte, und unterdrückte ein Seufzen, das in ihr emporsteigen wollte.

„Erzähl mir etwas über dich. Lebst du hier?“

Savanna benötigte einen Moment, ihre Gedanken zu sammeln, seine Frage zu verstehen und eine Antwort zu bilden, denn ihr Verstand schien nur noch mühselig zu arbeiten bei diesem Anblick. „Ähm, nein, ich komme aus New York, ursprünglich.“

„Also bist du geschäftlich oder zum Vergnügen hier?“

„Geschäftlich, eigentlich.“

„In deinem Kontaktbogen hast du angegeben, dass du Managerin einer Tanzgruppe bist.“

„Ja, und ich bin hier, um ein Festengagement in einem der Hotels zu bekommen.“

Als der Barkeeper ihren bestellten Drink servierte, leerte Savanna ihn mit einem Schluck bis zur Hälfte. Ethan hob die Augenbrauen und grinste.

„Durstig, wie ich sehe.“

„Entschuldige, aber ich bin so nervös. Ich habe so etwas noch nie zuvor gemacht, und ich bin so froh, dass du dich nicht als Gorilla entpuppt hast.“

„Als was?“ Irritiert blickte Ethan sie an, und sie brach in schallendes Gelächter aus.

„Sorry, aber meine beste Freundin hat deine Fotos von der Website gesehen und meinte, dass die auch gephotoshopt sein könnten und du in Wirklichkeit ein Gorilla sein könntest.“

Er lachte auf und schüttelte den Kopf. „Ich mag vielleicht von Affen abstammen, aber tun wir das nicht alle?“

Das Eis zwischen ihnen war umgehend gebrochen und Savannas Nervosität wie weggeblasen. Ethan fragte sie noch ein wenig mehr über ihre Karriere, ihre Show und was sie sich hier in Las Vegas erhoffte. Sie fühlte sich in seiner Gegenwart sicher und gut aufgehoben. Immer wieder blickte Savanna fasziniert in seine bestechend grünen Augen und spürte ein sachtes süßes Ziehen zwischen ihren Schenkeln.

Als sie ihren Drink geleert hatte, reichte Ethan ihr die Hand.

„Wollen wir etwas essen gehen?“

„Gerne, kennst du ein gutes Restaurant?“

„Ich habe uns einen Tisch reservieren lassen. Lass dich einfach überraschen.“

Savanna gab dem Barkeeper ihre Zimmernummer, um die Barrechnung dort verbuchen zu lassen, und ließ sich dann von Ethan aus der Hotelbar begleiten. Erneut legte er ihr sanft die Hand in den Rücken, und die Wärme durchströmte sie so intensiv, dass ihr ganz anders wurde. Ihr Verstand wollte daran festhalten, dass er nur so tat, dass es sein Job war, ihr das Gefühl zu geben, sicher zu sein, sich in seiner Gegenwart gut aufgehoben zu fühlen, doch ihr Herz machte tausend Luftsprünge bei jeder Berührung und jedem Blick, den Ethan ihr schenkte.

Kapitel 6

So etwas war ihm in all den Jahren als Gigolo noch nicht passiert. Kaum betrat dieser kurvenreiche Rotschopf in leuchtendem Blau die Bar, schon schlug sein Herz einige Takte schneller. Instinktiv hatte Ethan gewusst, dass es sich bei diesem umwerfenden Geschöpf nur um Savanna, seine Klientin für diesen Abend, handeln konnte. Ihre anfängliche Anspannung, die er von vielen Neuklientinnen gut kannte, legte sich schnell. Sie war humorvoll, unglaublich sexy und erinnerte ihn ein wenig an die Fünfzigerjahre-Pin-up-Models, mit diesen Kurven und dem Make-up. Die Sympathie schien auf Anhieb auf beiden Seiten zu existieren, denn ihm war nicht entgangen, wie Savanna ihn ansah, und er fühlte sich durchaus sehr geschmeichelt davon. So oft Ethan in letzter Zeit darüber nachgedacht hatte, diesen Job aufzugeben, solche Kundinnen wie Savanna machten seine Arbeit tatsächlich mehr zu einem Vergnügen. Es war so herrlich leicht, mit ihr zu reden, ihr Komplimente zu machen und sie auch so zu meinen. Savanna wirkte so wunderbar unkompliziert, und er brauchte bei ihr keine Fassade aufrechtzuerhalten, um ihr das Gefühl zu geben, sein Interesse wäre echt, denn das war es.

Ethan hatte eine Reservierung in einem der besten italienischen Restaurants der Stadt vorgenommen und genoss die gierigen Blicke der männlichen Gäste, als er Savanna am Arm zum Tisch führte. Er rückte ihr – ganz Gentleman – den Stuhl zurecht, bevor er ihr gegenüber Platz nahm, ließ sie den Wein vorkosten und bestellte beim Weinkellner dann eine ganze Flasche. Sie schien sich mit ihm immer wohler zu fühlen, was ihm enorm gefiel. Er wusste nicht, was es mit dieser Frau auf sich hatte, oder was an ihr so anders gegenüber anderen Klientinnen war, doch es lag ihm dieses Mal besonders am Herzen, dass gerade Savanna sich sicher mit ihm fühlte. Er war fasziniert von ihr, mehr als es sein Job eigentlich zulassen sollte.

„Erzähl mir mehr über deine Tanzshow. Was genau ist es?“

„Burlesque, wenn dir das etwas sagt.“

Als hätte er es geahnt. Ethan nickte. „Hast du selbst getanzt?“

Natürlich hatte sie das, daher also ihr Kleidungsstil. Er bemühte sich, seiner eigenen Fantasie die Zügel anzulegen, denn die Vorstellung von ihren Kurven in einem sexy Hauch von Nichts schickte eine heftige Hitzewelle durch seinen Körper. Savannas Lächeln fesselte ihn.

„Ich bin zwei Jahre selbst in der Show aufgetreten. Als der Manager sich umorientiert hat, wollte er die Show einstampfen, aber stattdessen habe ich angefangen, sie zu managen und umzugestalten.“

„Und wo kann man sie bewundern?“

„Wir sind eigentlich überall. Das ist der Grund, warum ich hier bin. Wie ich ja schon sagte, bin ich auf der Suche nach einem Festengagement. Vier Jahre nonstop unterwegs, nur Hotels und nicht einen Tag frei, das zerrt sehr an den Nerven. Ich bin praktisch heimatlos, wenn man es genau betrachtet. Ich habe keinen festen Wohnsitz und lebe aus dem Koffer. Anfangs ist das noch wie ein Abenteuer gewesen, aber so langsam möchte ich wirklich mal irgendwo ankommen und wieder in meinem eigenen Bett schlafen.“

Ethan sah ihr an, wie sehr ihr dieses Vagabundenleben zusetzte, obwohl sie es hinter ihrem Lächeln verbergen wollte.

„Das klingt sehr einsam.“

„Das ist es auch. Manchmal weiß ich nicht einmal, in welcher Stadt ich gerade bin. Und nicht jedes Hotel ist so sauber und schick wie das, in dem ich gerade übernachte.“

Nachdem sie die Speisekarte erhalten hatten, wählten sie ihr Dinner und setzten ihr Gespräch gleich fort.

Savanna nippte an ihrem Weinglas. „Darf ich dir eine persönliche Frage stellen?"

„Sicher darfst du das."

„Wie kommt man auf die Idee, Gigolo zu werden?"

Ethan beugte sich ein weniger weiter über den Tisch und sah ihr direkt in die Augen.

„Da müsste ich etwas weiter ausholen. Ich war jung und brauchte das Geld …" Er grinste und sie fiel in sein Lachen ein. „Es war eigentlich ganz einfach. Mit einundzwanzig bin ich damals von Detroit nach Reno gegangen und habe dort in einer Stripteasebar als Barkeeper angefangen. Man lernt allerhand interessante Leute kennen."

„Mit Leute kennenlernen meinst du Frauen."

„Auch, aber nicht nur. Damals habe ich öfter einen Typen in der Bar gesehen, der ständig mit wechselnden Frauen da war. Irgendwann tauchte er dann allein auf und hat mich angesprochen. Wir redeten und er erzählte mir, dass er Gigolo sei und mit Dates sein Geld verdiene."

„Und er hat dich dann überredet mitzumachen?"

Ethan lachte auf und schüttelte den Kopf.

„Nein, nicht direkt. Wir haben uns angefreundet, haben ab und zu zusammen im Fitnessstudio trainiert oder sind zusammen Joggen gegangen, manchmal auch was Trinken, wenn wir beide nicht arbeiten mussten. Wir wurden richtig gute Freunde. Er hat mir oft von seinem Job und den Frauen erzählt und ich ihm von meinen Eroberungen und One-Night-Stands. Wie es halt so ist zwischen Kumpels. Irgendwann meinte er dann, dass er die Agentur verlassen wollte, mit der er damals gearbeitet hat, und selbst etwas aufziehen wollte, allerdings in Vegas. Graham, so lautet sein Name, hat mich dann einfach gefragt, ob ich Lust hätte, mit ihm zu gehen und für ihn zu arbeiten."

Ethan trank aus seinem Weinglas und schwelgte einen Moment lächelnd in Erinnerungen, bevor er fortfuhr.

„Ich habe nicht lange darüber nachgedacht. Als Barkeeper hatte ich gelernt, ein guter Zuhörer zu sein. Oft kamen die Stripperinnen an die Theke und haben mir ihr Herz ausgeschüttet. Ich war damals jung und hatte keine Lust auf Beziehung und das ganze Drama, das damit einherging, also warum sich nicht für die schönste Sache der Welt auch noch bezahlen zu lassen?"

„Wow, das klingt ziemlich nüchtern."

„So war das aber nicht gemeint. Ehrlich gesagt habe ich erst mit der Zeit einiges über Frauen gelernt und auch begriffen. Ich will nicht bestreiten, dass auch das Geld lockt, aber das ist nicht mehr nur der Hauptgrund."

Savanna hörte ihm aufmerksam zu und schien tatsächlich interessiert daran, zu hören, was er zu sagen hatte. Ethan wartete, bis sie ihre Speisen bekamen und der Kellner sich mit einem höflichen Nicken wieder entfernt hatte. Savanna war neugierig.

„Was ist der Hauptgrund, dass du es heute noch machst?"

„Ich habe mich mit vielen meiner Klientinnen unterhalten, so wie mit dir jetzt. Festzustellen, dass du die fleischgewordene Fantasie dieser devoten Frauen bist, ist verflucht aufregend und sexy. Ich kann meine dominante Seite spielen lassen oder ganz ausleben, und ich treffe so viele verschiedene faszinierende Persönlichkeiten, aber in erster Linie mache ich Frauen glücklich. So abgedroschen das klingen mag für dich, aber es ist so."

„Das klingt eigentlich gar nicht so abgedroschen, wie du glaubst. Es gibt eine Menge unglücklicher Frauen da draußen, schätze ich."

„Was hat dich dazu bewogen, mich zu buchen?"

Mit dieser Gegenfrage hatte Savanna definitiv nicht gerechnet, und für eine Weile hielt sie sich an ihrem Weinglas fest und starrte reglos auf ihre Pasta. Als sie den Kopf hob und ihre blauen Augen ihn direkt ansahen, lag darin so viel Entschlossenheit – und diesen Anblick kannte er sehr gut.

„Ich hab es mir verdient." Sie lachte leise und nahm einen weiteren Schluck aus ihrem Glas, beugte sich dann mit verschwörerischem Blick über den Tisch. „In Wirklichkeit war es eine spontane Idee." Sie erzählte ihm von dem miesen Tag und dem Flyer, den ihr jemand auf dem *Las Vegas Strip* regelrecht aufgezwungen hatte.

Er amüsierte sich über ihre Erzählung und empfand dabei auch ein wenig Stolz.

„Dein Profilfoto ist eigentlich daran schuld, dass ich jetzt um einige Dollar ärmer bin."

„Ich hoffe, du hast es bisher noch nicht bereut."

Sie schien tatsächlich für einen kurzen Augenblick darüber nachzudenken, grinste dann jedoch frech und schüttelte den Kopf. „Bisher noch nicht einen Cent."

Nachdem sie die Hauptspeise beendet hatten, wurde der Tisch abgeräumt und kurz danach das Dessert serviert. Ethan wurde ein wenig unruhig, als er ihr dabei zusah, wie sie genüsslich eine Erdbeere zwischen ihre Lippen steckte, kurz die Augen schloss und davon abbiss. Verdammt, war das erotisch, zumal er ihren verspielten Gesichtsausdruck bemerkte, der ihm eine Art Startsignal zu geben schien.

„Also gut, Savanna, was wünschst du dir von diesem Abend mit mir? Ich fand es sehr informativ, was du offen und ehrlich in dem Kontaktformular erzählt hast. Du bist sexuell devot und möchtest unterworfen werden."

„Ja, ganz genau. Was mir ich wünsche? Mh, es ist gar nicht so leicht, alles zu beschreiben."

„Hast du mit diesem Lustspiel schon Erfahrungen oder wäre es das erste Mal für dich?"

„Es ist zwar schon eine Weile her, aber eine gewisse Erfahrung bringe ich schon mit. Die letzten vier Jahre musste ich allerdings mehr oder weniger darauf verzichten. Es ist nicht leicht, bei einem One-Night-Stand so viel Vertrauen zu dem Kerl aufzubauen, der am Morgen wieder geht. Und ebenso ist es nicht einfach, beide Neigungen aufeinander abzustimmen, sodass es auch wirklich lustvoll und befriedigend ist."

Erneut nahm sie eine Erdbeere zwischen die Lippen und blickte ihn flirtend an. Diesmal konnte er es nicht mehr ohne Kommentar hinnehmen.

„Wenn du so weitermachst, lege ich dich gleich hier und jetzt übers Knie."

Savanna kicherte und verschluckte sich fast an dem Bissen. Allerdings schien seine verspielte Warnung das Gegenteil zu verursachen, denn der freche Rotschopf wiederholte die Prozedur, jedoch dieses Mal wesentlich sinnlicher und langsamer als zuvor. Ethan leerte sein Weinglas und beobachtete sie aufmerksam.

„Erzähl mir, was ich mit dir machen soll."

Sie wirkte wie eine köstlich-sinnliche Vorspeise auf ihn, von der er nur zu gerne naschen wollte. Inzwischen regte sich auch seine Männlichkeit im Schritt; das sachte Zucken war das Resultat ihres Verhaltens.

„Ich möchte, dass du die absolute Kontrolle übernimmst, mich dazu bringst, mir zu verdienen, was du mit mir machen kannst. Ich bin nicht masochistisch veranlagt, aber ein bisschen darf es ruhig wehtun. Mein Wunsch wäre das Komplettpaket. Fesseln, Augen verbinden, obwohl …" Savanna ließ ihren Blick über sein Gesicht und seinen Oberkörper gleiten.

„Nein, das wäre zu schade, wenn ich dich nicht sehen könnte. Wo war ich stehen geblieben?"

„Bei mir."

Sie lachte leise auf und erinnerte sich dann selbst wieder.

„Lass mich betteln, quäl mich ein bisschen, enthalt dich mir, bis ich es nicht mehr aushalte. Mach mich willenlos, machtlos, unfähig, selbst zu entscheiden."

Ihre Worte wurden euphorischer, leidenschaftlicher, und sie steigerte sich immer mehr in die Fantasie hinein, ohne wirklich zu erklären, was sie sich vorstellte.

„Wie wäre es, wenn wir zuerst einmal das Safeword festlegen. Ich wäre für so etwas wie SOS oder Mayday."

Als sie vehement ihren Kopf schüttelte, legte Ethan die Stirn in Falten und wartete auf ihre Erklärung.

„Das würde sofort alles abbrechen und ich glaube, das wird nicht nötig sein."

„Aber das ist eine meiner Bedingungen. Ich möchte, dass du weißt, dass du das Spiel jederzeit beenden kannst. Egal wie lange wir darüber reden, was geht und nicht geht: Es könnte sein, dass ich etwas tue, das dir keinen Spaß macht, und ich möchte, dass du dich wohlfühlst."

„Das verstehe ich, aber mir ist es lieber, wenn wir einen Code vereinbaren könnten, der nicht gleich alles beendet!"

„Du meinst so etwas wie den Ampelcode. Grün, wenn alles okay ist, gelb, wenn es an die Grenzen geht, und rot, wenn ich besser abbreche und die Spieltaktik ändere?"

„Ja, das wäre perfekt."

Ethan lächelte und ergriff ihre Hand, streichelte mit den Fingerspitzen zart über ihren Handrücken.

„Du magst also keine Schmerzen? Ich bin auch kein großer Fan von Spuren."

„Also, Blut kann ich auch nicht sehen, und Striemen, nun ja, ein paar Blessuren kann man nicht immer vermeiden, aber es sollte sich wirklich in Grenzen halten."

„Okay, gibt es sonst noch Tabus oder Grenzen, von denen ich wissen sollte?"

Sie zählte einiges auf, das sie erregte, was sie unter gar keinen Umständen wollte, doch in Ethans Kopf hatte sich bereits ein Plan in Gang gesetzt, der keine ihrer aufgelisteten Grenzen oder Tabus brechen würde. Immer wieder suchte Savanna seinen Blick, wie genau in diesem Augenblick erneut. Er spürte deutlich, dass es zwischen ihnen knisterte.

„Savanna?"

„Ja?"

„Leg den Löffel beiseite."

Zuerst bemerkte sie nicht, dass er das Spiel eröffnet hatte. Ethan beugte sich zu ihr, packte ihren Stuhl und zog ihn mit ihr näher zu sich heran. Kichernd ließ sie es zu und sah sich um, ob andere Restaurantbesucher sie beobachteten. Er nahm ihr den Dessertlöffel aus der Hand und legte ihn auf den Tisch. „Du wirst tun, was ich dir sage."

Plötzlich schien es bei ihr angekommen zu sein und sie nickte fasziniert. Ethan wickelte eine ihrer Haarsträhnen um seinen Zeigefinger und lächelte sie an.

„Habe ich jetzt deine ungeteilte Aufmerksamkeit?"

„Ja."

„Ja, was?" Er wurde strenger und ihre blauen Augen schienen aufzuleuchten.

„Ja, Sir."

„Zieh dein Höschen aus und gib es mir."

Savanna sah sich erneut im Restaurant um, schob ihren Rocksaum unter dem Tisch ein wenig höher und bemühte sich, ganz unbemerkt seinem Auftrag zu folgen. Ihr verstohlener Blick zu den anderen Gästen amüsierte ihn köstlich, denn ihre Körpersprache zeigte deutlich, dass ihr dieses kleine öffentliche Intermezzo sehr gefiel. Nach einigen Minuten hielt sie ihm ihre Faust entgegen und übereichte ihm artig ihre Unterwäsche. Sanft zog er an der Haarlocke, die er noch immer um den Finger gewickelt hatte.

„Küss mich und bedank dich bei mir, dass ich dir gestatte, so unzüchtig in diesem guten Restaurant zu sitzen."

Sie schmunzelte, bedankte sich mit frechem Unterton in ihrer Stimme und gab ihm einen kurzen Kuss auf die rechte Wange. Es gefiel ihm zunehmend, reizte ihn dazu, noch weiter zu gehen.

„Öffne deine Knie."

Immer wieder schickte sie verstohlene Blicke zu den Nachbartischen. Ethan ahnte, dass dieses Spielchen ihre Lust zunehmend steigerte. Sie reagiert sofort, doch er war noch nicht zufrieden.

„Weiter."

Savanna spreizte ihre Beine ein klein wenig mehr. Ethan blies seinen Atem zärtlich an ihren Hals und beobachtete, wie sie sacht dabei erschauderte.

„Steck deine Finger in deine Pussy und nimm sie anschließend in deinen Mund. Ich will dich auf deinen Lippen schmecken."

Bevor sie reagieren konnte, küsste er sie, zuerst sanft, dann fordernder. Als er sich von ihr löste, bemerkte er diesen teuflischen Blick in ihren Augen, der ihm verriet, dass sie zu jeglicher Schandtat bereit war. Savanna befolgte seine Anweisung und leckte ihre Finger so lasziv ab, dass sein Schwanz heftig zuckte.

„Du bist ein böses Mädchen."

Savanna bestätigte seine Worte mit einem langsamen sinnlichen Kopfnicken und verlangte ihre Belohnung, die er ihr nicht verweigerte. Dieses Mal eroberte er mit seiner Zunge ihre Mundhöhle, küsste sie so verboten leidenschaftlich in diesem Sterne-Restaurant, dass er befürchtete, man würde sie bald hinauswerfen. Doch Ethan hatte noch lange nicht genug von diesem Spielchen. Erneut löste er sich von ihren herrlich weichen Lippen und lächelte sie an. Ohne ein Wort zu sagen, legte er seine Hand auf ihren Oberschenkel, berührte die Innenseite und lauschte, wie Savanna den Atem anhielt. Zuerst spürte er den Seidenstrumpf und den Spitzenbund, dann traf er auf nackte Haut. Seine Finger berührten ihren Schoß, glitten dann zwischen ihre Schamlippen, die bereits feucht und geschwollen darauf warteten, stimuliert zu werden. Mit dem Zeigefinger strich er den heißen Spalt entlang und tastete nach ihrer Klitoris. Savanna wagte kaum zu atmen und klammerte sich an seinen Oberarm, verbarg ihr Gesicht an seiner Schulter und stieß einen leisen Laut aus, als er begann, ihre Lustperle zu umkreisen, zu necken und zu reizen. Es war ein köstlicher Anblick, ihr dabei zuzusehen, wie sie sich bemühte, nicht laut zu werden, keine Aufmerksamkeit auf sich zu ziehen oder gar die Kontrolle zu verlieren. Die

Serviette auf ihrem Schoß verbarg das Wesentliche vor neugierigen Blicken und selbst ihn erregte dieses Vorspiel immer mehr. Zuzusehen, wie Savanna sich gebärdete, damit riskierte Ethan einen mächtigen Ständer in der Öffentlichkeit. Eigentlich hatte er sich gut im Griff, doch diese Frau besaß eine besondere Wirkung auf ihn.

Immer mehr schien Savanna zu vergessen, wo sie sich befanden, und es fiel ihr zunehmend schwerer, sich unter Kontrolle zu halten, je mehr er das Fingerspiel zwischen ihren Schenkeln intensivierte. Allerdings bemerkte Ethan, dass der Mann am Nebentisch sehr interessiert zu ihnen hinüberblickte. Es wurde definitiv Zeit, die Örtlichkeit zu wechseln.

„Lass uns gehen."

Ethan stand auf und wartete, bis Savanna ihre Kleidung wieder geordnet hatte. Er ergriff ihre Hand, verschränkte seine Finger mit ihren und legte einen Geldschein, der ein großzügiges Trinkgeld für die Bedienung bedeutete, auf den Tisch.

Sie sog die Abendluft tief in ihre Lungen und bog einen Moment lang den Kopf in den Nacken, als sie das Restaurant hinter sich gelassen hatten und die Straßen entlangspazierten. Ethan konnte nicht anders, er packte sie, drängte sie mit seinem Körper gegen eine Wand, bis ihr Rücken dagegenstieß, und küsste sie erneut, jedoch hungriger, leidenschaftlicher und gieriger, als er es zuvor im Lokal gewagt hatte. Mit beiden Händen knetete er ihren herrlich runden Po und strich über ihre Taille empor zu ihren Brüsten. Savanna erwiderte seine Lust mit gleicher Intensität, und in seinem Hinterkopf schrillten sämtliche Alarmglocken. Es kostete ihn alle Kraft, sich zu beherrschen und die Situation wieder unter Kontrolle zu bringen.

„Savanna, du bist verdammt verführerisch."

„Ich wette, das sagst du allen Mädchen."

Es war verspielt gemeint und eher scherzhaft von ihr gesäuselt, doch Ethan schüttelte den Kopf.

„Nein, das habe ich nur zu dir gesagt."
Etwas in ihrem Lächeln sagte ihm, dass sie ihm kein Wort glaubte, und der Moment dämpfte seine eigene Erregung weit genug, um wieder einigermaßen klar denken zu können. Allerdings schien der Lustrausch nicht nur bei ihm zu schwächeln.
„Du hast das tatsächlich noch nie zu jemanden gesagt."
Savanna musterte sein Gesicht und ihm wurde klar, dass seine Fassade gebröckelt war und sie ihm die Enttäuschung ansehen konnte. Diese Nacht entwickelte sich völlig anders als gedacht und geriet langsam aus den Fugen. Er nahm ihr Gesicht in beide Hände, betrachtete es für einen Augenblick und hob dann lächelnd die Schultern.
„Es ist nicht wichtig."
Sie blieb stumm, hielt den Blickkontakt jedoch fest, und dieser Moment machte ihm bewusst, dass es tatsächlich nicht wichtig war, nichts war mehr wichtig.
„Komm mit."
„Wohin? Das Hotel liegt in der anderen Richtung."
„Wir gehen nicht ins Hotel." Ethan hob am Straßenrand die Hand und rief ein Taxi heran. Er nannte dem Fahrer die Adresse seines Apartmentgebäudes und war im Begriff, eins seiner eigenen Tabus zu brechen – niemals eine Klientin mit zu sich nach Hause zu nehmen!

Kapitel 7

Ethans Apartment war riesig, hell und offen gehalten. Savanna spazierte durch die großen Räume, die teilweise nur durch Regale in Wohnbereiche eingeteilt wurden, denn die Wohnung besaß kaum Türen, besser gesagt: Es gab nur zwei. Hinter der Tür neben dem Wohn- und Esszimmerbereich lag ein großes Bad mit italienischem Marmorboden und Wandkacheln. Die zweite Türe war abgeschlossen und Savanna wunderte sich, was sich wohl dahinter verbarg. Wäre es unverschämt von ihr, einfach ohne zu fragen in seiner Wohnung auf Entdeckungsreise zu gehen? Ethan beobachtete sie nur, bot ihr etwas zu trinken an, doch sie lehnte ab und setzte ihre Erforschung fort. Sein Schlafzimmer lag eine Etage höher und besaß eine Balustrade, die sehr an venezianische Balkongeländer erinnerte. Alles war sehr hell und freundlich und ebenso gemütlich gestaltet. Savanna lehnte sich über die hüfthohe Balustrade im Schlafbereich und blickte zu ihm hinunter.

„Bringst du oft Kundinnen mit hierher?“

„Nie.“

Savanna hob überrascht ihre Augenbrauen und frage sich, ob das der Wahrheit entsprach. „Lügst du mich jetzt an, damit ich mich besser fühle?“ Sie hoffte, ihr Lächeln würde die Frage ein wenig entschärfen, doch er schien sich nicht davon angegriffen zu fühlen, dass sie sich vergewisserte.

„Einer meiner Grundsätze ist, dass ich keine Klientinnen in meine eigenen vier Wände bringe. Es liegt einfach daran, dass ich hier privat bin und das nichts mit meinem Job zu tun hat."

Savanna verschränkte ihre Finger ineinander und studierte sein Gesicht. „Aber warum machst du bei mir eine Ausnahme?“

„Ganz einfach, du hast lange genug in Hotels gelebt und ich möchte, dass du dich absolut wohlfühlst."

In seinem Schlafzimmer gab es keinerlei Spuren davon, dass er ihr etwas vormachte, auch im Bad hatte sie keine Hinweise auf weibliche Gäste gefunden.

„Lebst du allein hier?" Sie war wirklich beeindruckt, dass er scheinbar tatsächlich sein Tabu für sie gebrochen hatte. Ethan nickte und erneut meldeten sich Zweifel in ihr. Wieso lebte ein so attraktiver Mann allein? Wahrscheinlich ließ auch sein Beruf keine Zeit für Zweisamkeit oder eine Beziehung, allerdings wohl aus anderen Gründen, als es bei ihr der Fall war.

Seit sie die Wohnung betreten hatten, verhielt Ethan sich anders als zuvor im Restaurant, wo er ihr fast den Verstand geraubt hatte. Sein Spielauftakt war so anrüchig, gefährlich und frech gewesen, dass es jetzt noch immer heftig zwischen ihren Schenkeln pochte. Savanna war sich ihrer Nacktheit unter dem Kleid sehr bewusst und jeder Schritt fühlte sich erotisch und sinnlich an. Auch ihm war die Lust noch immer ins Gesicht geschrieben, doch er schien seine Spieltaktik zu verändern. Er lächelte zu ihr empor, hob den Zeigefinger und lockte sie wieder zu sich hinunter. Langsam stieg Savanna die Treppe zum Wohnraum hinab und ging lasziv, mit wiegenden Hüften, auf ihn zu.

„Du hast ja gar keine Ahnung, wie sexy du bist."

Sie lächelte geschmeichelt und blieb vor ihm stehen. Ethan berührte zart mit den Fingerspitzen seiner rechten Hand ihre Wange, schob sie in ihr Haar und zog ihren Kopf nah zu sich, bis sie seinen Atem auf ihren Lippen spürte.

„Du raubst mir buchstäblich den Atem, Savanna, und das ist wirklich nicht einfach."

Sie glaubte ihm mittlerweile jedes Wort, auch wenn ihr Verstand immer wieder bemüht war, sich der Realität bewusst zu sein, dass er ein Gigolo war und Gigolos solche Schmeicheleien von Berufs wegen gut zu verpacken wussten. Ihr Herz und ihr Körper hörten jedoch nicht mehr darauf. Savanna wollte diese Fantasie, wollte sie glauben, und wenn es nur für eine Nacht war. Der Verzicht der letzten Jahre wurde ihr immer deutlicher bewusst. Sie sehnte sich nach seinen Berührungen und seiner Dominanz. Sie wollte ihn spüren, seinen warmen nackten Körper auf ihrem Leib, seinen Atem auf ihrer Haut, seine Lippen, seine Männlichkeit, seine Leidenschaft. Die Art, wie er sie außerhalb des Restaurants geküsst hatte, war ihr wie ein Stromschlag durch den gesamten Körper gezuckt und hätte sie fast zum Höhepunkt gebracht. Erst jetzt wurde ihr bewusst, wie sehr ihr Körper diese Intimität tatsächlich vermisst hatte und wie sehr sie sich danach sehnte, sich begehrt, schön und bewundert zu fühlen. Jede seiner Berührungen war wie ein heißes Versprechen, und Savanna wollte sich ihm ganz und gar, mit Haut und Haaren, hingeben.

Ethan küsste ihre Stirn, ihre Wangen, ihre Nasenspitze und legte ihr seine Lippen zärtlich auf den Mund, als er den Reißverschluss ihres Kleides am Rücken langsam aufzog. Sanft streifte er ihr die Träger von den Schultern, bis der Stoff raschelnd um ihre Fußgelenke zu Boden glitt. Sein Blick streichelte förmlich ihren Körper, der nur noch von einem geschnürten Korsett mit Strapsen und Strümpfen bedeckt war.

„Ich werde dich richtig genießen."

Seine Worte waren die reinste Penetration für ihre Ohren, und ihr Verstand rückte immer weiter in den Hintergrund. Seine Küsse wanderten an ihrem Hals entlang, über den Ansatz ihrer Brüste. Er ging vor ihr in die Hocke, hakte behutsam die Strapshalter auf und rollte nacheinander ihre Seidenstrümpfe von ihren Schenkeln. Mit aller Ruhe zog er ihr die High Heels von den Füßen, nahm ihr die Seidenstrümpfe ab und erhob sich wieder. Bei ihrer Taille gepackt, zog er sie enger an sich, ließ seine Hände über ihren Rücken gleiten, bis er ihre Pobacken zu greifen bekam. Ethan knetete sie, als wollte er ihre Festigkeit begutachten, und lächelte zu ihr hinunter.

„Bist du bereit für ein Spiel mit mir?"

„Mehr als bereit."

Er küsste sie erneut, ebenso intensiv und gierig wie zuvor, nachdem sie das Restaurant verlassen hatten. Imaginäre Blitze zuckten durch ihren Unterleib und schienen in ihrer Pussy zu explodieren. Sie schob ihre Hände in sein dunkles, volles Haar, das ihm fast bis zu den Schultern reichte, und vergrub ihre Fingerspitzen darin, als sie den Kuss mit gleicher Leidenschaft erwiderte. Verdammt, roch dieser Mann gut, und ebenso gut schmeckte er. Ethan beugte sich vor, schob sie sanft über seine rechte Schulter und hob sie hoch. Savanna quietschte vor Vergnügen und hielt sich mit beiden Händen an seinem Rücken fest. Langsam trat er mit ihr zu der Tür, die abgeschlossen war, nahm den Schlüssel aus seiner Hosentasche und schob ihn ins Schloss.

Er stellte sie vorsichtig mitten im Raum ab, der stockfinster war. Nachdem er die Tür hinter sich geschlossen hatte, betätigte er einen Lichtschalter. Mehrere Fackellampen hingen an den Wänden und flackerten, als würde echtes Feuer darin brennen. Das Licht beleuchtete den Raum nur sanft und weich.

Savanna sah sich in dem Zimmer um und staunte nicht schlecht.

„Du hast ein eigenes Spielzimmer?"

„Voll ausgestattet mit allem, was das dominante Herz begehrt."

Neben ihr stand ein breites Metallbett, das mehrere Ösen und Gitter besaß, an denen diverse Ketten hingen. Ethan ging hinüber zu einem halbhohen Schrank, zog die oberste Lade auf, nahm weiße Seidenschals heraus und kehrte damit zu ihr zurück. Savanna sah ihm sofort an, was er im Begriff war zu tun.

„Ich mag es nicht, wenn man mir die Augen verbindet."

„Warum magst du es nicht?"

„Weil ich ein Problem damit habe, die Kontrolle abzugeben. Es macht mich nervös nicht sehen können, was geschieht.“

Ethan lächelte sie an, ohne dass sie das Gefühl bekam, dass er sich über sie lustig machte.

„Geht es für dich nicht darum, die Kontrolle zu verlieren und dich in meine Hände zu begeben? Ich verspreche dir, es wird nichts geschehen, was du nicht möchtest.“

Er beugte sich leicht zu ihr, sah ihr tief in die Augen und senkte seine Stimme zu einem sanften Flüstern. „Vertrau mir.“

Ihr Herz begann wild zu klopfen und seine Bitte löste eine wohlige Gänsehaut bei ihr aus. Savanna hielt seinem intensiven Blick stand und hätte darauf schwören können, das zwischen ihnen in dem Moment die Funken sprühten. Langsam nickte sie und gab damit ihre Zustimmung, dass er ihr die Sicht für das Spiel nehmen durfte. Sanft berührte er ihre rechte Wange und die beruhigende Zärtlichkeit bewirkte, sich ihre Atmung wieder normalisierte. Ethan umrundete sie, blieb hinter ihr stehen, legte ihr einen der Schals über die Augen und knotete ihn an ihrem Hinterkopf zu.

„Ich möchte, dass du dich nur auf meine Stimme konzentrierst.“

Seine Lippen berührten ihre linke Schulter, und umgehend breitete sich eine wohlige Gänsehaut auf ihrem Leib aus. Savanna ließ sich von ihm führen.

„Ich werde dich fesseln.“

Sie nickte und spürte, wie er die Seide um ihre Handgelenke schlang und dann über ihren Kopf gestreckt befestigte. Er war ihr so nah, dass sie seine Körperwärme und seinen männlichen Duft deutlich wahrnehmen konnte.

„Ist alles in Ordnung? Ist es nicht zu fest oder unangenehm?“

„Nein, alles im grünen Bereich.“

Savanna lächelte und erinnerte sich daran, dass sie zuvor den Ampelcode ausgemacht hatten. Ihre lustvolle Anspannung stieg, und die Art, wie er sie langsam verführte, erregte sie immens. Ruhig drehte er sie um und drängte sich an ihren Rücken. Savanna konnte deutlich fühlen, wie lustvoll es selbst für ihn zu sein schien. Seine harte Männlichkeit presste sich an sie, als er ihre Brüste in seine warmen, weichen Händen nahm und sanft zu kneten begann. Er spielte mit ihren Brustspitzen, die sich bereits fest zusammengezogen hatten und süße, qualvolle Impulse hinunter zu ihrer Klit sandten. Seine Fingerspitzen kniffen in ihre sensiblen Nippel, rieben und reizten sie, bis Savanna leise aufstöhnte, und als er ihr zärtlich in die Seite ihres Halses biss, keuchte sie hingebungsvoll auf. Seine Handflächen strichen über den geschnürten Stoff ihrer Taillenkorsage und streichelten an den Außenseiten ihrer Schenkel entlang. Er küsste abwechselnd ihre Hinterbacken, als er sich hinter sie hockte, dann biss er auch dort zu, als würde er seine Zähne in köstliches saftiges Fleisch versenken.

Savanna schrie leise und gab sich völlig der süßen Schmerzsensation hin, die in ein leichtes innerliches Beben mündete. Ihre Klitoris pulsierte immer stärker, und seine raubtierhafte Leidenschaft zwischen Küssen und Beißen steigerte die Intensität immer mehr. Ihre Sehnsucht, ihn in sich zu fühlen, wurde größer.

Dann verpasste er ihr den ersten Hieb, der ihre rechte Pobacke mit der flachen Hand traf. Das Klatschgeräusch klang wie ein Echo in ihrem Kopf nach, und auch der darauffolgende Schlag besaß dasselbe Ergebnis. Ihr Puls wurde schneller, ebenso wie ihre Atmung. Immer wieder knetete er die getroffene Stelle sanft, bevor er erneut zuschlug. Langsam steigerte er die Kraft hinter jedem weiteren Hieb und Savanna bemerkte das immer heißer werdende Brennen, das seine Handschrift nachhaltig unter ihrer Haut hinterließ. Der Schmerz war zu ertragen, doch er löste in ihr ein regelrechtes Feuerwerk an

Emotionen aus, die sie völlig in den Bann zogen. Stöhnend, keuchend und am Ende auch von leisem Wimmern untermalt, nahm sie jeden seiner Hiebe entgegen und spürte dem Summen in ihrem Innern nach. Die Hitze in ihrem Geschlecht wurde heftiger und ihre Lustlaute energischer.

„Die Aufwärmphase scheint dir gefallen zu haben."

„Oh ja, verdammt, das hat sie."

Er packte ihr ins Nackenhaar und zog ihren Kopf zurück. „Das hat sie – was?"

Sie lachte erregt auf und erinnerte sich wieder. „Das hat sie, Sir."

„Braves Mädchen."

Dieses Mal presste er ihr die Lippen fest auf den Mund, als würde er ihr einen Besitzerstempel aufdrücken wollen, und sie liebte es. Der Seidenschal vor ihren Augen schärfte alle anderen Sinne, doch ganz besonders ihre Empfindungen. Mit seinen Füßen schob er ihr die Beine ein wenig weiter auseinander, drängte sich erneut sehr eng an ihren Rücken und ließ sie fühlen, was es auch bei ihm auslöste. Seine Erregung presste sich nun stahlhart gegen ihren Rücken, als er ihr mit einer Hand zwischen die Beine griff und begann, ihre Scham erneut zu erkunden. Seine Fingerkuppen glitten so leicht in ihren heißen, feuchten Spalt, dass Savanna sich fast ein bisschen schämte, doch das leise Raunen in ihrem linken Ohr versicherte ihr deutlich, dass ihm gefiel, was er vorfand. Die Kuppe seines Mittelfingers umkreiste ihre Lustperle und fachte ihre Lust immer weiter an. Stöhnend lehnte sie ihren Kopf zurück gegen seine Schulter und bettelte in Gedanken, dass er in sie eindringen möge.

Doch immer wieder strichen seine Fingerspitzen nur zwischen ihre Schamlippen und stimulierten das Pochen in ihrer Pussy bis zum Äußersten. Als Ethan von ihr abließ, zitterte sie vor Begierde und Enttäuschung, dass er es nicht zu Ende gebracht hatte. Sein Lachen klang kehlig und heiser.

„Du hast wohl geglaubt, ich mache es dir so einfach."

Savanna schüttelte den Kopf.

„Nein, Sir."

„Lügnerin."

Sofort erntete sie dafür zwei weitere Hiebe auf ihren Hintern, die er dieses Mal jedoch mit großer Kraft dahinter verteilte. Sie schrie leise auf und kämpfte gegen die Tränen an, die der beißende Schmerz verursachte.

Behutsam löste er die Augenbinde an ihrem Hinterkopf, und für einen Moment sah sie nur verschwommen. Als sich ihr Blick wieder klärte, starrte sie in ihr eigenes Spiegelbild. Vor ihr stand ein großer Spiegel, der links und rechts zwei aufgeklappte Bogengitter besaß. Von der Decke hing über ihr ein großer Metallring, an den er sie gebunden hatte. Sich so nackt und wehrlos selbst zu betrachten, wirkte im ersten Moment ein wenig erschreckend auf sie.

Savanna suchte Ethans Blick. Er hatte sich die Jacke ausgezogen und das weiße Hemd bis zu den Ellbogen empor gekrempelt. Dass er noch immer fast komplett bekleidet war, machte ihr ihre Nacktheit nur noch bewusster und deutlicher. Savanna spürte dieses lustvolle Machtgefüge zwischen ihnen knistern, und so langsam begann sie, sich damit zu arrangieren. Auch der Spiegel vor ihr wirkte nicht mehr so heftig auf sie, dennoch vermied sie es, direkt hineinzusehen. Er benutzte zwei weitere Seidenschals, um nun ihre Fußgelenke rechts und links an den Spiegelgittern zu befestigen, und ließ ihr kaum Spielraum, ihre Beine zu schließen. Durch den Spiegel, der knapp zwei Schritte von ihr entfernt war, konnte sie beobachten, wie er zum Schrank zurückkehrte und sich dann mit einer Reitgerte wieder näherte. Die breite Gummilippe am Ende ließ er zärtlich über ihren Rücken streichen, dann über ihren glühenden wunden Po, und den ersten Schlag damit platzierte er auf die

Rückseite ihres rechten Oberschenkels. Savanna zuckte zusammen und keuchte leise auf.

„Du wolltest dir doch verdienen, was ich dir schenke, nicht wahr?“

Savanna nickte, schluckte hörbar und seufzte auf.

„Ja, Sir.“

Plötzlich prasselten leichte federnde Hiebe auf beide Schenkel, ohne dass es wirklich wehtat, doch die Wiederholung ließ ihre Rückseite langsam ebenso Feuer fangen, wie es zuvor mit ihrem Po geschehen war. Die Hitze breitete sich unter ihrer Haut aus und die Gerte sorgte dafür, dass im Nu ihr gesamter Unterleib in Flammen zu stehen schien. Sie litt süße Qualen und konnte ihr eigenes Leiden im Spiegel verfolgen, mit dem sie immer vertrauter wurde. Ethan hielt ihr die Gerte hin.

„Draufbeißen und festhalten. Wenn du sie fallen lässt, versohle ich dir mit der bloßen Hand so den Hintern, dass du einige Tage nicht mehr sitzen kannst, verstanden?“

„Ja, Sir.“

Sie war völlig außer Atem und mittlerweile war die Tatsache, dass er ein Gigolo war, den sie für all das hier bezahlt hatte, vollkommen in die Ferne gerückt. Er war ein Dom, der ihre und seine Neigungen, Sehnsüchte und Begierden befriedigte, nicht mehr und nicht weniger.

Savanna gehorchte seinem Befehl und hielt den Gertenschaft mit ihren Zähnen fest. Abermals kniete er sich hinter sie, schob ihre Hüften ein klein wenig zurück und drängte ihr erneut die Finger zwischen die Schamlippen. Er glitt vor und zurück, umkreiste sanft, aber neckend ihre Klitoris, und dann drang er endlich in sie ein. Mit einem Fingerpaar enterte er ihre Öffnung, glitt so leicht in sie, dass ihr deutlich bewusst wurde, wie feucht sie bereits war. Zu Beginn reizte er sie langsam, schob seine Finger in ganzer Länge behutsam vor und zurück, doch Savanna war bereits viel zu weit vorgeschritten in ihrer Gier, sodass ihr das nicht mehr ausreichte.

„Mehr … schneller!“

Atemlos forderte sie ihren Dom dazu auf, ihrer Lust zu gehorchen, ihr zu Willen zu sein, doch Ethan weigerte sich und behielt den Takt bei, der in ihr eine neue Qual verursachte. Sein höhnisches Lachen demütigte sie auf so sinnliche Weise, dass sie fast verrückt wurde.

Ethan verpasste ihrem Hintern erneut einen leichten Hieb mit der freien Hand.

„Du wolltest mich anbetteln, das war dein Wunsch.“

„Ja, Sir … Oh mein Gott, ja!“

Savanna konnte beobachten, wie sich ihr eigenes Gesicht lustvoll verzerrte und leidenschaftlich litt unter dieser gemeinen Tortur. Sie biss immer fester auf die Gerte, nuschelte durch den Knebel in ihrem Mund und fordere mehr. Ihre Worte waren verständlich genug, allerdings hörte Ethan nicht auf sie. Seine Finger bohrten sich immer wieder im selben trägen Takt in sie und hielten sie auf einem gleichbleibenden hohen Lustlevel, das ihr den Verstand zu rauben drohte.

„Bitte Sir, ich halte es kaum noch aus …“

Als wäre es das Stichwort für ihn, beendete er das Fingerspiel in ihrer Scham und erhob sich hinter ihr. Mit einem Handgriff löste er den Seidenschal aus dem Metallring über ihr und zwang sie mit einem Griff in ihren Nacken zu Boden auf alle viere. Die Handgelenksfessel fixierte er am Rahmen des Spiegels vor ihr, sodass sie mit dem Oberkörper fast am Boden lag und ihr Hintern emporgestreckt war. Ethan blieb hinter ihr stehen und lächelte ihr über den Spiegel zu.

„Das ist eine sehr interessante Position. Du siehst sehr verlockend darin aus.“

Sein provokanter Unterton in seiner tiefen, sonoren Stimme bescherte ihr erneut eine wohlige, sinnliche Gänsehaut, die ihr über den gesamten Körper kroch.

„Ich kann sehen, wie geschwollen und feucht du bist.“

Erst als er es aussprach, wurde ihr bewusst, wie offen und direkt sie sich ihm in dieser Haltung präsentierte.

Ihre Wangen schienen Feuer gefangen zu haben und glühten heiß. In ihrem Kopf drehte sich alles. Der Schwindel griff auf ihren gesamten Körper über und es fühlte sich herrlich an, als wäre sie federleicht und würde zu schweben beginnen.

Erneut ging er hinüber zum Schrank, doch er verbarg geschickt, was er mitgebracht hatte, als er zu ihr zurückkehrte. Savanna war ihm nun hilflos ausgeliefert und in ihr wurde es immer stiller. Die Außenwelt existierte für Savanna in diesem Augenblick nicht mehr, nur das Hier und Jetzt mit ihm war von Bedeutung. In ihrem Innern breitete sich eine köstliche Ruhe aus, etwas, das sie lange nicht mehr erlebt hatte. Sie hatte keinerlei Kontrolle, keinen eigenen Willen mehr und war einer anderen Macht völlig unterworfen. Die Verantwortung lag nun gänzlich bei ihm, und sie ließ sich in dieser herrlichen, sinnlichen und erregenden Machtlosigkeit einfach treiben.

„Das hier wird uns beiden sicherlich viel Spaß bereiten."

Kaum hatte Ethan die Worte ausgesprochen, bemerkte Savanna, dass ein öliger Tropfen auf ihren Anus fiel, den er mit sanften Fingerspitzen verteilte. Instinktiv verengte sich ihr Schließmuskel, doch das Gleitgel machte es ihm leicht, diesen engen Eingang zu überwinden. Savanna hielt den Atem an, und er wartete.

„Fühlst du dich wohl?"

Sie nahm sich einen Moment Zeit, diese Frage nach der Farbe ihrer Ampel zu beantworten. Mit einem Finger hatte er sich Zugang zu ihrem Po verschafft, und es fühlte sich verboten gut an, ein wenig verrucht, sogar anrüchig, doch tief in ihrem Innern wollte sie es. „Es ist immer noch alles grün."

Ethan war geduldig, behutsam und sanft zu ihr, ließ ihr Zeit, sich an diese Fülle in ihrem Anus zu gewöhnen, bis sie sogar begann, leise zu stöhnen, als er seinen Finger in ihr bewegte. Er nahm einen zweiten hinzu, um ihre Enge ein wenig mehr zu weiten und wartete erneut, bis er sicher war, weitergehen zu können und ihr dieses

Erlebnis tatsächlich auch lustvoll und schmackhaft zu machen. Savanna konnte kaum glauben, dass sie sich traute, dies tatsächlich zuzulassen, obwohl sie es stets als grenzwertig angesehen hatte. Doch es fühlte sich so herrlich verboten und lüstern an, dass sie kaum genug davon bekam.

Ethan tauschte seine Finger gegen einen kleinen Plug aus, den er sanft und langsam in ihren Anus schob, doch was dann geschah, raubte ihr erneut den Atem. Das Ding begann zu vibrieren und erschütterte sie bis in die tiefsten Ebenen. Die Empfindungen strömten über unzählige Nervenbahnen durch ihren gesamten Körper, und noch während sie damit beschäftigt war, damit fertig zu werden, öffnete Ethan seine Hose, streifte sich ein Kondom über und enterte zusätzlich mit einem kraftvollen harten Eindringen ihre Pussy. Dermaßen gedehnt und doppelt penetriert zu werden, sorgte dafür, dass sich ihre Wahrnehmung völlig verschob. Ethan begann, sie kraftvoll zu stoßen, und die Vibrationen in ihrem Hintern stimulierten Punkte in ihr, von denen sie nicht einmal geahnt hatte, dass es sie überhaupt gab. Sein Schwanz pumpte sich tief und kraftvoll in sie, und sie hörte ihn laut hinter sich stöhnen. Er packte ihre Hüften, bohrte seine Fingerkuppen in ihr festes Fleisch und nahm Tempo auf, sodass ihr Körper heftig durchgeschüttelt wurde. In ihren Ohren hörte sie ihre eigene Stimme kollabieren und die Schreie immer greller werden. Sie kam dem ersten Höhepunkt immer näher und konnte fast beobachten, wie sich die Welle in ihr aufbaute. Ethan nahm sie vollkommen in Besitz und es fühlte sich an, als würde er sie nur zu seinem eigenen Vergnügen benutzen. Diese Emotion gab ihr den letzten Rest und die Orgasmuswoge riss sie völlig mit. Gellende Schreie dröhnten durch den Raum, als Savanna kam und die Spasmen der Erlösung durch ihren Körper zuckten. Es war, als würde dieser Höhepunkt kein Ende nehmen. Sie lag keuchend mit dem Oberkörper flach auf dem Boden und zitterte unter den Nachbeben dieses gewaltigen Finales noch immer, als er sich ihr entzog.

Savanna wusste nicht, ob er ebenfalls gekommen war, aber es war ihr auch in diesem Moment nicht wichtig. Sie fühlte sich so leicht wie eine Feder, als würde sie über dem Boden schweben, und spürte das eigentliche Gewicht ihrer Glieder kaum. Sie bemerkte nicht einmal, dass er ihre Fesseln längst gelöst hatte und sie vom Boden auf seine Arme gehoben hatte. Ethan trug sie zum Bett und setzte sie behutsam dort ab.

„Geht es dir gut?“

Sie nickte bloß, konnte nicht mehr sprechen, so wund geschrien fühlte sich ihre Kehle an.

„Möchtest du ein Glas Wasser?“ Erneut bewegte Savanna ihren Kopf zur Bestätigung.

Er ging in die Küche, kam kurz darauf mit einem Glas Wasser zurück und reichte es ihr. Sie trank die Flüssigkeit mit einem Schluck und ließ sich aufs Bett zurückfallen. Matt und gesättigt lag sie da und schloss die Augen, lächelte selig vor sich hin und konnte kaum glauben, was gerade eben mit ihr geschehen war. Was er mit ihr gemacht hatte! Steckte der Plug eigentlich noch in ihr? Das Summen war verschwunden, aber die Dehnung konnte sie noch immer spüren. Als sie zum Spiegel zurückblickte, lag die kleine Gemeinheit am Boden, und sie grinste frech.

„Das war unglaublich.“

„Ich habe gehört, wie sehr es dir gefallen hat.“ Er legte sich auf die Seite neben sie und strich ihr sanft eine Haarsträhne aus dem Gesicht. „Genauso habe ich es auch gefühlt.“

„War ich so laut?“

„Mh, das ist der Grund, warum das Spielzimmer eine extra Sounddämmung hat.“

„Gut mitgedacht. Ich bin eigentlich gar kein Schreihals.“

„Bei mir scheinbar schon.“

Er schmunzelte ihr zu und streichelte ihre rechte Schulter. Er wirkte so liebevoll, so beschützend und zärtlich in diesem Augenblick, dass sie nach seinem Gesicht griff und es zu sich hinunterzog. Sie hatte sich diesen innigen Kuss mehr als verdient und vergrub erneut ihre Finger in seinem glänzenden Haar. Seine Augen schimmerten in diesem tiefen Grün, so verführerisch und verlockend, dass sie am liebsten darin versinken wollte.

„Du bist wirklich schön, Ethan."

Er lächelte so, als ob ihn dieses Kompliment tatsächlich verlegen machte.

„Das hast du sicherlich schon tausend Mal gehört, nicht wahr?"

Ethan küsste ihren Mund und sah sie direkt an.

„Aber niemals hat es so ehrlich geklungen."

Verdammt, dieser Mann war unglaublich und hinreißend und sexy und wunderbar und so … Savanna schloss die Augen, weil ihr erneut die Tränen in die Augen schossen. Nach einem Höhepunkt war sie immer schon sehr empfänglich und verletzlich gewesen, aber nach diesem gigantischen Orgasmus, den er ihr beschert hatte, war es noch schlimmer als sonst. Sie fühlte sich so sentimental und angreifbar wie nie zuvor.

„Sieh mich an, Savanna."

Sie schüttelte den Kopf. „Ich kann nicht."

„Tu es einfach."

Abermals verneinte sie, und er bestand ein drittes Mal darauf, also öffnete sie ihre Lider und beobachtete, wie er sie anschielte und sein Gesicht zu einer Grimasse verzerrte. Er sah so albern und bescheuert damit aus, dass sie anfing zu lachen und ihr die Tränen über die Wangen liefen. Ethan schien zufrieden zu sein und hatte erreicht, was er damit bezweckt hatte.

„Ich liebe es, wie du lachst."

Savanna schlang ihre Arme um seinen Nacken und zog ihn an sich. Engumschlungen lagen sie eine Weile einfach da und genossen gemeinsam die angenehme Stille zwischen ihnen und das Nachglühen der körperlichen Erfüllung. Seinen herrlich männlichen Duft zu atmen und seine Wärme zu spüren, weckte erneut ihre sinnliche Wollust.

„Glaubst du, du schaffst noch eine zweite Runde?“

Ethan hob den Kopf und blickte ihr ins Gesicht, als ob sie scherzen würde. Zur Antwort ergriff er ihre rechte Hand und schob sie an seinen Schritt.

„Ist das Antwort genug für dich?

Sie lachte katzenhaft und küsste ihn zuerst neckend, doch dann presste er seine wunderbaren Lippen auf ihren Mund und machte sie erneut atemlos. Sie half ihm dabei, endlich seine überflüssige Kleidung loszuwerden, streichelte diesen traumhaften, perfekten Männerkörper mit einer seltsamen Bewunderung, zeichnete die Muskelstränge mit den Fingerspitzen nach. Savanna war so gefangen von Ethan, seinem herrlichen Geruch und seinem nackten Körper, dass alle ihre Sinne davon angesprochen wurden. Es war erregend, ihn nur zu betrachten, noch lustvoller war es allerdings, ihn auf sich, in sich zu spüren und mit jeder Faser ihres Körpers zu genießen. Dieses Mal liebte Ethan sie zärtlicher, doch nicht weniger leidenschaftlich als zuvor und brachte Savanna damit noch zwei weitere Male zum Höhepunkt. Ethan bekam einfach nicht genug von ihr, doch sie war zu mehr nicht imstande. Ethan schien zu spüren, wie gesättigt sie war, und überforderte sie nicht. Es war ein umwerfendes Gefühl, dass er ihre Bedürfnisse über die seinen stellte und sie zum Mittelpunkt des Geschehens machte. Savanna behielt diesen wunderbaren Gedanken für sich, kuschelte sich unter den Laken in seine Umarmung und schlief matt, satt und zufrieden, mit dem Duft seines Körpers in ihrer Nase, tief und fest ein.

Kapitel 8

Es war eine ganze Weile her, dass eine Frau über Nacht sein Bett mit ihm geteilt hatte, und er konnte lange Zeit kein Auge zu bekommen. Ethan lauschte ihren tiefen Atemzügen und betrachtete sie still und heimlich, während sie schlief. Savanna wirke wie ein schlafender Engel auf ihn, und er konnte sich kaum an ihr sattsehen. Ihre Kurven waren nur durch das dünne Laken bedeckt, doch darunter war sie nackt. Ihr rotes Haar lag aufgefächert über dem Kissen, das sie, mit dem Gesicht zu ihm gewandt, träumend umschlang. Ihre Hände sahen zierlich aus, und er wagte es, ihre Finger sanft zu streicheln, ohne sie zu wecken. Er hatte es nicht eine Sekunde bereut, sein Tabu gebrochen und sie mit zu sich nach Hause genommen zu haben.

Ethan wusste nicht, wie lange er sie einfach nur angestarrt hatte, bevor auch ihn der Schlaf schlussendlich übermannte.

Ethan erwachte noch vor ihr, als es draußen langsam wieder hell wurde. Leise schlüpfte er aus dem Bett, betrat nackt die Küche und bereitete ein Frühstück vor. Es hatte noch nie zuvor eine Kundin gegeben, für die er tatsächlich so etwas machen wollte, und er schüttelte über sich selbst den Kopf. Das angerichtete Tablett mit Kaffee und Toast mit Erdnussbutter und Marmelade für zwei, trug er zurück ins Spielzimmer und stellte es auf den Nachttisch neben ihr.

Savanna schlief noch immer tief und fest, aber das Laken war gerade verrutscht, als sie sich träumend auf den Rücken gedreht hatte. Ihre Brustspitzen waren zartrosa und ihre Brüste fest und wohlgerundet. Ethan zupfte an dem Laken, um noch mehr von ihrem Körper zu entblößen. Er wurde sich in diesem Moment, als sie erneut nackt vor ihm lag, bewusst, dass er sich wohl niemals an dieser Frau sattsehen würde. Gott, sie war einfach perfekt. Ihre Haut so seidig, glatt und nur leicht von der Sonne geküsst. Ethan betrachtete jede Rundung, jede zarte Falte ihres Körpers und konnte einfach nicht widerstehen. Savanna war die schlafende Schönheit, die er wachküssen wollte. Er kniete sich neben sie aufs Bett, beugte sich über sie und begann damit, ihre Wange mit den Lippen zu berühren. Er wanderte, zärtlich mit der Zunge leckend, an ihrem Hals entlang und hörte sie leise seufzen. Savanna schien zu erwachen, doch das wollte er verhindern.

„Schlaf weiter, Beautiful. Lass es einfach geschehen."

Ein süßes Lächeln zuckte über ihre wunderbaren Kusslippen, die er sanft mit seinem Mund bedeckte, bevor er seinen Weg mit der Zungenspitze zu ihrem rechten Busen fortsetzte. Als er ihren Nippel sanft anstupste, zog dieser sich umgehend zusammen und richtete sich auf. Ethan saugte daran, setzte behutsam seine Zähne ein und lauschte dem leisen Schnurren, das Savanna von sich gab. Er wusste, sie war längst wach, doch sie tat ihm den Gefallen, sich weiter schlafend zu stellen, und hielt die Augen geschlossen, rührte sich auch sonst nicht und ließ ihn sein Spiel fortsetzen. Während er ihre rechte Brust sanft weiterstreichelte, wandte er sich mit gleicher Zärtlichkeit ihrer linken Brustspitze zu, leckte, saugte und zupfte mit der Zunge und seinen Lippen daran, bis sie erneut aufseufzte. Mit beiden Händen massierte und knetete er ihren Busen und wanderte mit Küssen und Züngeln über ihren Bauch hinab und drängte sich mit seinem Körper zwischen ihre Schenkel.

Wenn er ehrlich war, dann war dies eines der wenigen Dinge, die er schon immer einmal tun wollte, es hatte sich jedoch nie die Gelegenheit dazu ergeben, eine schlafende Schönheit zu vernaschen. Er bedeckte ihre Schenkelinnenseiten mit kleinen sanften Küssen und achtete auf ihre Reaktion. Noch immer bemühte sich Savanna absolut still zu halten, doch die süßen Lustlaute aus ihrem leicht geöffneten Mund zeigten ihm deutlich, wie sehr auch sie die Situation genoss.

Seine Männlichkeit war längst wieder bereit zum Einsatz, doch er wollte sie noch ein wenig länger schmecken, also presste er seinen Mund fest auf ihre Scham, tastete mit der Zungenspitze nach ihrer Klit und begann abwechselnd sanft daran zu saugen und zu lecken. Ihr Duft nach gesteigerter Lust und Erregung stieg ihm direkt in die Nase und benebelte seine Sinne. Ethan züngelte ihre Spalte entlang, kostete von ihrem süßherben Nektar und lauschte ihren Lauten, die sie nicht mehr unterdrücken konnte. Unter seinen Händen spürte er, dass sie ebenfalls ihren Körper kaum mehr unter Kontrolle hatte, denn ihre Hüften zuckten, je gieriger Savanna unter seinem Zungenspiel wurde. Ihre Finger krümmten sich und krallten sich in das Bettlaken unter ihr, und ihr Brustkorb hob und senkte sich immer heftiger. Er umkreiste immer schneller mit der Zunge ihre Lustperle, leckte zwischen ihren Schamlippen entlang und bohrte die Spitze so weit es möglich war in ihre pochende feuchte Öffnung.

Ethan war beeindruckt, wie gut sie sich dennoch im Griff hatte. Er spreizte ihre Beine weiter und sie sackten schlaff und kraftlos zur Seite. Er fischte sich ein Kondom aus der Schale neben seinem Bett, rollte es über seinen Schwanz und presste die Eichel gegen ihre heiße, nasse Spalte, drang langsam immer tiefer in sie ein, bis er sie gänzlich ausfüllte. Für einen kurzen Moment genoss Ethan ihre hitzige feuchte Enge, die sich um seinen Schaft schloss und sich köstlich anfühlte. Er stützte sich auf seine Ellbogen, nahm ihr Gesicht in beide Hände.

„Halt ganz still … und lass es einfach zu.“

Ihre Atmung beschleunigte sich, als er begann, sich in ihr zu bewegen. Doch Savanna hielt ihre Augen geschlossen, ließ seine Fantasie wahr werden. Ihr Körper wirkte so köstlich wehrlos und doch so willig, lag ganz reglos unter ihm, während er, seiner eigenen Lust folgend, das

Tempo steigerte. Ethan griff unter das Knie ihres linken Beines, nur um sie noch tiefer nehmen zu können. Stöhnend und schwer atmend lehnte er seine Stirn gegen die ihre.

„Du fühlst dich so wunderbar an, Savanna."

Erneut huschte ein süßes Lächeln über ihre Lippen, doch sie blieb still und verhielt sich weiterhin so reglos, wie es nur möglich war. Savanna bog ihren Kopf zurück, als er seine Stöße kraftvoller ausführte, und stöhnte lauter auf. In diesem Moment, der sich so intim und so exquisit entfaltete, brach ihre Reglosigkeit und Savanna grub ihre Hände in sein Haar, zerrte daran und forderte einen innigen, heißen Kuss von ihm, den er ihr nur zu gerne schenkte.

Keuchend und stöhnend bog sie sich seiner Leidenschaft entgegen und umklammerte mit einem Bein seine Hüfte und presste ihre Fingernägel immer schmerzvoller in seine Schultern. Ihre Laute wurden intensiver, doch sie versuchte, sie zu dämpfen, indem Savanna seinen Hals küsste und hitzig hineinbiss. Ethan war bereits so weit, dass ihn das nur noch mehr anspornte, dass er sie immer kräftiger nahm und kurz davor stand zu kommen. Er hatte keine Ahnung, auf welchem Level der Lust sich Savanna in diesem Moment befand, doch dies war seine Fantasie, und wenn man es reell einschätzte, war diese Nummer auch nicht mehr im Preis inbegriffen. Mit einer Hand umschloss er ihre Kehle, drückte ihren Kopf tiefer in das Kissen und setzte zum Finale an. Er drang tief in sie ein und das Geräusch von aufeinanderprallenden Körpern erfüllte den gesamten Raum. Savanna schrie laut auf und bohrte ihre Nägel tief in seine Haut. Das war der letzte Kick, der ihn ebenfalls zur Explosion brachte. Zuckend und bebend entlud er sich und fluchte laut auf, weil dieser Höhepunkt ihm tatsächlich seit Langem eine absolute Befriedigung bescherte. Ihre Intimmuskeln zogen sich zusätzlich rhythmisch um seinen Schwanz zusammen, was ihm auch körperlich bewies, dass Savanna ebenfalls heftig gekommen war.

Außer Atem sank er neben sie auf die Kissen und hielt sie eng umschlungen in seinem Arm, küsste ihre feuchte Schläfe und schmeckte Salz auf seiner Zunge.

„Guten Morgen, Beautiful."

Zum ersten Mal an diesem Morgen schlug Savanna ihre schönen blauen Augen auf und lächelte ihn sinnlich an. Ihr Blick wirkte noch ein wenig vernebelt und der Genuss war ihr ins Gesicht geschrieben.

„Guten Morgen, Ethan."

Sie küsste ihn und legte sich ebenfalls auf die Seite, um ihn genauer betrachten zu können. Dieser innige Augenblick ging ihm durch und durch, und er wünschte sich, es würde immer so sein.

Savanna berührte sanft sein Gesicht. „Wow, das war, als könntest du in meinen Kopf blicken."

„Wie meinst du das?"

„Das war eine Fantasie von mir, seit ich das erste Mal masturbiert habe. Ein fremder Mann betritt mein Zimmer, während ich noch schlafe, und nimmt sich, was er will. Der Gedanke, hilflos zu sein, mich nicht wehren zu können und es doch zu genießen, erregt mich. Auch, dass er mich benutzt und sich ohne zu fragen nimmt, was er begehrt. Allerdings geht meine Fantasie noch ein wenig weiter."

Sie senkte den Blick, doch Ethan war neugierig.

„Erzähl mir davon."

Ethan konnte ihr ansehen, dass es ihr nicht leicht fiel, darüber zu sprechen. Nicht weil sie prüde war, doch schlussendlich handelte es sich um eine sehr private und intime Fantasie, die man ungern mit anderen teilte. Als sie ihm wieder in die Augen sah, erkannte er, dass sie tatsächlich Vertrauen zu ihm aufgebaut hatte.

„Er nimmt mich nicht nur auf eine Art … er … er nimmt sich alles von mir, denn er fesselt mich auch, um wirklich sicherzustellen, dass ich mich nicht rühren kann."

„Alles?" Er wusste genau, was sie meinte, doch er wollte es aus ihrem Mund hören und schmunzelte frivol.

„Alles … Zuerst nimmt er mich mit seinem Mund und seiner Zunge, so wie du es getan hast. Dann stößt er in meine Pussy und achtet nicht darauf, ob ich das will oder ob es mir gefällt, was er mit mir tut. Es ist ihm gleichgültig, denn er folgt nur seiner eigenen Gier."

„Und das gefällt dir."

„Ja. Ich kann es sowieso nicht ändern, denn er wird einfach weitermachen, bis er sich an meinem Körper befriedigt hat. Doch meine Pussy ist ihm nicht genug, und nachdem er in mir gekommen ist, hockt er sich über mich und zwingt mich dazu, ihn wieder hart zu blasen. Seine starken Hände halten meinen Kopf fest und dirigieren mir ein Tempo vor, das ihn erneut hart macht. Dann dreht er mich auf den Bauch, spreizt meine Pobacken und beginnt, mich dort mit den Fingern zu erkunden. Es gefällt ihm, dass ich eng gebaut bin, und er weiß, dass dort zuvor noch nie ein Mann gewesen ist."

Ethan hob überrascht von dem Geständnis seine Augenbrauen. „Du hattest noch nie Analsex?"

Savanna schüttelte den Kopf. „Noch nie, bis jetzt."

Jetzt wurde er hellhörig. Er stützte sich auf den Ellbogen und sah sie aufmerksam an. „Okay, sei ehrlich, war der Butt-Plug gestern auch das erste Mal?"

Sie nickte und knabberte auf ihrer Unterlippe herum. „Eigentlich habe ich das immer als Tabu für mich gesetzt."

„Fuck, warum hast du das nicht gesagt? Als ich mit den Fingern losgelegt habe, hättest du nur das Wort Rot sagen müssen und ich hätte …"

„Warte, nein, ich will nicht, dass du jetzt denkst, du hättest etwas falsch gemacht. Du hast mich gefragt, und ehrlich gesagt, hat es sich großartig angefühlt. Der Vibrator war sensationell, und gleichzeitig gevögelt zu werden dabei, hat mich regelrecht verrückt gemacht. Du warst so behutsam und geduldig mit mir, dass ich nicht widerstehen konnte."

„Dann bin ich aber beruhigt. Also war es nicht wirklich ein Tabu, eher eine Grenzerfahrung, die sich jetzt verschoben hat?"

Savanna lächelte frech und in ihren Augen blitzte der Schalk auf. Sie bestätigte sein Nachhaken nicht, aber Ethan konnte ihr deutlich ansehen, dass er mit seiner Vermutung den Nagel auf den Kopf getroffen hatte. Er streichelte ihr über die rechte Wange und wollte mehr von ihrer Fantasie hören, die sie mit ihrer sinnlich flüsternden Stimme so erregend geschildert hatte. Er spürte, wie sich erneut sein Schwanz meldete, und selbst für ihn als Gigolo war das wirklich mehr als nur eine gute Ausdauer.

„Ich will mehr von dir hören. Was tut der Mann, nachdem er die Enge deines Hinterns bewundert hat?"

Savanna lächelte lasziv und senkte abermals ihre Stimme. „Er will mich entjungfern, will der Erste sein, der seinen Schwanz in meine Hinterpforte bohrt, und er flüstert mir zu, dass es sicherlich wehtun wird. Er nutzt seinen Daumen und entert meinen Anus. Ich kann die Dehnung deutlich spüren und auch das leichte Ziehen, das er dadurch erzeugt, weil er seinen Finger in mir bewegt. Dabei beobachtet er mein Gesicht, will den Schmerz darin sehen und weidet sich daran, mich zu quälen. Er überlegt laut, ob er Gleitgel benutzen oder mich einfach so nehmen soll. Und dann ist er wieder so hart, dass er seine Eichel gegen meine enge Pforte presst und Einlass verlangt. Er sagt mir, ich soll mich entspannen, flüstert mir zu, ich soll es genießen … und dann dringt er in mich ein, stößt zu und ich will schreien, doch er hält mir den Mund zu und beginnt mich zu vögeln. Ich kann ihn stöhnen hören und fühle seinen Atem auf meiner Haut und ich kann nichts dagegen tun, denn es macht mich an, macht mich noch feuchter, als ich es zuvor schon gewesen bin."

„Shit, ich glaube, du solltest lieber aufhören, sonst falle ich erneut über dich her."

Savanna lachte laut auf, doch als sie ihren Blick an seinem Körper hinabgleiten ließ, erkannte sie, dass er nicht log. Seine Männlichkeit war bereits wieder zur vollen Größe angewachsen. „Oh, das tut mir aber leid."

In ihren Worten lag so viel Ironie, dass er am liebsten umgehend seiner Ansage Taten folgen lassen wollte. Allerdings hielt ihn seine eigene Vernunft davon ab. „Bist du hungrig?"

„Ich glaube, ich könnte ein ganzes Rind verspeisen."

„Mh, leider habe ich nur Toast mit Erdnussbutter und Marmelade da."

„Tja, dann werde ich mich wohl mit diesem Snack zufriedengeben müssen."

Er goss Kaffee aus der Thermoskanne in beide Tassen, die er auf dem Tablett platziert hatte, und reichte ihr eine davon, die sie dankend annahm. Mit seinem eigenen Kaffeebecher setzte er sich wieder auf das Bett und lehnte sich mit dem Rücken gegen das Kopfteil aus Metall. Savanna biss genüsslich in ihren Toast und lachte leise auf.

„Ich glaube, ich habe etwas vergessen."

„Und das wäre?"

„Danke zu sagen, Sir."

„Mh, ja, das ist mir auch aufgefallen. Du hast dich sehr undankbar und ungehobelt verhalten, dabei war ich so nett zu dir."

Sie beugte sich zu ihm hinüber, küsste seine Wange und lächelte ihn an. „Danke, Sir."

Er schüttelte den Kopf und nippte an seinem Kaffee. Es fühlte sich so perfekt an, mit ihr im Bett zu frühstücken und herumzualbern. Für einen Moment wanderte seine Fantasie einen Schritt weiter. Was wäre, wenn sie den ganzen Tag bliebe, sie die Wohnung nicht verlassen und die Zeit miteinander mit Reden und Sex verbringen würden? Ethan schüttelte den Gedanken ab, doch er wurde die Vorstellung davon nicht ganz los. Was hatte dieses Weib bloß mit ihm angestellt?

„Wie spät ist es eigentlich?“

Die Frage klang ganz danach, als hätte sie noch Termine, und seine fixe Idee zerplatzte augenblicklich wie eine Seifenblase.

„Fast neun.“

„Gut, dann hab ich noch genug Zeit, mich frisch zu machen und auf die Meetings vorzubereiten. Kann ich dein Bad benutzen?“

„Sicher, Badetücher findest du unter der Bank neben der Dusche.“

„Danke, bin gleich wieder da.“

Savanna schwang sich aus dem Bett und wanderte nackt durch seine Wohnung ins Badezimmer. Er hörte, wie sie die Dusche laufen ließ, und stellte sich vor, wie sie sorgfältig ihre Kurven einseifte.

Ethan überlegte, ihr Gesellschaft zu leisten, doch das würde wohl nur das Unvermeidliche hinauszögern. Er stand ebenfalls auf, trug das Geschirr zurück in die Küche und ging hinauf in sein Schlafzimmer, um sich eine Shorts überzuziehen. Als Savanna das Bad wieder verließ, war sie komplett angezogen.

„Es wird wohl Zeit für mich zu gehen.“

Er kam langsam auf sie zu, ergriff ihre linke Hand und hob sie zu seinen Lippen. „Es war mir ein sehr großes Vergnügen.“

Savanna lächelte und Ethan begleitete sie zur Wohnungstür. Auch ihr schien es schwerzufallen, tatsächlich ihre gemeinsame Zeit enden zu lassen. „Drück mir die Daumen für heute. Vielleicht klappt es endlich mit einem Engagement.“

Er hob beide Fäuste und zwinkerte ihr zu. „Hey, wenn du willst, kann ich mich auch mal umhören.“

„Das wäre toll. Ich kann jede Hilfe gebrauchen.“

„Gibt mir deine Nummer, dann melde ich mich, wenn ich etwas herausfinde."

Er zog aus der Innentasche der Jacke, die er auch am Abend zuvor getragen hatte, sein Smartphone und reichte es ihr. Savanna zögerte keine Sekunde, ihre Nummer in sein Telefonbuch einzutragen und es ihm zurückzugeben.

„Danke für diese Nacht. Ich glaube, ich habe geschlafen wie ein Stein, zum ersten Mal seit ewigen Zeiten."

Ethan umfasste ihre Taille, zog sie zu sich und küsste ihre Stirn. „Und?"

Sie lächelte verschmitzt. „Und für den atemberaubenden Sex mit dir. Danke, Sir."

„Braves Mädchen."

Sie standen einander gegenüber bei der Tür, und zwischen ihnen entwickelte sich eine seltsam intime Atmosphäre. Savanna wirkte, als wartete sie noch auf etwas Bestimmtes, und auch Ethan spürte es, als würde zwischen ihnen eine unerledigte Angelegenheit stehen. Die Stille zwischen ihnen war nicht unangenehm und um sie beide schien die Luft erneut heftig zu knistern. Sein Puls war höher als erwartet, und plötzlich umschloss Savanna mit einer Hand seinen Nacken, zog seinen Kopf zu sich, und als sich ihre Lippenpaare berührten, war es, als würden Blitze von ihrem Körper durch seinen zucken. Dieser Kuss war nicht gefüllt von Leidenschaft, sondern von Zärtlichkeit, so beeindruckend, so einzigartig und liebevoll – und ebenso fatal, wie nur ein Abschiedskuss zwischen zwei Liebenden es sein konnte. In ihm breitete sich eine süße Stille aus, die jegliche Bedenken, jede Kritik, die diesen Moment hätte zerstören können, im Keim erstickte. Sanft löste Savanna sich aus dem zärtlichen Augenblick, lächelte ihn an.

„Bye, Ethan."

Ihre Worte klangen mehr nach: *Wir sehen uns wieder!* Und genau diese Empfindung blieb der letzte Eindruck, als sie sich langsam umdrehte und ihn verließ.

„Bye, Beautiful."

Ethan blieb noch eine Weile halb auf dem Flur vor seinem Apartment stehen und sah ihr nach, bis sie in den Aufzug stieg, erst dann schloss er leise die Tür.

Ein Blick auf sein Handy verriet ihm, dass Graham mehrfach versucht hatte, ihn zu erreichen, doch er wollte jetzt nicht mit ihm sprechen. Alles, was seinen Freund interessierte, war, wie es mit der neuen Kundin gelaufen ist, doch Savanna war nicht nur einfach eine Klientin … nicht für ihn, und es fühlte sich verflucht eigenartig an. Mit seiner Kaffeetasse setzte Ethan sich an die Frühstückstheke in der Küche und verfiel ins Grübeln. Er brauchte eine Weile für sich, musste in sich gehen, um dieses Gefühl abzuschütteln.

Savanna hatte ihn nur für ein paar Stunden gebucht, doch die Situation war deutlich anders als sonst. Diese Frau gehen zu lassen, sie vielleicht nicht mehr wiederzusehen, nagte an ihm. An ihm! Ethan schüttelte über sich selbst den Kopf. Er war ein Escort, ein Profi, wieso also konnte eine solche Frau ihn so verwirren? Nach all diesen Jahren im Begleitservice hatte es noch nie eine Klientin geschafft, einen derart einzigartigen Eindruck bei ihm zu hinterlassen. Selbst die Erinnerung an sie löste in seinem Körper Reaktionen aus, die ihn an seine Teenagerzeit erinnerten. Verdammt! Lächelnd verließ er die Küche und ging ins Bad, um sich eine lange heiße Dusche zu gönnen.

Kapitel 9

Savanna kam beschwingt aus dem Apartmentgebäude, konnte noch immer den Druck seiner Lippen auf ihrem Mund spüren und rief sich ein Taxi heran, um zurück zu ihrem Hotel zu fahren. Es war ihr unglaublich schwergefallen zu gehen und sie hatte jeden Augenblick mit Ethan gänzlich ausgekostet und sich mit jeder Faser ihres Körpers allem hingegeben, was er ihr geboten hatte. Den Kuss zum Abschied hatte sie nicht geplant, doch die Spontaneität war belohnt worden. Savanna war noch immer überwältigt, und instinktiv ahnte sie, dass es Ethan ebenso ergangen war. Ihr Herz schlug ihr noch immer bis zum Hals empor und ein köstliches Nachbeben durchflutete ihren gesamten Leib. Sie fühlte sich so glücklich wie lange nicht mehr und konnte nicht aufhören, an Ethan und die Nacht, den Morgen, an alles zu denken, was sie miteinander geteilt hatten.

Gut gelaunt beobachtete sie, wie die in der Nacht bunt beleuchteten Gebäude jetzt am Morgen so real und unglamourös an ihr vorbeizogen. Ihre Gedanken drehten sich einzig um Ethan und diese wundervolle Nacht, die sie mit ihm verbracht hatte. So schillernd und belebt die Straßen am Abend zuvor noch gewirkt hatten, so kalt und real erschienen sie ihr jetzt, und je weiter sie sich von Ethans Wohnung entfernte, desto mehr kehrte auch die Ernüchterung in ihr Gemüt zurück. Als der Fahrer vor ihrem Hotel anhielt, sie die Fahrt bezahlte und in ihr Zimmer ging, fühlte Savanna sich plötzlich so schwermütig, matt und kraftlos, als würde sie unter einem heftigen Kater leiden und hätte nicht die Nacht durchgevögelt, sondern sich mit Alkohol zugekippt. Ihre Ermüdungserscheinungen waren jedoch nicht körperlich spürbar, sondern eher emotionaler Natur.

Savanna ließ sich erschöpft auf einen der Sessel in ihrem Zimmer fallen und starrte minutenlang gedankenverloren vor sich hin. Als hätte sie mit einem Schritt aus Ethans Wohnungstür die schöne sinnliche Fantasiewelt, die er für sie kreiert hatte, verlassen, und jetzt schlug die Realität wie ein mächtiger Fausthieb mit aller Kraft zu.

Ethan war ein Gigolo, er wurde dafür bezahlt, dass sie alles um sich herum vergessen würde, und er hatte seinen Job verflucht gut erledigt – viel zu gut, wie Savanna jetzt feststellen musste. Sie fühlte sich nun elend, ausgelaugt und völlig leer, ein Zustand, von dem sie schon einmal gehört hatte, der eintreten konnte nach einer intensiven Session. Allerdings wurde mit keinem Wort dieser tief sitzende Schmerz erwähnt, der leise und stetig vor sich hin pulsierte und der einfach nicht leichter werden wollte. Immer wieder, wenn Savanna sich in Gedanken sein Gesicht vor Augen rief, prickelte es unter ihrer Haut, und kleine Nadelstiche piercten wieder und wieder ihr Herz, und ein Pochen in ihrer Brust schien ihr die Atemluft aus den Lungen pressen zu wollen. Ethans grüne Augen verfolgten sie regelrecht und sie wurde das Gefühl nicht los, als ob er sie noch immer betrachtete. Es war verdammt lange her, doch Savanna kannte diese Empfindungen noch sehr gut, erinnerte sich an dieses grausame, selbstkasteiende Gefühl, verliebt zu sein und zu wissen, dass diese Liebe nur eine Illusion war, der sie einmal mehr auf den Leim gegangen war. Wie naiv konnte sie sich eigentlich noch verhalten? Man verliebte sich nicht in einen Gigolo, das wusste doch jeder!

Mit beiden Händen griff sie sich ins Haar und keuchte. War sie etwa schon so bedürftig und ausgehungert, dass eine irreale Fantasie sie dermaßen beeindrucken konnte und sie dadurch völlig die Kontrolle über sich selber verlor?

„Er ist ein verdammter Gigolo!"

Es laut auszusprechen, änderte überhaupt nichts an ihren Empfindungen.

Ethan war dafür bezahlt worden. Er verkaufte einen Traum, eine Fantasie von dem, was sein könnte, aber niemals Wirklichkeit wurde. Männer wie er waren geschickt darin, den perfekten, fehlerlosen Liebhaber zu mimen und eine makellose Umgebung zu schaffen, in der man sich als Kundin wie in einem Kokon aufgehoben fühlte, der schlussendlich aber doch wie eine Seifenblase zerplatzte.

Sie fühlte sich nicht nur körperlich wund, sondern auch seelisch. Die Sehnsucht, Ethan wiedersehen zu wollen, war schlichtweg verrückt, doch der Wunsch danach manifestierte sich in ihr wie ein Samenkorn, das aufgekeimt war und stetig anwuchs. Savanna war sich bewusst, dass ein Wiedersehen keine gute Idee war, denn sie kannte sich selbst gut genug, um zu wissen, dass sie sich in einem solch verletzlichen Zustand nur noch mehr in diese Illusion verrennen würde, dass dieser Mann ihre Gefühle vielleicht erwidern könnte.

Sie rieb sich seufzend die Stirn und lehnte den Kopf zurück an die Lehne des Sessels. In einer ähnlichen Situation hatte sie schon einmal gesteckt, mit einem dominanten Mann namens Kyle Sommers. Sie lernte ihn in einem SM-Club in New York kennen, als sie zweiundzwanzig war, und er hatte ihr nie verschwiegen, dass er verheiratet war. Anfangs wollte sie nichts mit ihm zu tun haben, doch schlussendlich hatte sie sich auf eine Affäre mit ihm eingelassen, die sich nur um den Sex zwischen ihnen drehte. Kyle lebte seine sexuelle Neigung außerhalb seiner Ehe aus, und ihre Spielbeziehung dauerte über zwei Jahre an. Irgendwann mietete er für Savanna eine Wohnung in der Stadt, für die er einen Schlüssel behielt, damit er sie jederzeit besuchen konnte. Immer öfter sagte er ihr, wie sehr er sie liebte, und Savanna hatte ihm geglaubt. Sie verfiel ihm immer mehr und ließ tiefe Gefühle für ihn zu. Mehrfach versprach Kyle ihr, dass er seine Frau für sie verlassen würde, dass er jedoch noch Zeit benötigte, um zuvor einige Dinge zu klären. Savanna blieb geduldig, zeigte Verständnis. Sie liebte ihn mit einer Leidenschaft, die kaum eine Grenze kannte.

Nach einer Weile begannen ihre Freunde, sich um ihr Wohlergehen zu sorgen, doch sie war wie besessen von Kyle, ließ keinerlei Kritik an ihm und seinem Verhalten zu.

Carrie war diejenige, die ihr schlussendlich die Augen öffnete, sie kurzerhand in ihren Wagen packte und mit ihr in den Vorort zu Kyles Wohnhaus fuhr, um ihr zu zeigen, auf was sie wirklich wartete – nichts! Während sie wie auf heißen Kohlen saß und danach gierte, dass er in die Stadt kam, um Zeit mit ihr zu verbringen und ihr Versprechungen zu machen, lebte er eine Vorzeige-Vorstadtidylle mit seiner Ehefrau und seinen beiden Kindern. Ihn zu beobachten, wie glücklich er schien, wie liebevoll er seine Frau umarmte und mit seinen beiden Kindern spielte, zog ihr buchstäblich den Boden unter den Füßen weg. Savannas Herz war gebrochen, denn sie hatte auf einen Mann gewartet, der sie wie ein Sexhäschen auf Abruf bereithielt, wenn ihm danach war, sich mit ihr zu beschäftigen. Sie fühlte sich gedemütigt, reduziert auf ein Spielzeug und dumm, denn wenn sie liebte, dann ohne Rücksicht auf die eigenen Verluste. Savanna atmete tief durch. Sie hätte es besser wissen müssen. Sie war noch nie gut darin gewesen, Sex von Gefühlen zu trennen, und dies bewies sich nun auf ein Neues.

Die Situation jetzt drohte ebenso zu eskalieren, war ähnlich schmerzhaft, nur mit dem Unterschied, dass es ihre eigene Schuld war. Savanna hatte zugelassen, dass Ethan in kürzester Zeit all ihre Schutzschilde niedergerissen hatte. Sie hatte sich von dieser schönen Fassade blenden lassen, sodass sie sich kopfüber, ohne Sicherheitsnetz in dieses Abenteuer gestürzt hatte. Der Aufprall danach war hart, und ihr war elend zumute.

Sie zog ihr Handy aus ihrem kleinen Handtäschchen und wählte Carries Nummer, hoffte, sie würde Zeit haben, ihr erneut den Kopf zurechtzurücken und dabei helfen, ihre Realität wieder zu ordnen. Eigentlich hätte sie längst einen der drei Termine wahrnehmen müssen, die für heute anstanden, doch Savanna hätte in diesem Zustand nicht einmal ein Zündholz verscherbeln können.

Carrie meldete sich nach dem dritten Klingeln ein wenig verschlafen und schaltete dennoch ihr Video ein. „Hey Süße, wie war deine Nacht?"

„Ich habe Mist gebaut."

Ihre Freundin war umgehend hellwach, als sie über die Handykamera scheinbar Savannas Gesichtsausdruck richtig deutete. „Savy? Was ist passiert?"

Es half nichts, um den heißen Brei herumzureden oder herumzudrucksen, also berichtete Savanna ihr von der Nacht mit Ethan und was mit ihr dabei geschehen war. Carrie hörte ihr einfach nur zu und unterbrach sie selbst dann nicht, als sie anfing, sich verbal selbst zu kasteien.

„Ich bin so selten dumm, Carrie. Es ist, als ob ich einfach nichts dazulerne. Ein Gigolo! Ich fühle mich wie schon einmal gegessen und wieder ausgespuckt. Die Nacht war mehr, als ich mir vorstellen konnte, es war perfekt, es war wundervoll. Aber jetzt, im Nachhinein betrachtet, entpuppt sich diese spontane Idee als fataler Fehler. So etwas kann auch wirklich nur mir passieren. Es ist ja nicht so, als wäre das mein erster One-Night-Stand. Aber ausgerechnet ich verliebe mich in einen Mann, den ich dafür bezahlt habe. Was ist nicht richtig mit mir?"

„Liebes, jetzt mach dich nicht weiter fertig. Es ist einfach lange her, dass sich jemand so intensiv mit dir beschäftigt hat. Er hat dir das Gefühl gegeben, begehrt und geliebt zu werden. Er hat dir seine ungeteilte Aufmerksamkeit geschenkt, wann hat so etwas das letzte Mal ein Mann für dich getan? Kein Wunder, dass du dabei emotional aus dem Ruder gerätst."

„So, wie du das beschreibst, klingt das, als leide ich unter einer kurzzeitigen Fehlfunktion."

Zum ersten Mal seit sie zurück im Hotel war, war ihr nach Lachen zumute, und auch Carrie grinste in die Handykamera.

„Na ja, so könnte man das auch betrachten. Du bist einfach gerade für jegliche Form von Zuneigung besonders empfänglich, aber dir ist doch bewusst, dass es nicht echt war. Es war guter oder besser gesagt verdammt guter Sex mit einem Mann, der weiß, wie man es macht. So ein oder mehrere erdbebenartige Orgasmen können einer Frau schon mal schnell die emotionalen Synapsen kurzzeitig lahmlegen."

Savanna lachte auf und nickte. Sie fühlte sich tatsächlich besser und war dankbar für Carries Freundschaft.

„Ja, und ich kann dir sagen, dieser Mann weiß nicht nur mit seinem eigentlichen Gerät gut umzugehen. Seine Finger und Zunge sind wirklich nicht zu verachten."

Carrie kicherte, wurde jedoch kurz darauf wieder ernst. „Ich glaube, es ist einfach am besten, wenn du ihn nicht mehr wiedersiehst. Ich schätze, das wird auch so schnell nicht mehr passieren. Alles andere kommt ganz von allein und renkt sich auch wieder ein."

„Das wird wohl das Beste sein, und außerdem bin ich nicht hier, um Urlaub zu machen."

„Genau! Ist jetzt alles wieder okay?"

Savanna nickte und versprach ihr, bevor sie sich wieder voneinander verabschiedeten, noch einmal felsenfest, Ethan nicht mehr zu sehen und auch seine gebookmarkte Profilseite im Internet zu löschen. Dass sie Ethan jedoch ihre Handynummer gegeben hatte, behielt sie für sich, und trotz des aufbauenden Gesprächs mit ihrer Freundin existierte tief in ihrem Innern eine kleine Hoffnungsflamme, dass er sich doch bei ihr melden würde.

Sie ging ins Bad und putzte sich die Zähne. Für eine Weile betrachtete sie ihr eigenes Spiegelbild und musste sich selbst eingestehen, an ihren Empfindungen hatte sich immer noch nicht wirklich etwas geändert. Ethan wirkte wie eine Droge auf sie. Einmal angefixt, litt sie jetzt schon unter Entzugserscheinungen, und sie fürchtete, dass dagegen kein Kraut gewachsen war.

Es half alles nichts, wenn sie nicht auch noch die beiden anderen Termine in den Sand setzen wollte, dann musste Savanna sich endlich zusammenreißen und sich aufs Wesentliche konzentrieren. Carrie hatte ihr wenigstens in der Beziehung wieder den Kopf geradegerückt. Savanna war schließlich hier, um endlich ein festes Engagement für die Burlesque-Show an Land zu ziehen, und nicht zum eigenen Vergnügen. Sie straffte ihre Schultern, hob ihr Kinn und warf ihrem eigenen Spiegelbild einen entschlossenen Blick zu. Heute musste es einfach klappen.

Kapitel 10

Am Nachmittag kehrte Ethan vom Fitnessstudio zurück und gönnte sich eine kleine Zwischenmahlzeit, bevor er sein Outfit für einen Termin mit einer Kundin auswählte. Noch immer spukte Savanna in seinem Kopf herum und ihm fiel ein, dass er das Spielzimmer noch nicht wieder in Ordnung gebracht hatte. Er beschäftigte zwar eine Putzhilfe, doch dieses Zimmer gehörte nicht zu ihren Aufgaben. Der Kissenbezug, auf dem Savanna geschlafen hatte, roch noch nach ihrem Haar, und der gesamte Raum schien noch einen Hauch Erinnerungen an ihr verführerisches Parfüm zu besitzen. Gerade zog er die Laken vom Bett, als es an seiner Türe klingelte. Ethan öffnete und ihm lächelte sein langjähriger Freund entgegen mit einigen Aktenordnern unter dem Arm.

Graham kam in Ethans Apartment und blieb an der geöffneten Tür seines Spielzimmers stehen. Seinem Blick entging natürlich nicht, dass das Bett benutzt worden war. „Du hast deine Kundin hergebracht?“

Ethan wollte darauf nicht eingehen und schloss die Tür zum Spielzimmer, ging in die Küche voraus und bot Graham einen Platz an der Frühstückstheke an. Grahams Blick haftete regelrecht auf ihm und die Frage stand noch immer im Raum.

„Seit wann nimmst du Klientinnen mit in deine Wohnung, Ethan?“

Sie waren lange genug befreundet und Graham wusste, dass es eins von Ethans Tabus war. Manche Gigolos hatten damit keine Probleme und empfingen zumindest langjährige Stammkundinnen auch bei sich zu Hause.

„Ich habe eine Ausnahme gemacht, na und?“ Er hatte es keine Sekunde bereut, Savanna hierher gebracht zu haben, und er würde den Teufel tun und sich vor Graham deswegen rechtfertigen. Allerdings schien sein Freund nicht locker lassen zu wollen.

„Es sieht dir einfach nicht ähnlich. Du warst es doch, der immer sagte, dass du Privates und Beruf einhundertprozentig voneinander trennen wollest. Deswegen sei dein Apartment absolut tabu."

Ethan war genervt und spürte, wie Wut in ihm aufstieg, doch im Grunde hatte Graham ja recht. Es hatte einige Kundinnen gegeben, die darauf gedrängt hatten, seine Wohnung zu sehen, sich lieber dort mit ihm treffen wollten, doch Ethan hatte dies kategorisch abgelehnt. Sein Apartment galt für ihn immer als privater Rückzugsort, hier wollte er nicht auch noch beruflich aktiv werden. Langsam fragte er sich selbst, warum er tatsächlich eine Ausnahme bei Savanna gemacht hatte. Es konnte nicht allein daran liegen, dass sie ihm erzählt hatte, dass sie die letzten Jahre nur in Hotels aus dem Koffer lebte und er Mitgefühl für sie verspürt hatte.

Ethan strich sich mit der Hand durchs Haar und seufzte. Es war mit ihr anders gewesen, diese Leidenschaft, diese Hingabe und Intimität, die zwischen ihnen entstanden war, war so natürlich und selbstverständlich gewesen – und zwar ohne dass er eine Fassade hätte aufbauen müssen, die diese Illusion erzeugt hätte.

Er schien sich in Grahams Augen zu lange Zeit zu lassen mit der Antwort.

„Was ist los mit dir? So kenne ich dich gar nicht."

„Was soll ich sagen? Sie war …"

Es fiel ihm schwer, Savanna mit wenigen Worten zu beschreiben, ohne tatsächlich ins Schwärmen zu geraten. Verdammt, was war mit ihm los? Was hatte diese Frau mit ihm angestellt, dass er sich wie ein verknallter Teenager fühlte?

Graham schmunzelte. „So gut, ja?"

Ethan rollte mit den Augen und bedeckte sein Gesicht mit beiden Händen. „Ich weiß es wirklich nicht. Diese Frau ist unglaublich. Ich habe das Gefühl, nicht mehr klar denken zu können."

„Ethan, verdammt noch mal, du bist doch kein Anfänger mehr. Ich könnte es ja verstehen, wenn du gerade mit dem Job angefangen hättest, aber du bist schon viel zu lange dabei. Du hast doch sonst deine Gefühle unter Kontrolle."

„Ich weiß! Das musst du mir nicht so unter die Nase reiben. Deine Standpauke kannst du dir sparen und für wirkliche Anfänger aufbewahren. Ich bin mir durchaus bewusst, wo meine Grenzen sind."

„Scheinbar nicht."

Graham klang streng und Ethan wusste, dass es ihm nicht nur wegen der Agentur am Herzen lag, sondern auch weil er sich um Ethan sorgte. Manchmal führte sich der ältere Freund mehr wie ein Vater auf, doch heute wollte Ethan das nicht einfach hinnehmen.

„Hör zu, Graham, ich weiß, was ich tue, okay?"

Graham schüttelte den Kopf, griff nach der Thermoskanne und nahm sich eine Tasse, die er mit Kaffee füllte und mit Sahne mischte. Nachdem er mehrfach umgerührt hatte, nahm er einen großen Schluck davon zu sich und atmete tief durch.

„Habe ich dir schon einmal von Grazia Morgana erzählt?"

„Nein, wer soll das sein?"

„Sie war eine Kundin von mir. Ist schon ein paar Jahre her, aber sie war atemberaubend, charmant, hinreißend. Ich war damals bereits über zehn Jahre im Geschäft und dachte auch, ich hätte schon alles gesehen und jeden Typ Frau beglückt, den diese Welt zu bieten hat. Dann trat sie in mein Leben und ich dachte, ich sehe nur noch Sternchen. Ich war verliebt wie ein frisch pubertierender Junge und hätte alles für sie getan. Sie war nicht nur im Bett eine Granate, sondern auch allgemein ein Sahnestück vom Feinsten. Nach ein paar Buchungen habe ich aufgehört, Geld von ihr anzunehmen, und wir haben uns regelmäßig getroffen. Ich habe meinen eigentlichen Job vernachlässigt und nur darauf gewartet, dass sie Zeit für mich hat. Ich hätte es besser wissen müssen, denn ich dachte wirklich, sie würde meine Gefühle erwidern. Doch dem war nicht so. Sie hat überall herumgeprahlt, wie heiß es sei, mit einem Gigolo zusammen zu sein. Ihr ging es einzig darum, ich war ihr völlig egal. Sie hat mir das Herz gebrochen und ich war um eine Erfahrung reicher."

„Und was willst du mir jetzt mit diesem Belehrungsbeispiel sagen?"

Ethan hatte einen schärferen Tonfall angeschlagen als eigentlich gewollt.

„Sorry, aber ich weiß nicht, was du mir damit erklären willst. Was hat das mit mir und Savanna zu tun?"

„Muss ich wirklich noch deutlicher werden? Ethan, für diese Frauen sind wir austauschbar. Wir leisten einen Service, für den sie bezahlen. Für viele von ihnen sind wir ein kleines Stückchen Luxus, den sie sich ab und zu gönnen, als würden sie zum Friseur gehen oder zur Maniküre. Wir sind wie ein Tag im Spa für sie."

Der Agenturchef hob seine Augenbrauen und seufzte. „Ich kann dir ansehen, dass du sie an dich herangelassen hast, mehr als du dir vielleicht selbst eingestehen möchtest. Du bist nicht der erste Gigolo, der sich – selbst mit so großer Erfahrung, wie du sie besitzt – plötzlich in eine Kundin verliebt. Doch das wird nie ein Happy End haben."

„Wer sagt denn, dass ich mir irgendetwas erhoffe? Verdammt, Graham, ich bin nicht von gestern. Glaubst du wirklich, mir ist das alles nicht klar?"

Er hatte genug von dieser Diskussion. Er zog einen der Aktenordner, die Graham mitgebracht hatte, an sich und öffnete ihn.

„Du wolltest mit mir die Buchhaltung durchgehen."

Graham zögerte, beäugte ihn, und Ethan spürte, dass er das Gespräch gerne noch fortgeführt hätte, doch ebenso schien sein Freund zu wissen, wann Ethans Grenzen erreicht waren. Er ließ sich auf den Themenwechsel ein und begann, ihm einiges über die geschäftlichen Hintergründe zu *Devils4Angels* zu erklären. So langsam erschien Ethan die Idee, als Geschäftsführer für Graham zu arbeiten und später die Agentur zu übernehmen, gar nicht mehr so abwegig wie zuvor. Graham bemühte sich, ihm diesen Karrierewechsel so schmackhaft wie möglich zu machen, und dahinter steckte zum großen Teil purer Eigennutz.

„Wenn du willst, lass ich dir die Unterlagen hier und du kannst dir in Ruhe überlegen, ob es eine Option für dich wäre."

Ethan nickte und legte die Ordner auf seinen Schreibtisch.

„Werde ich machen. Bis wann sollte ich mich entschieden haben?"

Auch er kannte Graham verdammt gut und wusste, dass Melanie mittlerweile Druck machte. Graham lachte laut auf und wusste sofort, woher der Wind wehte.

„Ganz ehrlich? Am besten gestern. Mel macht mir langsam die Hölle heiß und ich kann sie verdammt gut verstehen. Das soll aber keine Ansage sein. Nimm dir Zeit, überleg es dir und dann entscheide, okay?"

„Abgemacht."

Sie reichten sich die Hände und Ethan begleitete seinen Freund noch zur Tür. Graham zog ihn an seine Brust, umarmte ihn freundschaftlich und klopfte ihm herzlich auf den Rücken.

„Mach keinen Unfug, Ethan. Schlag sie dir aus dem Kopf."

Ethan lachte kühl und sah ihm kopfschüttelnd nach. Wenn das mal so einfach wäre. Er konnte sich Savanna nicht aus dem Kopf schlagen, nicht einmal aufhören, an sie zu denken, und jedes Mal, wenn er sich ihr herzliches Lachen ins Gedächtnis rief, schlug sein Herz einen Takt schneller. Natürlich war es korrekt, dass Frauen, die Männer wie ihn buchten, darin nur einen Service sahen, der ihr Selbstwertgefühl hob, sodass sie sich danach wie ausgewechselt fühlten. Das war ihm alles vollkommen bewusst, doch das änderte nichts daran, was in seinem Innern vorging.

Während er sich umzog und auf das Date mit der Klientin vorbereitete, warf er einen Blick in den Spiegel und lachte über sein eigenes Verhalten. Welche Frau würde sich schon in eine männliche Hure verlieben können? Er fluchte über sich und hätte sich am liebsten selbst geohrfeigt, wenn es nur helfen würde, seine Gedanken wieder auf die Reihe zu bekommen. Vielleicht würde es etwas bringen, würde er sich auf seinen nächsten Job konzentrierte.

Gegen fünf traf er in dem Café ein, in dem er sich mit Memory Johnson, einer vierzigjährigen Witwe aus seiner Heimatstadt Detroit treffen würde, die extra für ein paar Tage hergekommen war, nur um ihn zu sehen. Sie war schon seit einigen Jahren eine Stammkundin, und ihre Beziehung war auf gegenseitiger Sympathie aufgebaut. Memory war klein und zierlich, mit brünettem, schulterlangem Haar und hübschem, dezent geschminktem Gesicht. Sie war noch vor ihm hier eingetroffen und saß unruhig auf einem Barhocker an der Theke bei einer Tasse Tee. Mit einem tiefen Atemzug nahm er sich vor dem Café kurz Zeit, in sich zu gehen, sich mental auf dieses Treffen einzulassen, bevor er durch die Eingangstür trat und direkt auf sie zusteuerte.

„Hey, Sweetheart. Schön dich zu sehen. Du siehst gut aus."

Sie umarmte ihn und ihre Nervosität war im Nu verschwunden. Memory strahlte ihn an.

„Danke, du alter Charmeur, du. Gott, ich habe dich ehrlich vermisst."

Während sie ihm ein wenig aus ihrem Leben erzählte und was sie in der Zeit seit ihrem letzten Date alles erlebt hatte, schlich sich bei Ethan immer wieder der Gedanke an Savanna ein. Doch er war Profi genug, es sich nicht anmerken zu lassen. Er bestellte sich einen Kaffee und hakte mit einigen Fragen bei Memory nach, um die Fassade perfekt zu machen, denn sie genoss die Vorstellung, dass sie mit Ethan eine gefakte Fernbeziehung führte. Er lachte über ihre Scherze, diskutierte mit ihr über das Wetter und die Hitze und leerte seinen Kaffee.

„Also gut, Sweetheart, was möchtest du heute noch so machen?“

Memory lächelte ihn verwegen an.

„Ich will shoppen gehen.“

Ethan wusste ganz genau, dass Memory nicht nur Kleiderkauf im Sinn hatte. Es war stets ein Vorteil, mit Stammkundinnen zusammen zu sein, die man schon so lange kannte, wie es bei ihr der Fall war. Er wusste ganz genau, welche Sehnsüchte, Leidenschaften und Wünsche er erfüllen musste, damit Memory mit einem breiten Lächeln und einem gestärkten Selbstbewusstsein wieder zurück nach Hause kehren konnte.

„Shopping also … soso. Na, dann lass uns mal loslegen.“

Er ergriff ihre Hand, zog sie sanft vom Barhocker und für den Bruchteil einer Sekunde erinnerten ihn ihre zierlichen manikürten Finger an Savannas. Mit einem tiefen Atemzug ermahnte er sich gedanklich dazu, sich zu konzentrieren und nicht an sie zu denken, wenigstens solange er mit Memory unterwegs war.

Ihr erster Weg führte sie in einen Sexshop, in dem unzählige Artikel für das Spiel zu zweit verkauft wurden. Ethan schob sie durch die Gänge und blieb an dem Regal stehen, das er gesucht hatte. Memory kicherte leise und schien sich nicht ganz so wohl in diesem Geschäft zu fühlen, daher klammerte sie sich regelrecht an seinen Arm und ihre Wangen glühten wie zwei reife Tomaten. Er lachte leise auf, als er sie betrachtete.

„Hast du Fieber oder bist du nur so neugierig darauf, was ich mir ausgedacht habe für unseren kleinen Shoppingtrip?“

Erneut kicherte sie auf und sah sich im Laden um.

„Was willst du denn hier kaufen?“

„Das hier."
Memory sah sich das Miniaturspielzeug an und schien keinen blassen Schimmer zu haben, was man damit tun sollte. „Und wozu wird das benutzt?"
„Lass dich überraschen."
Er nahm die Verpackung an sich und ging zur Kasse. Nachdem er das Spielzeug bezahlt hatte, packte er das Vibroei aus und legte die dazugehörigen Batterien ein, testete die Fernbedienung und nickte zufrieden. Noch im Laden drängte er Memory in eine uneinsehbare Ecke neben unzähligen Pornovideos und schob ihr Kleid ein Stückchen höher. Aus seiner Hosentasche zog er ein Kondom, öffnete die Verpackung, schob das kleine Spielzeug in die Latexhülle und knotete das Ende zu. Memory hielt kurz den Atem an, als er ihren Slip zur Seite zog und den Minivibrator in sie einführte.
„Du bist jetzt schon so feucht, dass es eine Freude ist, Sweetheart."
Sie lächelte erregt, und als das Vibroei perfekt dort platziert war, wo es hingehörte, trat Ethan einen Schritt von ihr zurück und drückte auf die Fernbedienung.
„Siehst du jetzt, wozu es gut ist? Man kann es langsam laufen lassen oder auch schneller … wie es mir eben gefällt."
Während er an dem Rädchen herumspielte, das die Stärke der Vibrationen regulierte, zuckte Memory zusammen und keuchte laut auf. Es amüsierte ihn köstlich, wie sie da stand und ihre Beine fest aneinanderpresste, in der Hoffnung, es würde gegen das erregende Summen helfen – was es natürlich nicht tat. Ethan reichte ihr erneut seine Hand. „Und jetzt gehen wir shoppen."
„Oh Gott, du bist ein böser Mann."
„Und genau so willst du mich."
Ethan spielte immer wieder mit der Fernbedienung und es war köstlich zuzusehen, wie sie darauf reagierte. Nicht zu wissen, wann er die Vibrationen durch ihren Körper schicken würde und wie stark sie sein würden, hielt sie

stets auf den Zehenspitzen und bereitete ihr einen delikat anzuschauenden Lustrausch. Es war ihm egal, ob sie sich gerade mit einem Verkäufer unterhielt und beraten ließ oder an der Kasse stand und plötzlich zusammenzuckend aufstöhnte. Memorys begierige Mimik war herrlich zu beobachten, ebenso wie ihr Verhalten. Sie hatte stets die Befürchtung, jemand könnte hören, was in ihrem Schoß vor sich ging, doch das Summen war so leise, dass es nicht der Fall sein konnte. Ebenso war es ihr peinlich, weil die inneren Bewegungen des Vibroeis sie immer wieder unerwartet trafen und sie entsprechend reagierte, doch sie genoss dieses Spiel in der Öffentlichkeit und war so erregt, wie er sie nie zuvor erlebt hatte.

Nach zwei Stunden und mehrere Boutiquen später, blieb sie vor ihm stehen und sah ihn atemlos an, nachdem er ihr erneut eine Vibrodosis verpasst hatte. „Ich kann nicht mehr." Sie flüsterte es ihm heiser zu und er überlegte, ob er nun doch Mitleid mit ihr haben sollte. Memory blickte ihn förmlich bettelnd an, es endlich zu beenden, und er lächelte.

„Komm mit."

Er drängte sie in dem Geschäft in eine Unisextoilette und schloss die Kabinentür hinter ihnen. Nachdem er den Klodeckel zugeklappt hatte, presste er sie bei den Schultern gepackt auf den Sitz und zog ihr das Höschen aus. Mit einer Hand umschloss er ihre Kehle und mit der anderen entfernte er zuerst den Minivibrator und ersetzte ihn dann durch seine Finger. Er drang in sie ein, fingerte sie zuerst langsam, doch ihre Begierde war bereits so weit fortgeschritten, dass es nicht mehr reichte, also steigerte er das Tempo, bis sie anfing zu stöhnen. Wegen der Lautstärke verschloss er ihr mit der Hand den Mund und intensivierte sein Fingerspiel weiterhin. Memory gab sich ihm völlig hin, zuckte und räkelte sich unter seinen Bemühungen, bis sie ekstatisch zum Höhepunkt kam. Seine Hand knebelte ihren Mund und sie schrie gedämpft auf, denn der Orgasmus schien sie völlig zu überwältigen.

Atemlos entspannte Memory sich anschließend wieder und lächelte ihn an. Der Hunger nach mehr war ihr deutlich anzusehen und Ethan zog sie wieder auf die Beine.

„Ich glaube, du hast genug Geld für heute ausgegeben. Viel zu viel Geld, du kleines verschwenderisches Luder. Ich glaube, es wird Zeit, dir eine Lektion zu erteilen."

Sie nickte gierig. Nachdem er sich am Waschbecken die Hände gereinigt hatte, verließen sie gemeinsam das Geschäft und fuhren mit dem Taxi zu ihrem Hotel. Er würde sie übers Knie legen, ihr den Hintern so lange versohlen, bis er rot leuchtete, und dann würde er sie vögeln, bis sie genug hatte. Doch egal was er mit Memory tat, er dachte nur an eine, und die wurde ihm langsam immer gefährlicher.

Als er am Abend das Hotel verließ und in ein Taxi stieg, das ihn nach Hause bringen sollte, zog er sein Smartphone aus der Innenseite seiner Jacke und suchte nach Savannas Nummer. Ob es eine gute Idee war, sie wiederzusehen, wusste er nicht, es war ihm auch egal. Er hatte den ganzen Tag an nichts anderes denken können als an sie und rief sie einfach an.

„Hey Savanna, ich bins, Ethan."

Kapitel 11

Savannas Herz machte einen Satz, als sie Ethans Stimme am anderen Ende der Leitung wahrnahm. Sie war für einen Moment so perplex, dass sie schwieg, nicht wusste, was sie sagen sollte, und eher damit beschäftigt war, ihre Atmung wieder in den Griff zu bekommen. Er rief tatsächlich an! Ihr lief ein wohliger Schauer den Rücken hinunter.

„Hallo? Savanna, bist du noch dran?"

„Äh, ja, sicher. Entschuldige, aber ich hatte nicht mit deinem Anruf gerechnet."

„Ich weiß, aber mein Tag ist nicht sonderlich gut gelaufen und ich könnte einen Drink vertragen. Wie siehts aus? Hast du Lust und Zeit, mir Gesellschaft zu leisten?"

Noch immer stand sie mitten in ihrem Hotelzimmer und konnte es kaum glauben. Ihr Herz schien einen Salto nach dem nächsten zu schlagen, jedenfalls fühlte es sich in ihrer Brust so an.

„Ähm, ich weiß nicht … mein Tag war ziemlich bescheiden und ich wollte eigentlich recht zeitig schlafen gehen."

Oh mein Gott, was plapperte sie denn da? Ihr Tag war mehr als beschissen gewesen, die Termine mit den Hotelmanagern eine einzige Katastrophe und von Müdigkeit war bei ihr keine Spur. Ethan blieb zuerst still und keuchte leise.

„Das verstehe ich natürlich. Tut mir leid." Sein Murmeln klang enttäuscht.

„Nein, warte …" Sie seufzte laut auf und senkte den Kopf. „Ehrlich gesagt könnte ich einen Drink gut gebrauchen. Gibt es in dieser Stadt eigentlich nur perverse Hotelmanager? – Darauf musst du nicht antworten. Drinks klingen toll."

„Soll ich dich abholen?"

„Gib mir eine halbe Stunde."

„Okay, ich freu mich. Bis gleich."

Bildete sie sich das nur ein oder klang er wirklich erfreut darüber, sie wiederzusehen? Savanna legte das Handy zur Seite und schüttelte ihren Kopf, um wieder klar denken zu können. „Er will nur etwas trinken gehen. Reiß dich zusammen.“

Eine halbe Stunde verflog wie nichts, also rannte sie ins Bad, frischte ihr Make-up auf, putzte sich die Zähne, puderte ihren Körper ab und zog sich eilig um. Bevor sie ihr Zimmer verließ, um in der Bar auf ihn zu warten, sprühte sie ihr Parfüm in die Luft und trat durch den Nebel hindurch. Ihre Mutter hatte es immer so gemacht und deren Begründung war gewesen, dass es die Stars aus Hollywood ebenso taten.

Ihre Aufregung stieg, als sie mit dem Lift zur Lobby fuhr, und als sich die Türen öffneten, stand er da, angelehnt an eine der Marmorsäulen, und lächelte sie an. Ihr Herz klopfte ihr bis zum Hals hinauf und ihre Brustspitzen zogen sich unter dem Seidentop augenblicklich zusammen. Verdammt, er sah immer noch so unverschämt attraktiv aus! Für einen kurzen Augenblick dachte Savanna an Flucht, doch seine Anziehungskraft war noch dieselbe wie am Abend zuvor und sie konnte sich nicht dagegen wehren.

„Hallo Beautiful.“

Zitternd ging Savanna auf ihn zu und wusste nicht, wie sie ihn begrüßen sollte. Er küsste sie links und rechts auf die Wangen und verweilte einen Moment länger an ihr, sog ihren Duft in seine Nase und schnurrte leise an ihrem Ohr.

„Verdammt, riechst du gut.“

Das Kompliment hätte sie gerne erwidert, doch Savanna war unfähig, auch nur einen Laut von sich zu geben. Auch sie nahm seinen männlich-herben Duft wahr und begann innerlich zu beben.

„Du wirkst nervös? Dazu gibt es doch keinen Grund.“ Er nahm ihre Hand, hakte sie bei sich unter und führte sie aus der Lobby in die Bar. „Du hast erwähnt, dass dein Tag bescheiden war … Willst du mir davon erzählen?“

War sein Interesse nun echt oder vorgeschoben? War er vielleicht nur hier, um vorzufühlen, ob sie ihm als Kundin erhalten bliebe? Oder war er wirklich hier, um den Abend mit ihr zu verbringen? Diese Skepsis ließ ihr keine Ruhe.

„Warum bist du hier, Ethan?“

Er bestellte zwei Drinks beim Barkeeper und lächelte sie an. „Weil ich dich wiedersehen wollte.“

„Hat das irgendeinen bestimmten Grund?“

Er schien zu spüren, dass sie sich reserviert verhielt und bemüht war, eine gewisse Distanz zwischen ihnen zu schaffen. Nein, es war wirklich keine gute Idee, ihn wiederzusehen, denn sie lief erneut Gefahr, ihre Schutzschilde zu verlieren. Savanna stand auf und packte ihre Handtasche.

„Ich glaube, das hier ist ein Fehler.“

Noch bevor sie sich einen Schritt von ihm entfernen konnte, ergriff er ihren Unterarm und hielt sie davon ab. „Was ist los? Habe ich etwas gesagt oder getan, das dich verärgert hat?“

„Nein, das ist es nicht. Es tut mir leid, ich hätte erst gar nicht zusagen sollen. Bye.“

Er hielt sie noch immer davon ab zu fliehen und stand nun selbst auf. „Sag mir, was das Problem ist, Savanna.“

Die Art, wie er ihren Namen flüsterte, so eindringlich und unwiderstehlich, schickte ihr eine wohlige Gänsehaut über den Körper. Seine Nähe erregte sie und hinterließ ein süßes Ziehen in ihrem Schoß. Ethans Brust berührte ihre Schulter und der Griff um ihren Unterarm versengte ihre Haut. In ihrem Innern startete erneut ein wahres Feuerwerk und ihr Puls stieg an, ihre Atmung wurde flach und in ihrem Kopf drehte sich alles.

„Ich kann das nicht.“

„Was kannst du nicht?“

„Das hier.“

Savanna schloss die Augen, als er sie sanft zu sich umdrehte. Sie wusste, wenn sie ihn jetzt auch noch ansehen würde, wäre sie verloren. Ihre Knie wurden butterweich und in ihrem Unterleib pulsierte die Begierde mit voller Macht. Dieser Mann würde sie mit Pauken und Trompeten ins Verderben stürzen, dessen war sie sich absolut sicher.

„Sieh mich an, Savanna, bitte."

Sie schüttelte den Kopf und rang nach Atem, spürte den Griff an ihrem Unterarm und auch, wie nah er ihr war. Sein Flüstern sandte Impulse durch ihren Leib, direkt in ihren Schoß, als wollte er ihre Willensstärke testen. Doch der Kampf fand nicht gegen ihn, sondern in ihr statt. Savanna verlor die Schlacht und blickte ihm direkt in diese tiefgründigen grünen Augen. Sie wäre am liebsten dahingeschmolzen und in seine Arme gesunken. In ihrem Innern zerbrach die Schutzmauer, die sie sich erst mühselig wieder aufgebaut hatte, und Savanna bemerkte nicht einmal, dass ihr die Tränen über die Wangen liefen. Erst als Ethan sie mit dem Zeigefinger auffing und sie fragend ansah, wurde ihr bewusst, was geschehen war.

Noch bevor sie eine Erklärung abgeben konnte, zog er sie eng an sich und hielt sie, als wollte er sie trösten und ihr Geborgenheit schenken. Seine Zärtlichkeit nahm ihr den Rest an Gegenwehr, der noch in ihr aufflackerte. Savanna löste sich in Tränen auf und schluchzte an seiner Schulter. Ethan streichelte ihr beruhigend über den Kopf und wartete, bis sie sich wieder beruhigt hatte. Nach einer Weile löste sie sich aus seiner Umarmung, setzte sich und kippte den Wodka in einem Zug hinunter. Dann lächelte sie Ethan an.

„Ich glaube, davon brauche ich wohl noch einen, womöglich sogar ziemlich viele."

„Das nenn ich mal Entschiedenheit. Barkeeper? Noch eine Runde."

Er setzte sich zu ihr und betrachtete sie. „Also? Rede mit mir, was ist los? Warum die Tränen?"

Savanna nahm einen tiefen Atemzug und lachte freudlos. „Weil ich mich dumm und naiv verhalte und einfach nicht aus meinen Fehlern lerne."

Das nächste Glas, das der Barkeeper für sie brachte, trank sie langsamer. Es war sowieso schon zu spät und es war ihr egal, ob sie sich nun gänzlich zum Deppen machen würde.

„Ich habe die Angewohnheit, mich in die falschen Männer zu verlieben. Das ist mein Problem."

„Okay, das klingt bitter." Er prostete ihr zu und leerte sein eigenes Glas, gab dem Mann hinter der Theke ein Zeichen, neue Drinks zu bringen. „Dann erzähl mal, welches Arschloch hat dir das Herz gebrochen? Soll ich ihm eine reinhauen oder möchtest du lieber seine Kniescheiben mit einem Baseballschläger zertrümmert sehen?"

Savanna starrte ihn an und brach dann in schallendes Gelächter aus. Sie konnte kaum glauben, dass Ethan es mit nur einem Fingerschnippen schaffte, sie aus ihrer deprimierenden Laune wieder herauszuholen. Gott, dieser Mann war einfach umwerfend.

Ethan grinste und es schien ihm besser zu gefallen, wenn sie lachte. Aber welcher Mann fand schon heulende Frauen toll? Ethan hob seine Hand und wischte etwas aus ihrem Augenwinkel. Savanna stockte, kramte aus ihrer Handtasche den Spiegel heraus und erschrak sich fast vor sich selbst. „Oh verdammt, ich sehe ja aus wie ein Waschbär."

„Aber ein hübscher." Ethan lachte leise auf, als Savanna ihm einen bösen Blick zuwarf, der wohl mit dieser Augenmaske aus verwischtem und verheultem Mascara und Eyeliner nicht die Wirkung besaß, die er haben sollte.

„Bin gleich wieder da."

„Okay."

Sein amüsierter Unterton entlockte ihr ein Grinsen und sie verschwand im Waschraum der Bar, um das Malheur zu beheben. In der Eile vorhin hatte sie vergessen, ihre Make-up-Utensilien einzustecken, aber extra deswegen nun rauf in ihr Zimmer zu rennen, wäre dämlich, also wusch sie sich im Waschbecken das Gesicht, entfernte so die restlichen Spuren und kehrte zurück an den Tisch. Sie war neugierig, wie Ethan wohl reagiert, wenn er sie ungeschminkt sehen würde.

An ihrem Platz auf dem Tisch stand bereits ein neues Glas bereit, obwohl sie das letzte noch gar nicht geleert hatte, was sie schleunigst nachholte.

„Du siehst hübsch aus, so ganz ohne."

„Danke."

Irgendwo ganz weit hinten in ihrem Verstand flackerten erneut Zweifel daran auf, ob er es ehrlich meinte, doch Savanna ignorierte sie schlichtweg.

„Wo waren wir stehen geblieben?"

„Bei polierter Schnauze und zerschmetterten Knien."

„Oh, stimmt, ja, und was, wenn ich dir sage, dass du derjenige bist?"

Ethan, der gerade einen Schluck zu sich nehmen wollte, hielt in der Bewegung inne. Langsam drehte sich sein Kopf zu ihr und er hob die Augenbrauen. Er sah aus, als hätte er sie nicht richtig verstanden. Das Glas stellte er unberührt zurück auf den Tisch, schien einen Moment zu überlegen.

„Ist das dein Ernst?"

„Ja." Savanna pfiff auf ihren letzten Rest von Stolz, der noch vorhanden war, und wartete darauf, wie Ethan diese Information verarbeiten würde. Wie würde er nun reagieren? Wegrennen? Ihr geduldig erklären, dass sie keine Zukunft hätten? Fuchsteufelswild werden und sie eine Verrückte nennen? Sie beobachtete seine Mimik, von der sich überhaupt nichts ablesen ließ. Langsam wurde sie doch unruhig.

„Also, darf ich dir dabei zusehen, wie du dir selbst eine reinhaust?"

Sie lachte, doch Ethan schien den Scherz nicht lustig zu finden. Savanna leerte das nächste Glas und hob es, um dem Barkeeper zu signalisieren, dass sie noch immer durstig war.

„Hör zu, Ethan, das ist mein Problem, nicht deins. Ich hätte wissen müssen, dass ich nicht mit spontanen Ideen hantieren sollte. Erst denken, dann handeln, ich sollte es mir wirklich hinter die Ohren schreiben. Ich bin eigentlich nicht so. Ich wäge immer zuerst genau ab, welche Risiken ich eingehe, bevor ich etwas tue, doch ich dachte, es wäre eine gute Idee, und jetzt beißt mir dieses Verhalten in den Arsch, um es mal bildlich zu umschreiben."

Ethan saß noch immer da und schien völlig in Gedanken versunken, und als sie versuchte, ihre Erklärung weiter auszuführen, packte er über den Tisch hinweg ihren Kopf, erhob sich von seinem Stuhl, beugte sich vor und küsste sie. Mit dieser Reaktion hatte Savanna nun wirklich nicht gerechnet. Nachdem Ethan seine Lippen wieder von ihren löste, starrte sie ihn an wie das achte Weltwunder.

„Du machst mich wahnsinnig, Savy. Du gehst mir einfach nicht mehr aus dem Kopf, egal was ich mache. Ich war in meinem Leben mit so vielen Frauen zusammen, doch keine hat mich so gefesselt wie du."

Sein Geständnis überraschte sie völlig, überforderte sie sogar ein wenig, denn sie hatte mit allem gerechnet, nur nicht damit. Savanna öffnete ihren Mund, schloss ihn jedoch wieder, weil sie nicht wusste, was sie darauf erwidern sollte. Ethan sah ihr direkt in die Augen und es gab keinerlei Zweifel daran, dass er ehrlich zu ihr war. Instinktiv sank das Wissen darüber in ihren Verstand, und eigentlich sollte ihr Herz jetzt einen Veitstanz aufführen, doch Savanna saß immer noch wie vom Blitz getroffen da und konnte sich nicht rühren.

Ethan lächelte mit einem Kopfschütteln. „Ich habe nicht die leiseste Ahnung, wie das passieren konnte. Ich bin ein Profi, und Profis verlieben sich nicht in

Kundinnen. Vielleicht bin ich schon zu lange in diesem Job."

Savanna lachte auf. „Ist das deine verdammte Erklärung dafür?"

„Nein, aber der Versuch, und es klingt bescheuert."

„Das tut es allerdings."

Erneut nahm er ihre Hand in die seine und spielte mit ihren Fingern. „Und jetzt erzähl mir, wer dich so verletzt hat."

Statt zu antworten, erhob Savanna sich von ihrem Stuhl, schüttelte den Kopf und zog ihn von seinem Platz. Sie wollte jetzt nicht mehr reden und führte ihn zu den Aufzügen.

Die Stille zwischen ihnen, während sie warteten, dass der Lift die Etage erreichte, in der ihr Zimmer lag, war nicht unangenehm, und nur ihre Hände berührten sich. Savanna ging voraus, kramte die Schlüsselkarte aus ihrer Tasche und öffnete die Tür. Ethan zögerte, als sie sich zu ihm umdrehte.

„Bist du dir ganz sicher?"

Sie warf den Kopf lachend in den Nacken. „Ich bin mir über gar nichts mehr sicher, Ethan."

Mit ausgestreckter Hand bat sie ihn herein und er folgte ihrer Einladung. Kaum fiel die Tür hinter ihnen ins Schloss, packte er sie, küsste sie leidenschaftlich und wild, presste sich an sie und drängte sie in Richtung Bett. Savanna verlor jegliche Hemmungen und erwiderte seinen animalischen Angriff, schob ihm die Jacke über die Schulter, riss ihm das Hemd auf und zerrte daran, bis es zu Boden fiel.

Mit geschickten Fingern öffnete er den Reißverschluss ihres Kleides, zog den Stoff von ihrem Körper und hakte ihren BH auf. Halb nackt landeten sie auf dem Bett, wälzten sich darin unter heißen Küssen und entledigten sich einander vom restlichen Stoff, der noch störte.

Sie konnte kaum glauben, dass er noch an Verhütung denken konnte, während sie schon jenseits von Gut und

Böse schien, doch sie war froh, dass er wohl instinktiv handelte und wenigstens sein Verstand noch funktionierte. Kaum hatte er sich das Kondom übergerollt, drang er mit einem heftigen Stoß tief in sie ein. Es fühlte sich an, als würden sie wie Tiere übereinander herfallen, nur noch den Urinstinkten folgend. Sie spürte ihn auf sich, in sich, und seine Hände schienen überall zu sein. Sie krallte ihre Nägel voller Leidenschaft in seine Schultern und saugte sich, verzweifelt vor Gier, an seinen Lippen fest. Stöhnend und keuchend füllten sie gemeinsam den Raum mit sinnlichen Lustlauten, und seine Hüften prallten in einem rasanten Tempo auf ihren Körper. Der süße Dehnungsschmerz drang durch ihr Innerstes und explodierte am Ende ihrer Nervenbahnen, sodass Savanna glaubte, nur noch Sterne sehen zu können. Ein herrlicher Schwindel ergriff Besitz von ihr, machte sie rasend vor Erregung und sie biss ihm in die Seite des Halses. Ethan brüllte auf und es schien so, als würde es seine Gier nur noch mehr anfachen. Er stützte sich auf, rammte sich wie von Sinnen in ihren Körper, bis sie beide kaum mehr bei Verstand waren. Zwischen ihnen knisterte die Energie und es existierte kein Hier und Jetzt mehr, nur noch der Moment. Die sexuelle Spannung zwischen ihnen schien sich immer weiter aufzubauen und entlud sich in einem gemeinsam erlebten, endlos erscheinenden Finale.

Völlig außer Atem lagen sie anschließend nebeneinander. Keiner von ihnen sprach ein Wort. Sie blicken sich nur gegenseitig in die Augen und verschränkten die Finger ineinander. In diesem Augenblick wusste Savanna, dass sie ihn liebte, mit Haut und Haaren. Es hatte zwischen ihnen so heftig geknallt, dass es dafür keine anderen Worte gab.

„Ich liebe dich, Savy."

Er war der Erste, der es sagte, und Savanna lauschte dem Echo seiner Worte in ihrem Kopf nach. Sie war sicher, dass sie niemals in ihrem Leben so glücklich gewesen war wie genau in diesem Moment. Mit Schwung drehte sie sich auf die Seite und küsste ihn zärtlich.

„Ich liebe dich, Ethan."

Sie legte sich auf ihn, bedeckte seinen Körper mit ihrem eigenen und lehnte sich an seine Halsbeuge. „Du wolltest wissen, wer mich verletzt hat."

Er nickte stumm und sie erzählte ihm von Kyle, während er die Arme eng um sie schlang und ihr das Gefühl von Geborgenheit gab. Savanna fühlte sich sicher bei ihm und er unterbrach sie nicht, hörte nur zu und urteilte nicht. Ihm vom schwächsten Moment ihres Lebens zu berichten, fühlte sich gut an, war einfach, und zum ersten Mal empfand sie keinerlei Schamgefühl deswegen. Sie machte sich verwundbar, doch sie vertraute darauf, dass er diese Situation nie ausnutzen und sie verletzen würde. Jedenfalls hegte sie die Hoffnung.

„Ganz schön naiv von mir, oder?"

Ethan presste seine Lippen gegen ihre Stirn. „Nein, du hast geliebt und seinen Versprechungen vertraut. Er hat nie vorgehabt, sie einzulösen. Das ist nicht deine Schuld."

„Ich hätte damals auf Carrie hören und alles seiner Frau erzählen sollen."

„Und was dann? Sie hat dir nichts getan und du hättest ihr grundlos das Herz gebrochen. Er ist das Arschloch."

„Aber sollte sie nicht wissen, mit was für einem Arschloch sie verheiratet ist? Ich würde es wissen wollen, wenn mein Mann einer anderen Versprechungen macht und mich verrät."

„Vielleicht weiß sie es ja und bleibt trotzdem bei ihm. Weil sie ihn liebt und weil sie ohne ihn nicht leben kann. Da steckt man nicht drin. Ich bin sicher, früher oder später wird sie ihre Augen öffnen und dann ist es an ihr, was sie tun wird."

„Sprichst du da aus Erfahrung?"

Ethan nickte. „Manche Frauen brauchen eine Weile, bis sie bereit sind, den Mann in ihrem Bett tatsächlich als das zu sehen, was er wirklich ist, und nicht was ihre Vorstellung über Jahre aus ihm gemacht hat. Ich bin immer wieder fasziniert, wie Frauen ticken. Sie sehen das Potenzial in einem Mann und oft dreht sich ihr ganzes Leben darum, ihn dabei zu unterstützen, diesen Level zu erreichen. Manche schaffen es nicht, andere schon. Allerdings ist es oft der Fall, dass die Frau bei diesem Unternehmen auf der Strecke bleibt. Dennoch sind sie so verbissen, daran festzuhalten, bis sie erkennen müssen, dass es vergebene Liebesmüh war, und sie schlussendlich doch die Segel streichen, um nicht ganz darin unterzugehen."

„Wow, das war ja fast philosophisch." Savanna kicherte, doch seine Worte hatten etwas tief in ihr berührt. Ethan schien als Gigolo einen Einblick in die Frauenwelt bekommen zu haben, den noch nicht einmal sie, als Geschlechtsgenossin, so bewusst wahrgenommen hatte. Er streichelte ihr über den Rücken und vergrub sein Gesicht in ihrem Haar.

„Du willst wirklich hier sesshaft werden?"

„Sesshaft?"

„Du suchst doch eine Möglichkeit, deine Show in Vegas unterzubringen, oder nicht?"

„Ja, sicher, na klar. Ich dachte, hier in Vegas würde es leicht werden, jemanden von meiner Truppe zu überzeugen, aber alles, woran diese alten Säcke denken können, ist, wie sie mich am besten und leichtesten flachlegen können."

Savanna erzählte ihm von den missglückten Versuchen der letzten Tage, ließ auch nicht die unmoralischen Angebote gewisser Herren aus und seufzte verzweifelt.

„Ich dachte wirklich, hier in Vegas wäre das alles unkomplizierter und einfacher. Unsere Show ist gut, verdammt gut. Die Zuschauer sind begeistert und viele von ihnen freuen sich, wenn wir wieder in ihrer Stadt sind. Die Theater und Bühnen, von denen wir gebucht werden, sind regelmäßig ausverkauft, und wir feilen ständig an der Show, nehmen neue Sachen auf. Es ist wirklich zum Mäusemelken."

Ethan winkelte den rechten Arm hinter seinem Kopf ab und nickte. „Hast du vielleicht ein paar Videos dabei?"

„Einen Zuschnitt für die Präsentation. Warum?"

„Ich würde es gerne sehen."

Savanna stützte ihr Kinn auf seine Brust und lächelte ihn an. Dann kletterte sie von ihm runter, wanderte durch das Halbdunkel des Raumes und kramte in ihrer Laptoptasche. Mit dem Computer und einer CD kehrte sie zurück und schaltete das Gerät an. Gemeinsam saßen sie auf dem Bett und Ethan schaute sich die Show-Zusammenschnitte aufmerksam an. Savanna war gespannt, ob es ihm gefiel.

„Und? Was sagst du?"

Er tat so, als wäre er unschlüssig, und schürte damit ihre Anspannung, doch dann lachte er und nickte. „Das ist verdammt gut."

„Wirklich?" Sie fühlte sich in diesem Moment wie ein junges Mädchen, das tatsächlich nicht sicher war, ob ihre Bemühungen Gefallen fanden. Ethan lachte und versicherte ihr, dass ihm gefiel, was er gesehen hatte.

„Allerdings befürchte ich nach dem, was du erzählt hast, dass es auch hier in Vegas nicht ohne Vitamin B geht."

„Leider habe ich aber keine Beziehungen hier, die ich eventuell nutzen könnte. Wir sind zwar bereits dreimal hier aufgetreten, aber das war noch zu Zeiten, als mein Vorgänger die Show organisiert hat, und den kann ich nicht fragen."

Das Video lief noch immer und Ethan schob das Laptop beiseite, um Savanna wieder an sich zu ziehen. Bei ihrem nackten Anblick fiel es ihm offensichtlich schwer, sich auf etwas anderes zu konzentrieren, und er begann, sie mit Lippen und Zunge erneut zu erkunden. Sein Züngeln und das Streicheln seiner Hände kamen ihr wie eine Verehrung ihrer Rundungen vor, so sanft und gierig zugleich; er schien einfach nicht genug von ihr bekommen zu können. Als Ethan mit liebevollen Küssen ihren Bauch erreicht hatte, hob er seinen Kopf.

„Ich habe da vielleicht eine Idee."

Savanna, die sich seiner Zärtlichkeit ergeben hatte, sah ihn fragend an. „Es ist mein Problem und irgendwie werde ich schon etwas finden."

Er bedeckte ihre Hüftknochen mit leichten Berührungen seiner Lippen. „Lass mich wenigstens versuchen dir zu helfen, okay?"

Stöhnend ließ sie ihren Kopf zurück auf das Kissen sinken und schloss die Augen. Auf diese Weise überredet zu werden, Hilfe anzunehmen, war einfach zu köstlich, als dass sie es abzulehnen könnte. „Okay."

Er schob ihre Beine auseinander, hauchte seinen Atem über ihren Venushügel und brachte sie damit zum Beben. Seine Zungenspitze tauchte in den Spalt zwischen ihren Schamlippen und begann, sie hingebungsvoll zu lecken. Umgehend war Savannas Körper wieder bereit. Die Lust stieg in ihr auf, und als er seinen Mund auf ihre Scham presste und an ihrer Klitoris zu saugen begann, war sie im siebten Himmel. Heiße Wellen der Begierde zogen durch ihr Innerstes und konzentrierten sich in ihrem Unterleib.

Savanna bog leidenschaftlich den Rücken durch, drängte ihren Schoß seinem Zungenspiel gierig entgegen und Ethan reagierte darauf, schien auf jede ihrer Körperregungen genauestens zu achten und schickte sie in einen solchen Lustrausch, dass ihr die Sinne zu schwinden drohten. Seine Zunge glitt an ihren inneren Schamlippen entlang, schien jede sensible Falte ihres Geschlechts erkunden zu wollen und drang so weit es möglich war in ihre feuchte zuckende Öffnung, die sich danach sehnte, gefüllt zu werden.

„Fuck, oh Gott, das ist so …"

Erneut kam ihr ein Fluch über die Lippen und mündete in einem lauten Stöhnen. Um sich irgendwo festzuhalten, krallte Savanna sich links und rechts ins Bettlaken und zog daran. Dieser Mann wusste ganz genau, wie er eine Frau mit dem Mund in den Wahnsinn treiben konnte. Als Ethan auch noch zwei Finger hinzunahm, in sie eindrang, sie füllte und anfing, sie mit leichten Stößen zu penetrieren, drehte sich alles in ihrem Kopf, und ungewollt stieß sie leise Lustschreie aus, die sie nicht mehr zurückhalten konnte.

Das Gefühl, zeitgleich geleckt und gevögelt zu werden, war unbeschreiblich und so verflucht heiß, dass Savanna kurz davor stand, den Gipfel erneut zu erreichen.

Doch Ethan hatte andere Pläne. Er reduzierte den Druck seiner Zunge, verlangsamte das Eindringen seiner Finger und hielt Savanna an diesem Lustpunkt gefangen. Sie glaubte, fast durchzudrehen, und wimmerte vor Begierde, was er mit einem leisen Lachen zur Kenntnis nahm. Für einen kurzen Moment hob Ethan seinen Kopf.

„Bitte mich darum, kommen zu dürfen."

Savanna schnappte nach Atemluft und war kaum mehr in der Lage, klar denken zu können, geschweige denn Laute in Worten zu formulieren. Stammelnd und von neuen Stöhnlauten unterbrochen, weil er sie noch immer fingerte und provokant über ihre Lustperle leckte, versuchte sie seiner Forderung nachzukommen, doch es war ihr schlichtweg nicht mehr möglich, sich darauf zu konzentrieren. Es fühlte sich wie eine Strafe an, dass er sie weiter hinhielt, nur so weit reizte, bis sie kurz vor dem Finale stand, und sie dann erneut dort fesselte. Savanna bäumte sich auf.

„Shit …Oh fuck."

Ethan lachte erneut auf und unterbrach nur kurz sein Zungenspiel. „Es spricht, das kleine Luder! Nur du kannst es beenden. Bitte mich."

Seiner Stimme fehlte jegliche Strenge, doch seine Ansage war unmittelbar und einfordernd, klang ebenso amüsiert wie höhnisch. Diese Form von Demütigung war außerordentlich delikat und erregend, doch Savanna jammerte nur laut auf und scheiterte erneut an dem Versuch, Worte über ihre Lippen zu bekommen.

Ethan blieb gnadenlos, brachte sie mit Fingern und Zunge abermals bis an den Rand eines Höhepunktes und hielt sie erneut hin.

„Du bist ein verfluchter Bastard." Sie war selbst überrascht, dass sie diesen Satz klar und deutlich aussprechen konnte, und erntete dafür ein lautes teuflisches Lachen von diesem wunderbaren gemeinen Mann, der wohl kein Mitleid kannte.

„Du kennst meine Forderung, Savy."

Ihre Hüften bewegten sich hektisch und ihre Gier kannte keine Grenze mehr. Keuchend zerrte sie an dem Kissen auf dem sie lag und biss hinein, um nicht vor verzweifelter Lust laut zu schreien. Als Savanna es nicht mehr ertragen konnte, bäumte sie sich auf.

„Bitte, bitte, bitte … Oh fuck, bitte lass mich kommen."

Ihr Bedürfnis, zum Orgasmus kommen zu dürfen, war so enorm, dass sie am ganzen Leib zitterte und ihre Atmung fast ausblieb. Kaum hatte sie seine Forderung erfüllt, setzte Ethan alles daran, ihr diesen Höhepunkt zu verschaffen. Er saugte und leckte an ihr, vögelte sie mit den Fingern, bis sie erneut ihr Gesicht in das Kissen pressen musste, um ihre ekstatischen Schreie zu dämpfen, und endlich rollte diese wundervolle erlösende und heiße Welle des Finales durch ihren Körper, und die Spasmen ihrer Muskeln schienen ihren ganzen Leib vollkommen zu übermannen. Ethan wischte sich ihre Feuchtigkeit mit dem Handrücken von den Lippen und lächelte auf sie hinab.

„Es ist unglaublich heiß, dich zu beobachten, wenn du kommst."

Ihr Kopf war leer und sie fühlte sich so erledigt, dass Savanna nur noch ein mattes Lächeln zustande brachte. Sie griff nach seinem Gesicht, zog es zu sich und küsste ihn, schmeckte sich selbst an seinem Mund und seiner Zunge, und genoss den Rausch des Nachglühens, der nun von ihr Besitz ergriff. Ethan hatte ihr eine Lektion erteilt, die ihr mehr über ihren weiblichen Körper beigebracht hatte, als je ein Mann zuvor es geschafft hatte.

Obwohl sie deutlich an ihrer Haut spürte, dass er erregt war, forderte er nichts weiter von ihr. Sie war überrascht, dass Ethan nicht ebenfalls auf sein Recht bestand und sich stattdessen hinter sie legte und sie umarmte. Sein Schwanz presste sich in dieser Löffelchenstellung pochend und heiß gegen ihren Rücken. Doch selbst wenn Savanna gewollt hätte, sie wäre kräftemäßig nicht mehr in der Lage, ihm Befriedigung zu verschaffen, und das bedauerte sie – wenn auch nur ein bisschen. Mit einem Lächeln auf den Lippen sank sie immer tiefer in einen wohltuenden Schlaf, und Ethans Körperwärme und seine Nähe hüllten sie ein wie ein schützender Mantel.

Kapitel 12

Ethan lauschte ihren regelmäßigen Atemzügen und genoss eine Weile, sie einfach nur im Arm zu halten. Seine Gedanken kreisten um ihr vorangegangenes Gespräch, und als Savanna sich träumend auf den Bauch drehte, konnte er sich von ihr lösen.

Im Halbdunkel des Zimmers schlich er leise zu seinen Sachen, sammelte sie vom Boden auf und zog sich an. In seinem Handy suchte er nach einer bestimmten Nummer. Nachdem er sich im Bad das Gesicht und die Hände gewaschen hatte, richtete er mit einem Blick in den Spiegel sein Haar. Leise kehrte er ins Zimmer zurück, setzte sich auf die Bettkante und nahm sich einen Moment, um sich ihren schlafenden Anblick genau einzuprägen.

Erneut reizte es Ethan, Savanna auf dieselbe Weise zu wecken, wie er es am Morgen davor schon getan hatte, doch das wäre sicherlich zu viel des Guten. Stattdessen hinterließ er ihr mit dem roten Lippenstift, der auf dem Waschtisch in ihrem Badezimmer stand eine Nachricht auf dem Spiegel. Leise zog er die Zimmertür hinter sich zu, als er den Raum verließ, und machte sich auf den Weg zu den Aufzügen. In der Lobby angekommen, steuerte er direkt die Empfangstheke an und lächelte den Rezeptionisten freundlich an.

„Hey Steven, heute wieder Nachtschicht?“

Es war stets von Vorteil, sich insbesondere mit dem Empfangspersonal der Hotels dieser Stadt gut zu stellen. Wenn man nett zu ihnen war, erleichterte das einem Gigolo wie ihm oft die Arbeit, und sie drückten mehr als einmal gerne ein Auge zu, besonders wenn man sie bestach.

Auch der Nachtportier erkannte Ethan wieder und grinste. „Wie immer, mein Freund! Wie kann ich dir behilflich sein?“

Ethan zückte ein Bündel Geldscheine aus seiner Hosentasche und schob ihm zwei Fünfzig-Dollar-Scheine über den blank geputzten Marmor.

„Zimmer 8074. Ich möchte, dass du sie gegen neun Uhr mit einem Frühstück weckst und ihr dann einen Termin im Spabereich buchst."

„Geht klar. Irgendwelche besonderen Wünsche? Mani-Pedi? Massage? Schlammbad?"

„Das Komplettpaket."

Ethan legte noch ein paar Scheine mehr drauf. „Geht auf mich."

„Geht klar, Ethan. Das muss ja eine besondere Lady sein."

„Das ist sie."

Steven lächelte verschwörerisch, nahm das Geld an sich und verabschiedete Ethan mit einem Kopfnicken.

Nachdem Ethan das Gebäude verlassen hatte, stieg er in ein Taxi, um nach Hause zu fahren. Noch immer waren die Straßen von Vegas belebt und viele Nachteulen waren um diese Uhrzeit unterwegs, obwohl der Morgen bereits graute. Nachdem das Taxi sein Ziel erreicht hatte, zahlte Ethan den Fahrer, gab ihm ein großzügiges Trinkgeld und stieg aus. Wie immer nahm er die Treppe statt den Aufzug und hechtete die Stufen empor. Als er den Flur der Etage betrat, auf der sein Apartment lag, entdeckte er neben seiner Wohnungstür eine zusammengesunkene Gestalt. Ethan schüttelte den Kopf und blieb vor dem jungen Mann stehen, stieß ihn sanft mit dem Fuß an.

„Hey Shane! Wach auf."

Verschlafen murmelte der junge Gigolo etwas vor sich hin und es dauerte eine Weile, bis er endlich die Augen aufschlug. Sofort sprang er auf und Ethan rümpfte die Nase.

„Wo zum Geier kommst du her? Du riechst nach Pussy und Alkohol. Und außerdem, was zur Hölle tust du hier? Hast du kein Zuhause?"

„Genau das ist mein Problem."

Ethan rollte mit den Augen, öffnete seine Apartmenttür und Shane folgte ihm hinein. Seufzend ließ sich der junge Gigolo in einen der beiden Fernsehsessel im Wohnzimmer fallen und schloss erneut die Augen.

Ethan stieß ihn abermals an. „Du kannst nicht hierbleiben."

Shane war scheinbar fast wieder eingeschlafen und schreckte hoch. „Aber ich weiß nicht, wohin ich soll."

„Was meinst du damit, du weißt nicht, wohin du sollst? Du hast doch erwähnt, dass du in einer WG außerhalb lebst."

„Hast du zufällig einen Kaffee für mich übrig?"

Ethan nickte in Richtung Küche. „Mit dem Automaten kennst du dich hoffentlich aus. Ich geh jetzt erst einmal duschen und dann reden wir."

Eigentlich hatte Ethan einiges geplant für diesen Tag, und doch hatte er dem Jungen versprochen, da zu sein, wenn er Hilfe brauchte. Der unrasierte Kerl roch wirklich übel und wirkte im Moment kein Stück so, als wäre er ein Eliteescort. Shane schlurfte langsam und übermüdet in die Küche, goss Wasser in den Kaffeeautomaten und suchte nach Tassen. In der Zwischenzeit sprang Ethan unter die Dusche, rasierte sich und kehrte mit einem Badetuch um die Hüften zurück. Shane hatte es geschafft, zwei Becher mit Kaffee zu füllen, und saß nun an der Frühstückstheke und schnüffelte neugierig in einer Akte herum, die Graham am gestrigen Tag vorbeigebracht hatte.

Ethan nahm ihm den Ordner weg.

„Gehst du immer ungefragt an fremdes Eigentum?"

„Sorry, ich wollte nicht schnüffeln. Aber was machen die Unterlagen der Agentur in deiner Wohnung?"

„Das geht dich nichts an. Wenn du willst, kannst du mein Bad benutzen, du riechst wirklich unangenehm."

„Sorry, komme halt von einer Orgie mit drei Kundinnen."

„Erspar mir die Details."

Shane grinste und verschwand im Bad. Gerade wollte Ethan die Treppe zu seinem Schlafzimmer betreten, als es an seiner Wohnungstür klopfte. Seufzend öffnete er die Tür und fand einen extrem verschnupften Jake Caine vor sich, der schniefend und fluchend an ihm vorbei in seine Küche rauschte und sich ebenfalls einen Kaffee holte.

„Alter, mir geht es beschissen."

Ethan grinste und schob die Tür kopfschüttelnd wieder zu.

„Guten Morgen, Ethan, schön, dich wiederzusehen, hoffe, es geht dir gut."

Jake nieste und lachte auf. „Entschuldige, Ethan, aber ich habe die ganze Nacht kein Auge zugetan. Meine letzte Kundin hatte eine fette Erkältung und hat mich wohl angesteckt."

Jake Caine war einer seiner Kollegen, den er schon seit Jahren kannte und der eine seiner Eigentumswohnungen in diesem Gebäude bewohnte. Jake zog einen Umschlag aus der Gesäßtasche seiner Jeans, und bevor er ihn an Ethan überreichen konnte, nieste er erneut. Ethan nahm das Kuvert mit spitzen Fingern entgegen und legte es auf die Frühstückstheke. Jake putzte sich die Nase.

„Die Miete für diesen Monat. Aber ich bin nicht nur deswegen hier."

In diesem Augenblick kehrte Shane aus dem Bad zurück und trug ebenfalls nur ein Handtuch um die schlanken Hüften gewickelt. Jake, der Ethan gerade sein Anliegen hatte erläutern wollen, hielt inne und blickte abwechselnd zu Shane, den er noch nicht kannte, und Ethan. Das Fragezeichen auf seiner Stirn hätte nicht größer werden können.

„Ähm, komme ich etwa gerade zu einem ungünstigen Zeitpunkt?"

Jake grinste breit und wandte sich wieder an Ethan, der sofort wusste, wie die Situation wirkte.

„Jake, das ist Shane. Shane, das ist Jake. Shane ist ein neuer Kollege aus New York."

Schniefend grinste Jake noch immer, reichte jedoch dem jungen Gigolo zwinkernd die Hand zur Begrüßung und schien noch immer nicht davon überzeugt, dass Ethan ihm die ganze Wahrheit erzählt hatte. Ethan stöhnte genervt.

„Er ist hier, weil er …"

Er wusste es nicht und drehte sich zu Shane um. „Wieso bist du eigentlich hier, das hast du mir immer noch nicht gesagt?"

„Ich bin aus meiner WG geflogen."

Jake mischte sich noch breiter grinsend ein. „Aha, und da hast du ihm natürlich angeboten, bei dir zu übernachten."

Das letzte Wort betonte Jake so deutlich, dass keinerlei Missverständnis mehr bestand, wie er die Situation deutete. Allerdings schien auch Shane nun zu verstehen, was Jake dachte.

„Hey, ich bin nicht schwul, dass das klar ist. Ich hab auf ihn gewartet und er hat mir dann angeboten, seine Dusche zu benutzen, weil ..." Mitten im Satz zögerte Shane und bemerkte, dass er mit seiner Wortwahl die Sache sichtlich nur verschlimmerte.

Dann plötzlich lachte Jake so laut, dass er gleich darauf einen heftigen Hustenanfall erlitt. „Sorry, Jungs, aber das war zu schön, um es nicht auszunutzen."

Ethan seufzte grinsend, doch Shane schien nichts verstanden zu haben. Jake klopfte ihm kräftig auf die Schulter. „Hey, ich hab dich nur hochgenommen. Erstes weiß ich, dass du überhaupt nicht Ethans Typ bist, und zweitens …" Jake befühlte Shanes Oberarmmuskulatur und grinste. „Zweitens fehlen dir einige körperliche Attribute, die für Ethan essenziell sind."

Ethan lachte auf und beobachtete, wie Jake sich an die Frühstückstheke lehnte und den jungen Gigolo, der noch immer da stand wie bestellt und nicht abgeholt, von Kopf bis Fuß musterte.

„Kein Arsch und kein Tittchen, sieht aus wie Schneewittchen.“

Die Stichelei ärgerte Shane sichtlich, doch er bemühte sich – auch wenn es ihm nicht ganz gelang –, es zu überspielen. Lächelnd setzte er sich wieder an die Theke und schlürfte seinen Kaffee.

„Wohl neidisch auf das knackige Gemüse frisch aus dem Kühlschrank wie?“

Jake lachte auf und hustete sich erneut die Seele aus dem Leib. Der Junge schien ihm sympathisch zu sein. Er prostete Shane mit dem Kaffeebecher in seiner Hand zu und nickte.

„Das mit der Schlagfertigkeit üben wir noch mal, aber willkommen bei *Devils4Angels*, Shane.“

„Also, warum ich wirklich hier bin, Ethan: Ich fühle mich wie vernascht und noch mal ausgekotzt, so kann ich die beiden Dates heute nicht machen. Hast du eine Idee, wer eventuell einspringen könnte?“

Bevor Ethan etwas erwidern konnte, meldete sich Shane zu Wort. „Ich hätte Zeit.“

Dieses Mal fiel Jakes musternder Blick so aus, als wollte er ihn gleich fressen. „Jungchen, bei aller Liebe, aber du bist frisch wie ein gerade geschlüpfter Hundewelpe. Meine Klientinnen erwarten Erfahrung und auch eine gewisse Reife, wenn du verstehst.“

Shane wollte mit ihm diskutieren, doch Jake hob abwehrend seine Hand. „Der Krümel schweigt, wenn das Brot sich unterhält.“ Dann wandte Jake sich wieder Ethan zu. „Ich dachte, vielleicht könntest du…?“

„Sorry, Jake, aber ich habe keine Zeit. Aber warte mal …“ Er suchte nach seinem Smartphone und ging die Termine durch. „Wie wäre es mit Alex? Er müsste seit gestern von seinem Langzeitdate aus London zurücksein.“

„Alex wäre cool.“

Shane meldete sich erneut. „Aber ich könnte doch …“ Dieses Mal verstummte er, als Jake ihm einen vernichtenden Blick zuwarf, der selbst Eisen zum Schmelzen hätte bringen können.

„Ich hab Alex’ Nummer nicht, kannst du ihn anrufen?“

Ethan nickte und wählte die Nummer seines langjährigen Kollegen und Freundes, der sich am anderen Ende der Leitung völlig verschlafen meldete. „Sprich oder stirb!“

„Ich bins, Alex.“

„Ich weiß. Was zum Teufel willst du um diese Uhrzeit von mir?“

„Jake ist krank und braucht eine Vertretung für zwei Kundinnen. Kannst du einspringen?“

„Ethan, ich bin gerade erst aus London zurück, leide unter einem beschissenen Jetlag und Conny hat mich ausgesaugt bis auf die Knochen. Außerdem ist es sieben Uhr in der Früh und mein Gehirn funktioniert erst ab neun, das weißt du ganz genau.“

Ethan ließ ihn reden und grinste, weil Jake vor ihm Faxen und sich über Alex lustig machte. Schniefend nahm Jake Ethan das Handy aus der Hand und stellte es auf Lautsprecher.

„Hey, altes Haus, bist wohl völlig aus der Form, wie ich höre. Was ist los mit dir? Zu alt für den Job?“

„Jake, falls du meine Faust nicht in deinem Gesicht sitzen haben willst, wenn wir uns das nächste Mal sehen, hältst du dich besser bedeckt. Oder willst du doch nicht, dass ich deine Kundinnen übernehme? Fragt sich nur, wer hier kein Stehvermögen vorweisen kann!“

„Hey, ich bin krank, du Lurch.“

„Ausreden!“

Sie lachten und Ethan hielt sich ab da aus dem Gespräch heraus, stieg die Treppen zu seinem Schlafzimmer empor, um sich endlich umzuziehen. Als er zurückkehrte, tauschten Jake und Alex ihre letzten Abenteuer aus und Shane hörte ihnen neugierig zu.

Während er das Geschehen in seiner Küche beobachtete und seinen Kaffee trank, wurde ihm bewusst, dass Graham in einer Sache recht hatte: Alle Gigolos aus der Agentur wandten sich prinzipiell mit Fragen und Problemen in erster Linie an ihn. Und seit er Savanna begegnet war, klang die Idee mit der Übernahme von *Devils4Angels* tatsächlich gut, zu seiner eigenen Überraschung. Allerdings wusste er auch, insbesondere von Graham und aus eigener Erfahrung, dass diese Jungs schlimmer waren, als einen Sack Flöhe zu hüten.

Erneut klopfte es an seiner Wohnungstür und mittlerweile glaubte Ethan, dass sein Apartment immer mehr zum Durchgangsverkehr freigegeben worden war, allerdings nicht von ihm. Kaum hatte er die Tür geöffnet, schoss Patrick an ihm vorbei, ebenfalls ein Gigolo der Agentur und der Mieter seiner zweiten Eigentumswohnung.

„Ethan, ich hätte da ein Problem." Ohne zu fragen, stieg Patrick, den alle nur Rick nannten, die Treppe zum Schlafzimmer empor, grüßte die beiden anderen mit gehobener Hand und redete weiter mit Ethan. „Ich brauche dringend einen Bondanzug."

Ethan folgte ihm und sah, wie Rick in seinem Ankleidezimmer wühlte.

„Einen was?"

„Na, so ein Teil, das James Bond immer trägt. Fliege, Weste, schwarzer Anzug. Ich habe heute ein Date mit einer Neukundin, die auf Rollenspiele abfährt und die von James Bond gefickt werden möchte. Hast du so was?"

Rick lieh sich ständig Outfits bei Ethan, weil sie in etwa dieselbe Größe bei Anzügen trugen, doch er schaffte es nie, die Klamotten auch wieder zurückzubringen. Eigentlich erwartete man so etwas eher bei einem Schwesternpaar, und dieser Kerl sah in Ethan eher einen großen Bruder.

„Wie lange weißt du schon von dem Date?"

„Nicht so lange."
„Wie lange, Rick?"
„Zwei Wochen, aber was spielt das jetzt für eine Rolle? Hast du eine Bond-Klamotte, ja oder nein?"
„Ich wüsste da jemanden, der ganz viele dieser Outfits hat! Ist gleich um die Ecke, nennt sich Herrenboutique. Du hattest genug Zeit, dich auf dieses Date vorzubereiten. Lass die Finger von meinem Kleiderschrank, ich seh die Sachen, die du dir leihst, nie wieder. Das Zeug kostet Geld, und ich weiß, dass du genug verdienst, um sie dir leisten zu können."
„Ist ja schon gut. Mann, bist du heute aber schlecht gelaunt."
Ein Sack Flöhe! Ethan schüttelte grinsend den Kopf und schloss sein Ankleidezimmer wieder, während Rick sich über die italienische Brüstung lehnte.
„Wer ist denn der Jüngling im Handtuch? Hast du etwa schon die Schnauze voll von der holden Weiblichkeit und dir stattdessen einen Toyboy angeschafft?"
„Das ist Shane, ein neuer Kollege."
„Hatte mich schon gewundert, was so ein junger Hüpfer mit einem alten Sack wie dir will."
„Falls du dich erinnerst, bist du nur ein Jahr jünger als ich."
„Aber das eine Jahr machts, Bro."
Grinsend stieg Patrick in Ethans Begleitung die Treppe wieder hinunter und verabschiedete sich von allen. Im selben Moment beendete Jake das Gespräch mit Alex und händigte ihm das Smartphone wieder aus.
„Alles geklärt, er machts. Danke, Ethan, du bist ein echter Kumpel." Als Jake im Begriff war, sich mit einer brüderlichen Umarmung von Ethan zu verabschieden, lehnte dieser freundlich, aber bestimmt ab. Es reichte, wenn ein Gigolo wegen eines Virus ausfiel.
Jake grinste und wandte sich Shane zu. „Machs gut, Babyface."
„Du auch, alter Mann."

Damit verließ auch Jake das Apartment wieder und Shane hatte nun Ethans ungeteilte Aufmerksamkeit. „Also, wieso bist du aus deiner WG geflogen?“

„Na ja, wir haben wohl ein bisschen zu heftig gefeiert, das letzte Mal, und die Nachbarn haben die Bullen wegen Ruhestörung gerufen. Jetzt hat uns die Hausverwaltung gekündigt. Ich bin in einer Woche praktisch obdachlos und so viel hab ich noch nicht verdient, dass ich mir von jetzt auf gleich eine neue Bleibe suchen kann. Könnte ich vielleicht hier …?“

Sofort unterbrach Ethan ihn. „Vergiss es, das geht nicht. Kannst du nicht vorerst in einem Hotel unterkommen?“

„Hast du dir mal die Preise angesehen?“

„Es gibt auch ein paar billigere Motelsuiten am Rand der Stadt.“

„Das ist jetzt nicht dein Ernst, oder? Entweder rennen da Kakerlaken so groß wie Ratten umher oder Ratten so groß wie Katzen … Nein danke, da zieh ich lieber unter eine Brücke.“

„Du hast noch eine Woche?“

„Nur eine Woche.“

„Okay, pass auf, ich überleg mir was und du gehst erst mal zurück in die WG und sorgst dafür, dass sich die Nachbarn nicht noch mal beschweren. Ich lass mir was einfallen und melde mich dann bei dir.“

„Kann ich nicht vielleicht doch hier campen? Das Sofa reicht mir völlig aus … Ich bin echt genügsam.“

„Vergiss es. Ich muss jetzt los, du kannst dir ein paar frische Klamotten von mir leihen. Aber Wiedersehen macht Freude! Und zieh die Tür hinter dir zu, wenn du gehst.“ Ethan nahm die beiden Aktenordner an sich, die er auf den Schreibtisch gelegt hatte, und machte sich auf den Weg in die Innenstadt.

Graham war stets der Erste, der morgens das Agenturbüro aufschloss, doch heute schien das nicht der Fall zu sein, also rief Ethan ihn an. „Hey, wo steckst du?“

„Noch zu Hause.“

„Hast du Zeit?“

„Klar komm vorbei!“

Mit einem Taxi fuhr Ethan ans andere Ende von Clark County und ließ sich vor einer großen Villa mit Sonnenterrasse, großer Kieseinfahrt und Swimmingpool absetzen. Er kannte das Grundstück wie seine Westentasche, denn er hatte seinem besten Freund zu diesem Kauf geraten und war hier oft zu Gast gewesen. Graham hatte dieses Haus zwei Jahre nach Eröffnung der Begleitagentur in Vegas für seine Familie gebaut und seitdem ständig erweitert. Mittlerweile war es umgeben von riesigen Palmen und Bäumen, und wirkte wie eine echte Oase inmitten der Wüste. Das Eisentor öffnete sich, nachdem Ethan die Klingel betätigt hatte. Vor dem Hauseingang parkte ein riesiger LKW, der von mehreren Männern mit Einrichtungsmöbeln und Umzugskisten beladen wurde.

Ethan ging ins Haus und suchte nach Graham, den er in seinem Arbeitszimmer fand.

„Was ist hier los?“

„Oh, hey, Stress pur, die Umzugsleute sind zwei Tage früher angerückt als vereinbart, und wenn Mel sie wieder weggeschickt hätte, wäre der nächste Termin erst in drei Monaten.“

Ethan setzte sich auf den Sessel vor dem Schreibtisch und konnte nicht verbergen, dass er überrascht war. „Es klang aus deinem Mund, als hätte das alles noch Zeit.“

„So habe ich das nicht gesagt. Mel und die Kids sind bereits nach LosAngeles geflogen und ich wickele nur noch den Rest hier ab.“

Ethan stellte die Aktenordner auf den Schreibtisch und Graham setzte sich.

„Also, hast du es dir überlegt?“

„Ehrlich gesagt bin ich aus einem anderen Grund hier. Ich brauche die Nummer einer Klientin, die mich das letzte Mal vor sechs Monaten gebucht hat.“

„Okay, Name?“

„Jacky Moretti."

Graham gab den Namen in seinem Laptop ein, der sofort alle Kontaktdaten ausspuckte, und druckte sie ihm aus. „Darf ich fragen, wofür du das brauchst?"

„Aus privaten Gründen."

Graham hakte nicht weiter nach und lehnte sich im Sessel zurück. Er wirkte nachdenklich, sogar ein wenig melancholisch. „Ist nicht leicht, alles einfach so hinter sich zu lassen."

„Aber du tust es aus gutem Grund."

„Das stimmt." Doch Graham klang nicht sonderlich überzeugt. „Was soll ich in L.A. mit mir anfangen?"

„Nennt man die Stadt nicht auch das Land der ewig lächelnden Menschen?" Ethan grinste und Graham warf ihm einen grollenden Blick zu.

„Mach dich nur lustig. Die Leute dort sind im Diätwahn, rauchen nicht, trinken keinen anständigen Kaffee mehr, kauen ihre Mahlzeiten, um sie dann in eine Serviette zu spucken. Damit sie nicht fett werden. Ich habe wirklich versucht mit ihr zu diskutieren, ob Florida nicht die bessere Wahl ist. Aber du kennst ja Meli."

„Lern Golf spielen, lass dir die Sonne auf den Pelz brennen, geh Surfen, lern Spanisch … Es gibt so vieles, was du dort mit deiner frisch erworbenen Freizeit anfangen könntest."

Der Agenturchef schüttelte den Kopf. „Ich habe seit meinem vierzehnten Lebensjahr gearbeitet … Ich kann nicht einfach so meine Hände in den Schoß legen."

Ethan hob die Schultern. „Dann eröffne dort eine neue Agentur."

Graham hob augenblicklich die Augenbrauen und straffte seine breiten Schultern.

„Mh, gar keine so blöde Idee."

War es auch nicht, denn Frauen gab es auf der ganzen Welt und die Geschäfte in Vegas liefen gut, jedenfalls nach allem, was Ethan in den Unterlagen bereits gesehen hatte.

„Statt das Geschäft aufzugeben, könntest du expandieren. Unsere Unternehmenspolitik erlaubt uns, überall zu arbeiten, ohne mit dem Gesetz in Konflikt zu kommen."

Aus der deprimierten Stimmung gerissen, erhellte sich Grahams Mimik sofort wieder.

„Das ist eine fantastische Idee. Ethan, was würde ich nur ohne dich tun?"

„Dir eine Gehhilfe für Miami vorbestellen?"

Ethan lachte und Graham ignorierte den Kommentar und tippte etwas in seinen PC ein. „Sieht so aus, als gäbe es auch keine große Konkurrenz in der Gegend."

„Sag ich doch! Und überleg mal, wie viele Kundinnen kommen extra hierher, reisen manchmal mehr als zweitausend Meilen, nur um hier ihren Lieblingsgigolo zu treffen?"

„Ich kann das allerdings nur machen, wenn ich jemanden habe, der die Geschäfte hier im gleichen Sinne weiterführt."

„Okay, okay, ich denke wirklich darüber nach, Graham."

„Das wollte ich hören."

„Gut, dann überlass ich dich wieder dem Umzugshorror …"

Graham begleitete ihn noch bis zur Einfahrt, doch dann fiel Ethan ein, dass es hier draußen keine Taxis gab, die man mal eben so kurz anhalten konnte. Der Agenturchef grinste, er hatte mitgedacht und ließ die Wagenschlüssel seines BMWs vor Ethans Nase baumeln. „Ein Kratzer, mein Freund, und man wird dich in der Wüste nur noch als Skelett identifizieren."

„Danke."

Lachend stieg Ethan in den Wagen und fuhr zurück in die Stadt. Dieses Mal führte ihn sein Weg zum Hotelcasino *The Venetian.* Er überreichte die Wagenschlüssel dem Parkwächter, der ihm ein Ticket in die Hand drückte und den Wagen ordnungsgemäß in der Tiefgarage des Hotelgebäudes parkte. Ethan hingegen betrat die venezianisch gestaltete Empfangshalle des großen Luxushotels, überquerte die Wasserstraße mit Gondeln auf dem Weg zu den Aufzügen. Das *Venetian* besaß alles, was das Herz eines Gastes höher schlagen ließ. Mehrere Restaurants, Nachtclubs, Bars, einen großen Spabereich mit mehreren Swimmingpools und Sauna. Man musste nicht einmal vor die Tür gehen, um sich gut zu amüsieren und einen Luxusurlaub zu verbringen.

Ethan wusste, dass sich der Bürokomplex in den oberen Etagen befand. Während der Lift fast geräuschlos die Stockwerke emporkletterte, studierte Ethan die Kontaktdaten der Kundin, um sein Gedächtnis aufzufrischen. Jacky Moretti war gebürtige Italienerin, die in Vegas aufgewachsen war. Sie war ledig, hatte keine Zeit für Beziehungen oder Affären und mietete sich Ethan in unregelmäßigen Abständen als Dom. Für sie war dieses Arrangement perfekt und wie eine Art Stressabbau. Während sie hier in diesem Edelhotel große Verantwortung innehatte, war sie froh, in gewissen Stunden mit ihm die Kontrolle gänzlich abgeben und sich einfach fallen lassen zu können. Leicht masochistisch angehaucht, mochte sie Rollenspiele, die stets Dominanz und Unterwerfung zum Thema hatten.

Ethan wusste, dass sie für den Gefallen, um den er sie bitten würde, auch eine Gegenleistung erwartete. Heute war Spontaneität von ihm gefragt, und darin war er gut – wie in allem, was seinen Job betraf.

Die Türen glitten auf und er steckte die Kontaktinfo wieder zusammengefaltet in die Innentasche seines Jacketts. Ethan durchquerte souverän die einzelnen Glasbüros und steuerte direkt auf das große Eckbüro am anderen Ende des Flures zu. Ihr Assistent wollte ihn aufhalten, doch er beachtete ihn gar nicht und betrat ohne anzuklopfen Jackys Zimmer. Die dreißigjährige Geschäftsfrau hob ihren Kopf. Sie war gerade bei einem Telefongespräch als Ethan sich lächelnd in den Stuhl vor ihrem Schreibtisch niederließ und ihr gestikulierte, das

Gespräch zu beenden. Perplex und doch erfreut verabschiedete sie sich und legte auf.

„Ethan, was tust du denn hier? Hab ich etwa unsere Verabredung vergessen?“

„Nein, aber ich bin es leid, dass du mich warten lässt. Ich bin das nicht gewohnt und deswegen hole ich mir, was mir zusteht.“

Umgehend sprang Jacky in ihre devote Rolle und er konnte sehen, wie ein Leuchten in ihre braunen Augen trat.

„Es tut mir leid, Herr. Ich bin so beschäftigt gewesen, dass ich …“

„Dass du mich vernachlässigst, dafür gibt es keine Rechtfertigung.“

„Wie kann ich es wieder gutmachen, Herr?“

Ethan erhob sich, schloss die Bürotür von innen ab und ließ die Jalousien vor den Glaswänden hinunter. Das, was er nun vorhatte, brauchte keine Zuschauer.

Lächelnd drehte er sich zu Jacky um, die bereits auf ihre Knie gesunken war und auf Anweisungen wartete. Es war notwendig für sie, endlich wieder ihren Stress loszuwerden und wenigstens für eine Weile die Verantwortung an ihn abzugeben.

Ethan griff nach dem langen Holzlineal, das er auf dem Schreibtisch entdeckt hatte, und tippte sich damit gegen den rechten Unterschenkel.

„Beug dich über den Schreibtisch und zieh deinen Rock über deinen Sklavenarsch … Es wird Zeit, dass ich dir wieder klarmache, wie sehr du mich brauchst.“

Umgehend gehorchte sie und lächelte dankbar. „Ja, Herr … Belehre mich.“

Genau das hatte er auch vor.

Kapitel 13

Pünktlich um neun Uhr klopfte es an Savannas Zimmertür. Mit einem Lächeln streckte sie sich ausgiebig im Bett und stellte enttäuscht fest, dass das Kissen neben ihr kalt war. „Ethan?“

Auch im Bad rührte sich nichts und erneut klopfte jemand an. Savanna zog sich das Laken eng um den Körper und öffnete sie nur einen Spalt weit. Vor ihr stand ein junger Hotelangestellter und lächelte sie freundlich an.

„Guten Morgen, Ms. Bishop. Mein Name ist Steven, ich bin der Nachtportier des Hauses und sollte Sie wecken. Dies ist eine Schlüsselkarte für unseren Spabereich, mit Empfehlung von Mr. Ethan Price. Er wünscht Ihnen einen schönen Tag voller Entspannung und wird sich im Laufe des Tages bei Ihnen melden.“

Er übereichte ihr die Karte für ein Komplettpaket im Spabereich, inklusive einem Infoblatt aller Anwendungen, und verabschiedete sich wieder von ihr. Savanna schloss die Tür, betrachtete die nette Überraschung und schmunzelte. Auf dem Weg ins Badezimmer überflog sie das Spaangebot und blieb vor dem großen Spiegel über den beiden Waschtischen stehen. Lächelnd las sie Ethans Nachricht, die er ihr mit dem Lippenstift hinterlassen hatte.

Entspann dich und mach dir einen schönen Tag. Bis später! Ethan

Einen Tag lang eine Auszeit zu nehmen, klang verlockend, und Savanna fand die Idee mit dem Spa wunderbar. Besonders dass Ethan ihr dieses Geschenk machte, ließ sie innerlich seufzen. Nicht einmal in Kyle war sie so verliebt gewesen, wie in diesen attraktiven Kerl, der ihrem Körper in zwei Tagen so viel abgerungen hatte, wie nie ein Mann zuvor. Savanna fühlte sich zwar auf herrliche Weise wund und körperlich gesättigt, doch in

Wirklichkeit sehnte sie sich nur nach noch mehr. Ethan wirkte tatsächlich wie eine Droge auf sie und sie war nur zu gerne seine Süchtige.

Savanna stieg unter die Dusche, seifte sich mit ihrem Duschgel sorgfältig ein und genoss das heiße Wasser, das sich entspannend und sinnlich über sie ergoss. Die Tropfen prickelten auf ihrer Haut wie tausend Fingerberührungen, und sie fühlte sich so herrlich sensibilisiert, dass sie in Gedanken an Ethan versank. Ihre eigenen Hände glitten streichelnd über ihre Körperrundungen und Savanna stellte sich vor, es wären Ethans. In ihrem Kopf hörte sie seine Stimme flüstern, wie schön sie war, wie sinnlich sie sich anfühlte und wie erregend ihre Kurven für ihn waren. In ihrer Fantasie spürte sie seine Küsse in ihrem Nacken, die sie beben ließen, wie seine Lippen ihre Wirbelsäule hinabwanderten. Seine Finger erkundeten ihren Schoß, glitten zwischen ihre Schamlippen und reizten sie, bis ihr Atem sich beschleunigte. Die Fingerkuppen umkreisten ihre Klitoris, erregten sie immer mehr und das Wasser streichelte weiterhin über ihren Körper. Savanna ließ sich in diesem sinnlichen Rausch der Fantasie treiben und konnte nicht aufhören, an Ethans herrlichen muskulösen Körper zu denken. Er war atemberaubend schön. Savanna konnte sich an jeden Muskel, die Weichheit seiner Haut, die Hitze seines Atems deutlich erinnern, als wäre er tatsächlich bei ihr. Sie ahmte die Art nach, wie Ethan mit ihren Brustspitzen umgegangen war, kniff und rieb sie, bis es fast schmerzte, und die dadurch erzeugten Lustwellen, wie auf einer direkten Verbindung in ihren Schoß weitergeleitet wurden. Savanna stöhnte auf und beschleunigte das Tempo ihres Fingerspiels in ihrem heißen Spalt und trieb sich selbst immer weiter einem Höhepunkt entgegen. Mit einer Hand stützte sie sich an der Duschkabinenwand ab und konnte nicht mehr aufhören, sich selbst zu streicheln, selbst wenn sie es gewollt hätte. Der Orgasmus rückte immer näher und versprach eine süße Erleichterung. Ein heißes, sinnliches Zittern durchzog ihr Innerstes, und als sie kam, stieß sie einen kurzen und leisen Schrei aus, den sie mit einem Biss in ihren Unterarm dämpfte. Die Hitzewellen schienen jede Nervenbahn in ihr zu durchdringen und das wunderbare Nachglühen setzte ein. Ethan schien ständig bei ihr zu sein, wenn nicht körperlich, dann in ihrem Geiste, und sie liebte dieses Gefühl, ein Teil von ihm sein zu dürfen. Jede Faser ihres Körpers sehnte sich nach ihm, wenn er nicht da war, und ihre Gedanken drehten sich wie eine schwindelerregende Karussellfahrt nur um ihn.

Nach Kyle hatte Savanna geglaubt, nie wieder einen Mann so sehr lieben zu können, doch Ethan hatte ihr Herz im Sturm erobert, und dieses Mal wusste sie, dass es nicht an ihrer langjährigen Abstinenz liegen konnte. Ihr wurde bewusst, dass Liebe auf den ersten Blick tatsächlich möglich war. So verrückt es ihr auch vorkam, es war ein herrliches Gefühl, chaotisch, sensationell, erotisch, abenteuerlich und genauso unkontrollierbar, schwindelerregend schnell und beeindruckend. Savanna stellte die Dusche ab, wickelte sich lächelnd in eins der flauschigen Badetücher und putzte sich die Zähne, nicht ohne noch einmal seine Nachricht auf dem Spiegel zu lesen. Zum ersten Mal seit sehr langer Zeit fühlte Savanna sich rundum glücklich, sodass ihr Herz ständig Luftsprünge zu absolvieren schien.

Als sie ins Zimmer zurückkehrte, um sich anzuziehen, fiel ihr Blick auf das Gruppenfoto auf dem Nachttisch. Die lächelnden Gesichter ihrer Burlesque-Showtänzerinnen erinnerten Savanna erneut daran, dass sie eigentlich nicht zum Vergnügen hier war, sondern eine Aufgabe hatte. Seufzend setzte sie sich auf die Bettkante und nahm das gerahmte Foto in die Hand, strich zärtlich über das blanke Glas. Sie waren seit über vier Jahren ihre Ersatzfamilie, mit der sie mehr Zeit verbracht hatte als mit ihren eigenen Eltern. Auch wenn sie auf dem Bild glücklich wirkten und lächelten, als hätten sie Spaß, hatte

Savanna ihnen allen ein Versprechen abgegeben. Sosehr der geschenkte Spatag auch lockte, heute stand ein Geschäftstermin an, den sie ungern missen wollte. Diesen Termin hatte sie schon vor sechs Monaten vereinbart, und wenn es ihr gelang, überzeugend zu sein und vielleicht einen Vertrag auszuhandeln, wäre es das Geschäft ihres Lebens. Dieser Gesprächstermin war der Hauptgrund für ihre Reise nach Las Vegas gewesen und den würde sie garantiert nicht einfach ausfallen lassen oder absagen. Sie war sicher, Ethan würde dafür Verständnis haben, und der Spatag würde auch nicht einfach verfallen.

Savanna stellte das Foto zurück auf den Nachttisch und ging hinüber zu ihrem Kleiderschrank, wählte ein ordentliches Outfit mit Jackett und Stiftrock in Dunkelblau, dazu eine weiße Bluse und zog sich an. Danach legte sie ein natürliches Make-up auf und steckte sich das Haar hoch. Immer wieder blickte sie zu dem Spaticket, das auf ihrem Schminktisch lag, und seufzte. Natürlich würde sie jetzt viel lieber unter den knetenden Händen eines Masseurs schnurren wie ein Kätzchen, doch das würde ihr eigentliches Problem nicht lösen. Mit einem tiefen Atemzug erhob sie sich vom Schminkplatz, zog sich ihre Pumps an und sammelte ihre Unterlagen zusammen, dann verließ sie ihr Hotelzimmer und machte sich auf den Weg zu dem Termin.

Das Taxi hielt in zweiter Reihe vor dem Casinohotel *The Venetian* mit seinem herrlichen italienischen Flair. Die extravagante Empfangshalle war riesengroß, mit Straßenleuchten und einer Wasserstraße, auf der man sogar mit Gondeln eine romantische Bootsfahrt durch und um das Hotelgebäude herum erleben konnte. *The Venetian* galt als das angesagteste Luxushotel der Stadt und wirkte innen mit seinen zahlreichen Restaurants, Clubs, Bars und Cafés wie eine kleinere Nachbildung von Venedig. Dieses Hotel besaß alles, was das Herz eines Gastes im gehobenen Ambiente höherschlagen ließ. Hier konnte man den gesamten Urlaub verbringen und eine wunderbare Zeit verleben, ohne einen Fuß vor die Tür zu setzen, wenn man es wollte. Savanna war beeindruckt und hingerissen von der Atmosphäre.

Sie erreichte die Empfangstheke aus purem italienischem Marmor, und umgehend kümmerte sich jemand dort freundlich um ihr Anliegen.

„Willkommen im The *Venetian*, wie kann ich Ihnen helfen?“

„Mein Name ist Savanna Bishop und ich habe einen Termin mit Ms. Jacky Moretti.“

„Einen kleinen Augenblick bitte.“

Die Empfangsdame hob den Telefonhörer ab und ließ sich den Termin bestätigen.

„Ms. Bishop, nehmen Sie einfach einen der Aufzüge in die oberste Etage, folgen Sie dort den Hinweisschildern und melden sich dann bei Bexter. Ihr Assistent wird Sie umgehend empfangen und zu Ms. Moretti führen.“

„Vielen Dank.“

„Sehr gern geschehen. Ich wünsche Ihnen einen erfolgreichen Termin, Ms. Bishop.“

Als Savanna den Aufzug betrat, stieg ihre Nervosität. Dieser Gesprächstermin war ihr extrem wichtig und im Grunde ihre letzte Chance, hier in Las Vegas etwas zu erreichen. Neben den anderen Terminen mit Hotelmanagern, die nicht so erfolgreich verlaufen waren, war *The Venetian* der Traum schlechthin. Wenn es ihr gelänge, hier ihre Show unter Vertrag zu bringen, wären alle Probleme von jetzt auf gleich aus dem Weg geräumt. Die Chancen standen gut, schließlich war ihr seit ihrer Ankunft eins aufgefallen: Die berühmten Showgirls schien es in Las Vegas fast gar nicht mehr zu geben und es wirkte, als wären sie eine aussterbende Spezies in dieser bunten, wilden Stadt.

Als der Lift die oberste Etage erreicht hatte, nahm Savanna einen weiteren tiefen Atemzug und schloss kurz die Augen. Den Gedanken an ein mögliches Scheitern unterdrückte sie mit aller Kraft. Das hier musste einfach funktionieren.

Mit gestrafften Schultern verließ sie den Aufzug und richtete sich, wie die Empfangsdame es ihr empfohlen hatte, nach den Schildern, die zu Morettis Büro wiesen. Kaum erreichte sie das Großraumbüro mit den unzähligen Glaswänden, kam bereits jemand lächelnd auf sie zu.

„Hallo, sind Sie Ms. Bishop?"

Der Mann wirkte sehr jung und sehr frisch, aber freundlich und professionell.

„Mein Name ist Bexter, ich bin der persönliche Assistent von Ms. Moretti. Wenn Sie mir bitte folgen würden."

Er ging voraus und wies ihr den Weg zu einem der großräumigen Eckbüros, das ebenfalls aus Glas bestand. Die Jalousien waren herabgelassen worden und einige seltsame Geräusche drangen durch die geschlossene Tür.

Bexter wurde nervös.

„Wenn Sie bitte hier Platz nehmen wollen. Ich fürchte, Ms. Moretti hat noch einen anderen Termin, der etwas länger dauert."

„Kein Problem, ich kann warten."

Savanna setzte sich auf einem der gemütlich aussehenden Sessel und griff nach einer der Zeitungen. Noch immer versuchte sie, die Geräusche, die nun immer lauter wurden, zu identifizieren, und beobachtete dabei den jungen Assistenten hinter seinem Schreibtisch vor dem Eckbüro. Seine Ohren nahmen die Farbe von überreifen Tomaten an, und auch seine Wangen wirkten gerötet, als ob er unter einem plötzlichen Fieberschub litt. Stöhnen und Jammern drangen aus dem Büro und langsam wurde klar, was in diesen vier Wänden tatsächlich vor sich ging. Savanna kicherte leise und verbarg ihr amüsiertes Gesicht hinter der aufgeschlagenen Zeitung. Ms. Moretti schien wohl heute eine andere Art von Mittagessen zu sich zu nehmen!

Der Assistent kam mehr und mehr ins Schwitzen, und Savanna konnte ihm deutlich ansehen, wie unangenehm ihm die Situation war. Puterrot und peinlich berührt rutschte er unruhig auf seinem Bürostuhl hin und her. Savanna hätte ihn am liebsten laut ausgelacht. Für jemanden, der in der Stadt der Sünde lebte und arbeitete, benahm sich Bexter wie eine unantastbare Jungfrau während einer wilden Sexorgie. Schmunzelnd lauschte sie weiter den eindeutigen Geräuschen aus dem Büro und hoffte, dass ihre Gesprächspartnerin verflucht gut gelaunt sein würde, wenn der Termin stattfand. Ein lauter ekstatischer Schrei beendete schließlich das Rumoren hinter dem Glas und Stille kehrte ein.

Erst eine Viertelstunde später öffnete sich die Bürotür und Savanna legte die Zeitung beiseite und erhob sich von ihrem Sessel. Mit gesenktem Kopf und bemüht, seine Kleidung wieder zu richten, trat zuerst ein Mann aus dem Büro. Savanna achtete kaum auf ihn, doch als er den Kopf hob, blieb sie in ihrer Vorwärtsbewegung wie versteinert stehen und starrte ihn an.

„Ethan?“

„Savanna? Was machst du denn hier? Ich dachte, du genießt deinen Spatag im Hotel.“

Im selben Moment kam eine reichlich derangiert wirkende etwa Dreißigjährige aus dem Büro und fragte Bexter nach ihrem nächsten Gesprächstermin. Der Assistent zeigte auf die völlig verwirrt dastehende Savanna, die nun erst langsam wieder ihren Verstand in den Griff bekam. Ihr Blick wechselte von Ethan zu Ms. Moretti und wieder zurück, und es fühlte sich an, als würde sich ein Eisenring um ihr Herz legen und immer enger werden.

„Du …“ Sie war kaum in der Lage es auszusprechen und spürte, wie sich ihr Mageninhalt zu heben drohte. Ethan ging langsam auf sie zu.

„Savanna, lass mich dir erklären …“

Sie schüttelte mit dem Kopf und ihr wurde schwindelig vor Entsetzen. Panik schnürte ihr die Kehle zu, und als sie erneut die beiden ansah und daran dachte, was zuvor in dem Büro vor sich gegangen sein musste, sträubte sich jedes Härchen auf ihrem Körper.

Savanna hob abwehrend ihre Hände. „Du musst mir gar nichts erklären."

Sie fühlte sich, als hätte ihr jemand eine Faust in den Magen gerammt, wieder und wieder. Savanna drehte sich auf dem Absatz um und eilte zurück zu den Aufzügen.

Ethan folgte ihr, griff nach ihrem Unterarm.

„Lass mich." Sie fauchte ihn wütend an und hämmerte mit der Faust gegen den Aufzugknopf, betete leise, dass er endlich kommen würde, damit sie aus dieser elenden Situation fliehen konnte.

„Savy, bitte, ich möchte das in Ruhe mit dir besprechen."

„Ich will aber nicht mit dir reden. Verstehst du das nicht? Ich habe alles gehört und das reicht ja wohl."

Die Aufzugtüren öffneten sich und Savanna hielt Ethan davon ab, ebenfalls zuzusteigen. Sie war erleichtert, als sich die Türen schlossen und der Lift sich in Bewegung setzte. Sie benötigte alle Kraft, die sie noch aufbringen konnte, um nicht gleich hier und jetzt in Tränen auszubrechen. Sie glaubte fast daran zu ersticken, so sehr schmerzte ihre Brust, und sie war kaum in der Lage, klar zu denken.

Als Savanna die Lobby hinter sich gelassen hatte und die Straße betrat, spürte sie den heftigen Stich von Eifersucht, der sich wie ein Stachel in ihr Herz bohrte, und Übelkeit stieg in ihr empor. Savanna erbrach sich in den nächsten Papierkorb, den sie gerade noch erreichen konnte, und erntete dafür seltsame Blicke von vorübergehenden Passanten. Die Peinlichkeit hätte nicht noch größer sein können. Mit eiligen Schritten ließ Savanna das Hotel hinter sich, stieg in eins der in einer

Reihe parkenden Taxis und ließ sich zurück in ihr Hotel bringen.

Mehrfach versuchte Ethan sie über das Handy zu erreichen, doch nach der zehnten Nachricht, die er offensichtlich verzweifelt hinterlassen hatte, schaltete sie ihr Smartphone einfach aus. Zusammengerollt auf ihrem Bett weinte Savanna ins Kissen und fühlte sich so hundeelend wie noch nie zuvor. Körperlich verwundet, seelisch leer und ausgehöhlt lag sie da. Das Schlimmste jedoch war die Eifersucht, die wie ein Messer in ihr Fleisch bohrte und ein Loch in ihr hinterließ, das groß wie ein Krater schien. Ethan hätte ihr auch einfach das Herz aus dem Leib reißen können und es wäre dasselbe gewesen.

Kapitel 14

Den Schmerz in ihrem Gesicht zu sehen, hatte Ethan schwer getroffen und ebenso geschockt. Mehrfach versuchte er sie telefonisch zu erreichen, doch er ahnte, dass sie ihr Handy abgestellt hatte. Ihm blieb nichts anderes übrig, als zu ihrem Hotel zu fahren und persönlich mit Savanna zu sprechen. Ethan wollte die Sache mit ihr klären. Es gab so vieles, über das sie nicht gesprochen hatten, vieles, was sie voneinander nicht wussten. All das war ihm bewusst, doch eins blieb unbestritten – er liebte sie und er wusste, dass sie seine Gefühle erwiderte. Ethan stand vor ihrer Hotelzimmertür und klopfte an, doch Savanna öffnete nicht.

„Savanna, bitte, ich möchte mit dir reden.“ Er konnte ihre Atmung hören, was ihm bewies, dass sie hinter der Tür stand und ihm lauschte „Bitte mach die Tür auf, damit wir sprechen können.“

„Nein. Ich kann dich jetzt nicht ansehen.“

Hatte sie etwa Angst schwach zu werden? Ethan legte seine Hand flach gegen das Holz der Tür und senkte seine Stimme.

„Ich gehe nicht eher hier weg, bevor du nicht mit mir gesprochen hast, Savy.“

„Okay, dann rede, aber ich mache die Tür nicht auf.“

Es kam ihm albern und auch lächerlich vor, allerdings ließ sie ihm keine andere Wahl. Ethan setzte sich auf den Boden, lehnte seinen Rücken gegen die Zarge.

„Ich kann durchaus verstehen, dass du eifersüchtig bist, aber du wusstest von Beginn an, was ich beruflich mache, Savy. Ich hasse es, dich daran zu erinnern, aber du hast mich selbst gebucht. Alles, was ich dir gesagt habe, ist die Wahrheit. Ich hab mich wirklich in dich verliebt, und glaub mir, mich hat das ebenso überrascht wie dich. Ich bin schon so lange in diesem Geschäft, das ist mir noch nie passiert. Bisher konnte ich Sex und Gefühle gut auseinanderhalten, aber als ich dich zum ersten Mal gesehen habe, ist das Ganze ziemlich aus dem Ruder gelaufen für mich. Allerdings bereue ich es nicht, dich an mich herangelassen zu haben. Ganz im Gegenteil. Du hast mir gezeigt, dass ich doch dazu fähig bin, jemanden zu lieben."

Ethan wartete, hoffte auf eine Reaktion von Savanna, doch sie blieb aus. Allerdings war er sich noch immer sicher, dass sie ihm zuhörte. „Anfangs war dieser Job einfach perfekt für mich. Ich war jung, wollte mich austoben und Grahams Angebot, damit auch noch Geld zu verdienen, war ein absoluter Traum. Aber mir ist recht schnell klar geworden, dass ich einen Deal mit dem Teufel gemacht habe. All die Erfahrungen und Abenteuer mit Frauen sind für mich unbezahlbar, aber als Gigolo zu arbeiten, kostete auch einen hohen Preis. Ich dachte wirklich, ich hätte es verlernt, jemals wieder eine echte emotionale Verbindung mit einer Frau eingehen zu können. In der kurzen Zeit, die wir beide uns kennen, habe ich kapiert, dass es nicht so ist. Aber dafür bringt es andere Komplikationen mit sich."

„Das ist ja das Problem, Ethan. Die Zeit! Wir kennen uns doch überhaupt nicht."

„Was möchtest du über mich wissen?" Er war erleichtert, dass sie endlich mit ihm redete, und wollte diese Konversation aufrechterhalten, doch erneut blieb Savanna stumm. „Ich bin siebenunddreißig und in Detroit, Michigan, geboren und aufgewachsen. Meine Mutter Selma starb, als ich fünfzehn war, und meinen Vater John habe ich kurz nach meinem achtzehnten Geburtstag durch einen Schlaganfall verloren. Ich habe keine Geschwister und es war nicht einfach, plötzlich so ganz allein auf der Welt dazustehen. Nachdem ich meinen Vater beerdigt hatte, fehlte mir jeglicher Elan, aufs College zu gehen, also habe ich meine sieben Sachen gepackt, das kleine Erbe zu Geld gemacht, mich in mein Auto gesetzt und bin einfach losgefahren. Für eine Weile bin ich einfach durch die Staaten gereist ohne großes Ziel, habe in verschiedenen Jobs gearbeitet. Mit einundzwanzig habe ich dann in Reno als Barkeeper anfangen und kurz darauf Graham kennengelernt. Im Grunde weißt du jetzt so ziemlich alles über mich, was es zu wissen gibt. Ich hatte kein wirklich aufregendes Leben."

Savanna drückte die Klinke hinunter und öffnete die Tür einen kleinen Spalt, sodass sie sich einander ansehen konnten. Sie wirkte verweint und blass.

„Ich hätte es besser wissen müssen. Ich verliebe mich immer wieder in den falschen Mann. Du hast recht, ich habe gewusst, was du bist, und trotzdem alle meine Schutzschilde fallen lassen. Es ist mein Fehler und ich bin Schuld an meiner Situation."

Ethan wollte widersprechen, doch sie ließ es nicht zu.

„Ich habe mich so gut mit dir gefühlt, so sicher und geborgen, dass ich völlig verdrängt habe, was die Realität ist. Du bist nur ein Gigolo, Ethan. Du wirst dafür bezahlt, Frauen vorzugaukeln, was sie hören und fühlen wollen, damit sie sich gut fühlen."

Ihre Worte verletzten ihn, doch er ließ es sich nicht anmerken und unterbrach sie nicht. Savanna wischte sich neue Tränen von den Wangen.

„Ich habe mich in diese wunderbare Vorstellung verrannt, dass ein Mann wie du, meine Gefühle tatsächlich erwidern könnte."

„Ich liebe dich wirklich, Savanna."

„Selbst wenn es die Wahrheit wäre, wie soll ich damit umgehen?"

„Ich habe dir nie falsche Versprechungen gemacht, Savanna. Ich habe dich nie belogen. Wir haben beide noch so vieles zu besprechen und einander kennenzulernen."

Savanna schniefte leise und Ethan widerstand dem Impuls, sie trösten zu wollen, denn er wusste instinktiv, dass sie es nicht ertragen hätte. „Mein Herz möchte sich am liebsten kopfüber in dieses Abenteuer mit dir stürzen. Mein Verstand sagt mir allerdings, dass ich nur auf einen Abgrund zulaufe und früher oder später verletzt werde."

„Hör einfach auf dein Herz, sei nicht feige und gib uns eine Chance."

Savanna lächelte, doch dieses Lächeln erreicht bei Weitem nicht ihre Augen. „Ich will dich, Ethan, mehr als du ahnst, selbst jetzt, obwohl all diese Bilder in meinem Kopf herumspuken …"

Sie wirkte, als wollte sie sich selbst für diese Begierde ohrfeigen.

Ethan streckte seine Hand durch den Türspalt und berührte sie zärtlich. Ein leises Seufzen drang aus ihrem Mund und für einen kurzen Moment schloss Savanna ihre Augen. Ethan war nicht entgangen, dass es nur ein Fingerschnippen von ihm benötigte, um sie wieder in seinen Armen halten zu können. Doch Savanna wirkte in diesem Augenblick so fragil und verwundet, dass er wusste, es war der falsche Zeitpunkt.

Sie öffnete die Tür noch ein Stück weiter und sah ihn direkt an. Bevor er reagieren konnte, spürte er ihre Lippen auf seinem Mund und ihre Zunge, die sich einen Weg hinein bahnen wollte. Ethan war darüber so perplex, dass er zuerst nicht reagierte, doch der Hoffnungsschimmer in ihm, dass sie sich doch für ihr Herz entschied, wurde größer. Er nahm ihr Gesicht in beide Hände und erwiderte ihren Kuss, zuerst sanft, dann immer hungriger, bis sie sich fast gegenseitig zu verschlingen drohten.

Savanna zog ihn ins Zimmer, kickte die Tür wieder zu und stürzte sich fast wie ein wildes Raubtier auf ihn. Ethan erging es ähnlich. Er gierte förmlich nach ihr, weil er wirklich geglaubt hatte, dass er sie und damit alles verloren hätte, was in kürzester Zeit so immens wichtig in seinem Leben geworden war. Er wickelte sie aus ihrem Bademantel, verlor auf ihr eigenes Drängen kaum Zeit mit einem Vorspiel und half ihr dabei, sich zu entkleiden.

Der Machtkampf zwischen ihnen war erotisch, erregend und so sinnlich, dass er ihr für eine Weile die Oberhand überließ. Mit gierigen Küssen wanderte sie an seinem Körper hinab, bis sie mit ihren warmen feuchten Lippen seinen Schwanz berührte, ihn leckte und ihn langsam immer tiefer in ihre Mundhöhle gleiten ließ. Ethan keuchte heiser und ließ sie gewähren. Ihr Mund schob sich immer weiter über seinen harten Schaft, entzog sich ihm wieder, und sie leckte mit nasser Zunge über die Spitze, bis er kaum noch denken konnte. Ethan umschloss mit beiden Händen ihren Kopf, grub seine Fingerspitzen in ihr dickes rotes Haar und gab ihr mehr und mehr den Takt vor, der ihm besonders zusagte. Savanna ließ sich von ihm führen, lutschte seine Erektion nach seinem Willen, doch er achtete darauf, nicht in ihrem Mund zu kommen. Allerdings brachten ihre herrlichen Lippen ihn sehr nah an den Höhepunkt, und er stoppte ihr orales Spiel, bevor es zu spät war. Ethan packte sie und drehte sie auf den Bauch, umschloss mit einer Hand ihren Nacken und drückte ihr Gesicht bestimmt und dominant auf den Boden. Mit den Zähnen riss er eine Kondomverpackung auf, die er zuvor schon aus seiner Hosentasche genommen hatte. Savanna schrie auf, als er ohne Vorwarnung in sie eindrang, und doch konnte er deutlich spüren, wie empfänglich und bereit sie für ihn war. Ihr Stöhnen glich sich seinem an und ihre Körper prallten geräuschvoll aufeinander, voller Lust und Leidenschaft. Savanna gab sich ihm vollkommen hin, schien sich vor seinen Augen in pure Gier zu verwandeln. Er zog sie auf die Knie, nahm sie noch kraftvoller von hinten und schob ihr zusätzlich zum vaginalen Reiz seinen Daumen vorsichtig in den engen Anus. Dieser Moment ließ sie wild werden. Savanna bäumte sich vor Lust schreiend auf, und er hinderte sie nicht daran, ihrer Gier laut Ausdruck zu verleihen. Dieses Mal war es ihm egal, ob die Gäste in den Nebenzimmern sie hören konnten. Während sich sein Schwanz unaufhörlich in sie bohrte, bewegte Ethan zusätzlich den Daumen in ihrem Po, und ihre intimen Muskeln begannen verräterisch zu zucken, seinen Männlichkeit so zu massieren, dass er spürte, wie sich alles in ihm zu einem Finale anspannte. Ethan spürte, dass sie genauso kurz davorstand zu kommen, und hob das Tempo ein klein wenig an, bis sie gemeinsam zu einem heftigen Höhepunkt gelangten.

Kraftlos sank er auf ihr zusammen, bedeckte ihren Körper mit dem seinen, und zwischen ihnen wurde es still. Nach einer Weile bemerkte Ethan, dass Savanna leise weinte. Behutsam rollte er sich von ihr. „Hey, Savy, was ist? Habe ich dir wehgetan?"

Sie hob ihr trauriges Gesicht und Ethan ahnte, dass es zu spät war.

„Ich kann das nicht, Ethan. Ich kann damit nicht umgehen. Diese Eifersucht würde mich umbringen. Ich will dich für mich. Der Gedanke, dass ich dich mit anderen Frauen teilen soll …"

Ihre Stimme versagte und ihre Augen füllten sich unaufhörlich mit Tränen. Ethan fühlte sich zum ersten Mal in seinem Leben wirklich hilflos. Er liebte diese Frau und doch würde er sie verlieren. Sie setzte sich auf und streichelte seine linke Wange. „Ich liebe dich, Ethan, aber dafür bin ich nicht stark genug. Ich kenne mich selbst verdammt gut. Mit Kyle war es ähnlich. Ich wusste, er war verheiratet, und mir war klar, jedes Mal, wenn er meine Wohnung verließ, ist er zu seiner Frau zurückgekehrt. Die Vorstellung, dass er noch mit ihr schläft, sie noch liebt, auch wenn er es mir gegenüber stets abgestritten hat, hat mich fast umgebracht. Allerdings war es leichter, nicht an sie zu denken, sie zu ignorieren und diese Gedanken einfach zu verdrängen. Ich wollte Kyle glauben, habe regelrecht danach gegiert, dass er mir sagt, wie sehr er mich liebt, dass er mich will und sie verlassen wird. Du schläfst für Geld mit Frauen. Diese Tatsache kann ich auf Dauer nicht verdrängen."

„Gib mir wenigstens eine Chance."

„Ich kann diesen Kompromiss einfach nicht eingehen, egal wie viel ich für dich empfinde, Ethan. Ich habe Angst, dass mich meine Gefühle dieses Mal tatsächlich zugrunde richten. Das kann ich nicht riskieren."

Bevor er sie daran hindern konnte, stand Savanna auf und zog sich den Bademantel wieder über. Aus ihrer Handtasche nahm sie ihre Geldbörse, und sie zählte einige Geldscheine ab. „Es ist besser, wenn wir uns nicht mehr wiedersehen. Ich reise morgen ab. Ich glaube, dreihundert decken deinen Service ab, richtig?"

In all den Jahren, die Ethan als Gigolo arbeitete, hatte er sich noch nie so schäbig und schlecht gefühlt wie in diesem Moment. Savanna machte mit ihrer Distanziertheit deutlich, dass sie zu ihrem Wort stand. Dagegen konnte und hatte Ethan einfach nichts mehr entgegenzusetzen. Das Geld ignorierte er, obwohl es ihn verletzte, dass sie es ihm überhaupt anbot – was wohl auch der Sinn hinter dem Ganzen war. Ethan konnte am Zittern ihrer Hand erkennen, wie verletzt Savanna war, und dass sie ihn deshalb wie eine männliche Hure behandelte.

Er zog sich langsam wieder an und haderte für einen kurzen Moment damit, ob es etwas ändern würde, wenn er ihr von Grahams Vorschlag erzählte. Er würde Savanna damit nur noch mehr quälen, als es ohnehin schon der Fall war. Ein Karrierewechsel zu diesem Zeitpunkt änderte nichts an seiner Vergangenheit. Ethan konnte es in ihrem Gesicht lesen, es hatte keinen Sinn, um sie kämpfen zu wollen. Er griff nach der Türklinke, hielt dann jedoch inne.

„Du solltest noch nicht fahren. Wenn du immer noch Interesse hast, Jacky Moretti würde dich gerne morgen Nachmittag zum Gespräch sehen. Um vier in ihrem Büro."

Savanna schwieg, doch der Anblick ihres traurigen Gesichtes manifestierte sich in sein Gedächtnis; er würde ihn so schnell nicht mehr loswerden, dessen war Ethan sich sicher.

Er verließ ihr Zimmer und das Hotel, stieg in ein Taxi und fuhr nach Hause. Er kam sich geschlagen vor, so als hätte er den Wettkampf seines Lebens verloren, und würde lange brauchen, sich davon zu erholen. Ethan wusste, er hatte ihr das Herz gebrochen, obwohl es niemals in seiner Intention gelegen hatte. Auch wenn er in letzter Zeit oft darüber nachgedacht hatte, seinen Beruf an den Nagel zu hängen, hatte es nur selten Tage wie diesen gegeben, an denen er es wirklich hasste, ein Gigolo zu sein.

Kapitel 15

In dieser Nacht machte Savanna kein Auge zu. Nachdem Ethan ihr Hotelzimmer verlassen hatte, und das wohl für immer, lag sie stundenlang da und starrte an die Decke. Noch immer haftete sein Duft an ihr und noch immer hatte sie das Gefühl, ihn tief in sich spüren zu können. Ihr Körper schien müde und kraftlos zu sein, doch es reichte einfach nicht, um Schlaf zu finden. Sie fühlte sich schrecklich, weil sie ihn so behandelt hatte, und es war für sie offensichtlich, dass sie Ethan damit schwer getroffen hatte. Die Art, wie er das Geld in ihrer Hand angestarrte hatte, seine ungläubige Mimik … Es war schlichtweg schäbig von ihr gewesen, ihn auf diese Weise endgültig auf Distanz halten zu wollen. Aber es schien funktioniert zu haben.

Für eine Weile konzentrierte sie sich darauf zu entscheiden, ob sie den von ihm genannten Termin im *The Venetian* wahrnehmen oder lieber sausen lassen sollte. War sie überhaupt in der Lage, dieser Frau gegenüberzutreten, nach allem, was geschehen war? Allerdings der Gedanke, was Ethan dafür getan hatte, um diesen erneuten Termin möglich zu machen, ließ ihre Entscheidung schnell fallen. Sie wäre eine verfluchte Heuchlerin, wenn sie es überhaupt in Erwägung zöge.

Statt sich weiter im Bett herumzuquälen, stand sie auf, duschte sich, legte ihre Kleidung an und begann ihre Koffer zu packen. Sie fühlte sich einfach außerstande, den Termin mit Jacky Moretti wahrzunehmen, wollte lieber wieder in den Schoß ihrer Familie zurückkriechen und dort leise und still vor sich hinleiden, bis Ethan nur noch eine blasse Erinnerung sein würde. Immer wieder war es so, als stünde sie erneut vor diesem Glasbüro und konnte die eindeutigen Geräusche hören. Dazu manifestierten sich aus ihrer Fantasie Bilder dazu, die Ethan mit dieser Frau zeigten. Die Eifersucht in ihrem

Herzen schien sie innerlich auffressen zu wollen und schmerzte so sehr, dass ihr abermals die Tränen kamen.

Savanna wusste nicht, wie sie ihren Tänzerinnen ihr Versagen erklären sollte. Sie alle setzten so große Hoffnungen in Savanna und wünschten sich so sehr ein endgültiges Zuhause für die Show, sodass sie endlich eigene Wohnungen beziehen, sich ein Leben aufbauen und vielleicht auch Familien gründen konnten. Bevor Savanna hergekommen war, hatte sie dieselben Hoffnungen gehabt, aber alles, was ihr nun blieb, war die bittere Erkenntnis, dass sie sich auf ganzer Länge überschätzt hatte, und mit eingeklemmten Schwanz zu ihrer Wahlfamilie zurückkehren würde.

So fühlen sich also totale Versager, verdammt! Der Gedanke schien sich auf die Waage all der Dinge, die hier in Vegas geschehen waren, auf die falsche Seite zu schlagen. Anstatt mit einem gestärkten Selbstbewusstsein zu ihren Freunden zurückzukehren, würde das Gegenteil eintreffen.

Savanna räumte ihr Zimmer, checkte aus dem Hotel aus und ließ sich von einem Taxi zum Flughafen fahren. Tief in ihr schien es einen Hoffnungsschimmer zu geben, Ethan würde vielleicht noch einmal versuchen, sie aufzuhalten, doch erneut ließ sie sich von der schönen Fantasie in die Irre führen, denn wahrscheinlich hätte sie ihn immer noch von sich gestoßen und wäre so oder so in den Flieger gestiegen.

Nachdenklich saß sie auf dem Fensterplatz, und nachdem das Flugzeug sich in Bewegung gesetzt hatte, lehnte Savanna sich seufzend zurück und schloss die Augen.

Was in Vegas passiert, bleib auch in Vegas! Allerdings schien dieser Spruch sich für sie nicht zu bewahrheiten. Sie konnte ihre Gefühle nicht in der Stadt der Sünde zurücklassen, nur den Mann, dem sie galten. Auch konnte sie ihren Schmerz nicht dalassen, denn die Erfahrung würde sie überall hinbegleiten. Savanna versuchte sich einzureden, dass sie wohl nicht die erste Frau war, die von

Ethan, dem Gigolo, das Herz gebrochen bekommen hatte. Sie war sicherlich auch nicht die Erste, die so dumm gewesen war, sich in eine männliche Hure zu verlieben, und sie war nicht die Einzige, die sich in der schönen Scheinwelt seiner Verführungskunst verlaufen hatte. Die Gedanken halfen nur kurzfristig, denn ihre Emotionen waren echt, ihr Schmerz war real und es tat verflucht weh, egal wie viele Meilen sie zwischen sich und Ethan brachte. Savanna versuchte sich abzulenken, überlegte, was sie ihren Showgirls erzählen sollte, und legte sich verschiedene Versionen von Ausreden zurecht, doch keine davon war überzeugend genug, dass sie sie selbst glauben würde. Allerdings wollte Savanna auch nicht unbedingt die Wahrheit sagen und tendierte deshalb zu einer Halbwahrheit, die es wohl tun würde.

Einige Stunden nachdem sie in L.A. gelandet war und in einem Hotel in der Nähe der Location eingecheckt hatte, wo die Showgirls gemäß Buchung drei Auftritte in zwei Tagen absolvieren würden, betrat Savanna übermüdet den Nachtclub. Gerade probten ihre Tänzerinnen eine Showeinlage, bei der jede von ihnen einen bestimmten Part einnahm. Ohne zu stören, setzte Savanna sich in die hintere Reihe und sah zu.

Wie sehr sie das Kichern und Plappern der Mädchen vermisst hatte! Lächelnd saß Savanna da und überlegte sich, wie sie ihnen ihr eigenes Versagen beibringen sollte. Mitten in der Probe, während die Musik noch spielte, verpasste Carrie ihren Einsatz und beschattete mit der Hand ihre Augen.

„Savy? Bist du das?"

Sofort war die Probe beendet und alle Tänzerinnen stürmten durch die leeren Stuhlreihen auf sie zu. Die Begrüßungen waren herzlich und jede von ihnen stellte eine andere Frage, doch die, die am meisten auf den Seelen ihrer Tänzerinnen brannte, kam von Carrie.

„Und hast du etwas für uns gefunden?"

Savanna spürte, wie ihr das Herz eine Etage tiefer sank, und entdeckte ohne, dass sie die Frage beantwortet hätte, bereits Enttäuschung in den hübschen Gesichtern.

„Tut mir leid, Kinder, aber Vegas ist wirklich ein hartes Pflaster. Ich werde es weiter versuchen, das verspreche ich euch."

Für einen kurzen Moment schienen die jungen Frauen die Information sacken zu lassen, doch dann kehrte das fröhliche Plappern und Lachen zurück, und Savanna war dankbar, dass sie es so leicht nahmen. Lola, eine zierliche Schwarzhaarige, hakte sich bei Savanna unter und führte sie näher an die Bühne heran, umringt von den anderen Tänzerinnen.

„Wir haben ein paar neue Nummern einstudiert. Du wirst begeistert sein. Carrie arbeitet schon Tag und Nacht an den neuen Kostümen."

„Das klingt toll."

Die Mädchen bemühten sich, sie auf den neuesten Stand zu bringen, und Savanna spürte, dass jemand sie beobachtete. Carrie stand etwas abseits von ihnen, und erst als die Mädchen ihre Probe fortsetzten, nahm sie neben Savanna Platz.

„Geht es dir gut, Savy?"

„Es geht schon."

„Ist etwas in Vegas passiert?"

Als Savanna ihr nicht antwortete, hakte sie weiter nach. „Du wirkst anders als sonst."

„Ich bin nur erschöpft, das ist alles."

Sie wusste, dass ihre Freundin sie besser kannte, doch Carrie bohrte nicht weiter, und ginge es nach Savanna, würden sie auch niemals darüber reden, was tatsächlich mit ihr los war. Sie nahm sich vor, es einige Tage ruhig anzugehen, sich von den Erlebnissen zu erholen und sich dann voll und ganz auf die Show zu konzentrieren. Wohlmöglich standen ihre Chancen, ein Engagement zu finden, in Atlantic City oder Reno oder New York besser.

Zwei Monate lang reiste Savanna erneut mit der Gruppe durch die Städte der USA und bemühte sich immer wieder darum, Folgebuchungen zu vereinbaren, um die Tour am Leben zu halten. Egal wo sie auftraten, die Häuser waren stets ausverkauft und das Publikum am Ende begeistert. So auch die heutige Vorstellung in Atlantic City, wo sie jetzt bereits vier Tage hintereinander jeweils zwei Showauftritte pro Abend absolviert hatten. Hinter der Bühne war das Adrenalin der Tänzerinnen regelrecht zu spüren, und die Energie des Publikums reichte bis hierher. Savanna war gerade damit beschäftigt, die in der Hektik auf den Boden gefallenen Kostüme aufzuheben und auf die Rollstangen aufzuhängen, als sie trotz des Trubels eine Stimme wahrnahm. "Ms. Bishop?“

Sie konnte die weibliche Stimme, die hinter ihr aufgetaucht war, nicht zuordnen, doch sie war sicher, sie schon einmal gehört zu haben. Savanna drehte sich um und erstarrte.

„Ich weiß nicht, ob Sie sich noch an mich erinnern. Jacky Moretti vom *The Venetian* in Las Vegas.“

Augenblicklich kehrten die Erinnerungen wieder in ihren Kopf zurück, die sie in den letzten zwei Monaten so mühevoll in die hinterste Ecke ihres Verstandes gedrückt hatte.

Jacky Moretti ging mit ausgestreckter Hand auf Savanna zu und schien sich in keiner Weise peinlich berührt zu fühlen. Savanna zögerte, nahm die Hand jedoch entgegen, konnte sich allerdings nicht einmal zu einem Lächeln zwingen.

„Hat Ihnen die Show gefallen, Ms. Moretti?“

„Gefallen? Das ist nicht das Wort, das ich benutzen würde. Und nennen Sie mich doch Jacky.“

„Kann ich etwas für Sie tun, Ms. Moretti?“ Savanna weigerte sich, sie beim Vornamen zu nennen, und kümmerte sich weiter um die Kostüme.

„Okay, ich bin hier, weil ich nur Gutes über ihre Burlesque-Show gehört habe. Sie wissen sicherlich, dass Sie hierzulande in aller Munde sind. Ich habe es sehr bedauert, dass Sie unseren Termin haben platzen lassen. Wie auch immer. Ohne um den heißen Brei herumzureden: Ich möchte die Show für das *Venetian* buchen und man sagte mir, dass ich mit Ihnen sprechen muss."

Savanna hörte leises Flüstern hinter dem Vorhang und wusste ganz genau, dass die Tänzerinnen ihnen zuhörten. Innerlich freute sie sich über das Interesse, schließlich war ein Festengagement der Grund, warum sie überhaupt nach Vegas gegangen war und jetzt stand diese Frau vor ihr und wollte das, was Savanna in der Stadt der Sünde an den Mann zu bringen versucht hatte.

„Wirklich?"

„Ja. Ethan hat mir so viel von ihrer Show erzählt, und genau nach dieser Form von Unterhaltung suche ich. Ich würde mich freuen, wenn wir uns bei Gelegenheit zusammensetzen können, um die Details zu besprechen."

Dass diese Frau Ethans Namen erwähnte, versetzte Savanna einen heftigen Stich, und erneut kämpfte sie innerlich mit der Eifersucht, dass Ethan mit dieser Frau geschlafen hatte.

„Ist das die Gegenleistung für seinen Service?"

Kurz nachdem Savanna den Satz über die Lippen gebracht hatte, hätte sie ihn am liebsten wieder zurückgenommen, doch das war nicht mehr möglich. Jackys Stirn zog sich zusammen und der Blick hätte nicht verwirrter wirken können. Am liebsten hätte Savanna sich in dem Moment selbst eine geknallt. Wie unprofessionell konnte sie sich eigentlich noch verhalten? Plötzlich glitt ein freundliches Lächeln über das Gesicht der Entertainmentmanagerin des Luxushotels, und sie streckte ihr ihre Visitenkarte entgegen.

„Melden Sie sich einfach bei mir. Auf der Rückseite finden Sie die Durchwahl zu meiner Hotelsuite in der Stadt."

Savanna war überrascht, dass Ms. Moretti ihr den Ausrutscher wohl nicht krumm nahm, und kaum hatte die

Frau die Umkleidekabine verlassen, stürmten die Mädchen hinein und löcherten sie mit Fragen. Die Freude war riesig und doch fiel es Savanna schwer, die Nummer auf der Visitenkarte tatsächlich zu wählen, als sie später in ihrem Hotelzimmer saß und mit sich rang.

„Moretti?"

„Hallo, Ms. Moretti, Savanna Bishop."

„Oh, freut mich, dass Sie sich melden. Haben Sie Zeit für einen Drink?"

Sie bat Savanna, zu ihrem Hotel zu kommen, um sich mit ihr in der Bar zu treffen. Als sie dort ankam, wartete Jacky bereits auf sie. Dieses Mal wirkte sie weniger offiziell gekleidet, trug ein enges schwarzes Kleid mit tiefer Rückeneinsicht, ihr dunkles Haar fiel offen über ihre Schultern und auch ihr Make-up war nicht so drastisch wie zuvor.

Nachdem Savanna sich zu ihr an den Tisch gesellt hatte, winkte Jacky den Barkeeper zu sich.

„Also, Schätzchen, was ist dein bevorzugtes Gift?"

„Wodka mit Preiselbeersaft."

„Machen Sie gleich zwei."

Die Bedienung entfernte sich wieder und Jacky wirkte wesentlich entspannter.

„Also, erst einmal nennst du mich bitte Jacky. Zum Zweiten gibt es keine Gegenleistung für irgendwelche Dienste. Ich gebe zu, die Situation im Büro damals ist etwas überraschend für mich gelaufen, und dass Ethan bei mir war, um dir einen Termin bei mir zu verschaffen, war etwas ungeschickt von ihm. Schließlich hatten wir bereits einen Termin, und ehrlich gesagt habe ich mich wirklich darauf gefreut, dich kennenzulernen."

„Ist das Ihr… ich meine, ist das dein Ernst?"

„Natürlich ist das mein Ernst. Weißt du, wie viel Mist und Müll ich tagtäglich angeboten bekomme? Ich kann das schon gar nicht mehr in Worte fassen. Ich suche jetzt seit einigen Monaten händeringend nach einer Show wie deiner. Sexy, frech, frisch und mit ständig neuen Ideen.

Burlesque ist genau das. Wusstest du, dass Vegas kaum noch Showgirls hat? Es gibt nur noch ein Hotelcasino, das eine solche Show seit über dreißig Jahren erfolgreich hält. Ich will dich und deine Mädchen, und zwar am besten vorgestern. Und dann rennst du weg. Darf ich fragen warum?"

Savanna war erstaunt über die Richtung, die das Gespräch einschlug, und schüttelte auf Jackys Frage hin den Kopf.

„Ich fürchte, dafür kennen wir beide uns noch nicht gut genug."

„Also geht es wirklich um Ethan. Oh Mann, ich kann durchaus verstehen, dass man sich in einen Kerl wie ihn verknallen kann. Glaub mir, ich war ziemlich sprachlos, als er mir an dem Tag mitgeteilt hat, dass er nicht mehr als Gigolo zur Verfügung stehen wird. Und ich bin nicht einmal in ihn verliebt. Ich mag ihn wirklich, sehr sogar. Er ist ein guter Dom und es wird nicht leicht sein, ein solches Vertrauen mit jemand anderem aus der Agentur aufzubauen. Aber im Endeffekt kann man für Geld diesbezüglich alles haben."

Auch wenn Jacky sehr freundschaftlich über Ethan redete, klang es in Savannas Ohren so, als wäre er für diese Frau mehr als austauschbar. Darin schien Jacky ihr einiges vorauszuhaben. Savanna war nicht in der Lage, Ethan so einfach zu ersetzen, weder körperlich noch in Gedanken. Dann erst sackte eine Information in Savannas Verstand.

„Er hat aufgehört?"

Jacky nahm ihr Glas Wodka von der Bedienung entgegen und nippte daran. Auch Savanna nahm einen Schluck von ihrem Drink und wartete gespannt auf die Antwort.

„Nach allem, was ich gehört habe, ja. Er hat allen seinen Stammkundinnen dieselbe Ansage gemacht. Ich schätze, er hat so manches Herz gebrochen."

Der Blick den Jacky ihr zuwarf, ging ihr durch und durch.

„Wer weiß, wofür er das getan hat. Oder für wen?"

Sie schmunzelte, als ob sie mehr wüsste, es jedoch nicht verriet. Savanna dachte an all die unbeantworteten und nicht gelesenen Nachrichten, die Ethan ihr auf das Smartphone geschickt hatte und die sie jedes Mal löschte. In den letzten Tagen hatte es so ausgesehen, als ob Ethan aufgegeben hätte. Jacky berührte Savanna sanft.

„Okay, was sagst du?"

„Zu was?"

Lachend warf Jacky ihren Kopf in den Nacken und war sichtlich amüsiert. „Zu meinem Angebot. Ich will die Show und ich will Nägel mit Köpfen machen."

Es fiel Savanna schwer, sich auf den schnellen Themenwechsel einzulassen, dann sie nahm einen weiteren Schluck Wodka und sammelte sich. „Meine Mädels sind seit Jahren auf Tour und wollen endlich irgendwo einen Festvertrag. Was bietest du mir an?"

Im Normalfall wäre Desinteresse wohl die bessere Verhandlungsstrategie gewesen, doch Savanna setzte alles auf eine Karte und blieb bei der Wahrheit. Jacky schien das Verhandeln besonders zu genießen. Sie schob die Ärmel ihres Kleides hoch, faltete die Hände auf dem Tisch und blickte Savanna ins Gesicht.

„Zwei Jahre fest, mit der Option der Verlängerung, wenn die Show läuft. Grundgage für die Tänzerinnen pro Show. Fünf Tage die Woche, an den Wochenenden drei Shows pro Tag, und Änderungen bei den Auftritten müssen mit mir abgesprochen werden."

„Die Show ist gut gebucht, und egal wohin wir gehen, sind die Theater ausverkauft. Drei Jahre Festvertrag, mit Verlängerung nach Ablauf jeweils um ein Jahr. Die Mädchen erhalten mehr als nur die Grundgage. Vegas ist teuer und sie müssen sich Wohnungen suchen und ihre Kühlschränke füllen. Änderungen der Show sind meine Sache, das sind meine Tänzerinnen so gewohnt und darin werde ich auch nicht mit mir verhandeln lassen. Entweder du vertraust darauf, dass ich weiß, was ich tue, oder du lässt es. Außerdem erwarte ich eine Beteiligung an den Kartenverkäufen."

„Dann erwarte ich im Gegenzug Exklusivität. Jede deiner Tänzerinnen wird sich vertraglich dazu verpflichten, für die Dauer der drei Jahre Festengagement ausschließlich für die Show im *Venetian* zu tanzen. Deal?"

Jacky spuckte sich in die Handfläche und wartete darauf, dass Savanna einschlug.

„Deal!"

Sie schüttelten sich die Hände und jede von ihnen schien zufrieden. Jacky leerte ihr Glas und bestellte eine neue Runde.

„Wann kann ich mit euch rechnen?"

„Wir haben noch einige feste Termine in den nächsten Wochen. Ende November könnten wir kommen."

„Das klingt gut. Dann habe ich genügend Zeit, alles vorzubereiten und im Vorfeld ein bisschen die Werbetrommel zu rühren. Ich brauche deine E-Mail-Adresse, um dir die Details zu nennen, die ich dafür benötige. Fotos, Showprogramm, Namensliste et cetera."

„Kein Problem, wenn du willst, kann ich in einigen Tagen nach Vegas kommen und wir können die Vertragsdetails und die genauen Gagen aushandeln."

„Klingt perfekt."

Zum ersten Mal seit langer Zeit hörte Savanna auf ihr Bauchgefühl in Bezug auf Jacky. Instinktiv wusste sie, dass diese Geschäftsfrau fair und direkt sein würde, und dass sie gemeinsam tatsächlich etwas Großartiges auf die Beine stellen könnten. Die nächste Runde Drinks wurde gebracht und die beiden stießen miteinander an.

„Auf eine gute Zusammenarbeit."

Später am Abend schwankte Savanna leicht angesäuselt erneut in den Nachtclub, wo die Tänzerinnen ungeduldig auf Neuigkeiten gewartet hatten. Savanna blieb im Gang stehen und streckte lächelnd die Arme aus. „Wir haben einen verfluchten Drei-Jahres-Deal mit dem größten Luxushotel in Las Vegas, Kinder! Mit dem *Venetian*!"

Die Freude unter den Tänzerinnen war riesig und bei manchen liefen sogar Freudentränen die Wangen hinab. Das Gekreische dröhnte in Savannas Ohren und sie wurde von jeder geknutscht, ob sie wollte oder nicht. Ihr Gesicht war am Ende mit Lippenstiftfarben bedeckt, als wäre sie in den Farbtopf gefallen.

Obwohl sie bereits gut einen sitzen hatte, nach dem Gespräch mit Jacky, drängten die Mädchen darauf, das Geschäft zu feiern. Es war unglaublich, welche Energie durch die Gruppe gegangen war, nach der Neuigkeit. Savanna trank in dieser Nacht nur noch Wasser, nicht nur, um darauf zu achten, dass keine der Frauen völlig die Bodenhaftung verlor, sondern auch damit ihr nicht ähnliches passierte.

Als sie es im Morgengrauen geschafft hatte, alle mit einem Bustaxi im Hotel abzuliefern, war sie froh, endlich aus ihren Schuhen zu kommen, und ließ sich in ihrem Zimmer auf ihr Bett fallen. Jackys Worte waren ihr die ganze Zeit über nicht mehr aus dem Kopf gegangen. Hatte Ethan tatsächlich wegen ihr seinen Job aufgegeben? Sie konnte es nicht glauben.

Aus Neugier rief sie an ihrem Laptop die Seite der Begleitagentur auf und durchforstete die Profilseiten der dort angebotenen Männer. Ethans Profil schien wirklich gelöscht zu sein. Savanna stutzte. Also hatte Jacky tatsächlich die Wahrheit gesagt?

Sie schüttelte den Gedanken ab und schloss das Laptop. Die letzten Wochen hatte sie sich bemüht, nicht an ihn zu denken, doch es war ihr kaum gelungen. Heute seinen Namen wieder zu hören, hatte ihr Herz wild klopfen lassen, wie an dem Tag ihrer ersten Begegnung. Wenn Savanna ehrlich zu sich war, hatte sie Ethan jede Minute vermisst und es bitter bereut, dass es so zwischen ihnen geendet hatte. Tagsüber und während der Shows hatte sie genügend zu tun, um sich abzulenken, doch in Wirklichkeit hatte sich in der Zeit rein gar nichts verändert. Insbesondere in den Nächten, wenn sie allein in ihrem Hotelbett lag, und versuchte einzuschlafen, kehrten ihre Gedanken immer zurück zu Ethan und Vegas. Das unbenutzte Kissen neben ihr machte ihr stets bewusst, wie einsam sie sich ohne ihn fühlte, doch sie wusste, ihre Reue kam zu spät.

Er hatte den Job sicherlich nicht wegen ihr aufgegeben. Womöglich hatte er nur die Agentur verlassen, war in eine andere Stadt gegangen und beglückte nun dort die Frauen. Savanna versuchte sich an die Eifersucht zu klammern, doch davon war nur noch ein blasser Schatten übrig, und mehr als einmal hatte sie sich selbst die Frage gestellt, ob sie nicht vielleicht doch den größten Fehler ihres Lebens begangen hatte. Hätte sie es vielleicht doch akzeptieren können? Jede SMS, die er ihr geschickt hatte, war sofort von ihr ungelesen gelöscht worden. Vielleicht hatte er ihr versucht, seinen Karrierewechsel mitzuteilen. Savanna starrte auf ihr Smartphone, doch seit Tagen hatte er nichts mehr geschickt.

Savanna erinnerte sich an die pragmatische Art, mit der Jacky die Angelegenheit seines Rückzugs behandelt hatte. Für sie als seine Kundin war er ersetzbar, was darauf hindeutete, dass diese Buchungen nur kurzweilig, eine unemotionale Geschäftsangelegenheit zu sein schienen – Geld gegen Sex!

Ethan hatte allerdings davon gesprochen, dass er mit ihr eine emotionale Verbindung eingegangen war. Manchmal verlor Savanna sich in ihrem Gedankengut so weit, dass sie sogar grundsätzliche zwischenmenschliche Aspekte infrage stellte. War der Mensch überhaupt zu Monogamie fähig? Wie oft gingen Menschen in Beziehungen fremd? War ihre Vorstellung von Treue völlig überholt? So sehr sich Savanna nächtelang den Kopf darüber zerbrach, es änderte nichts daran, dass sie Ethan fortgeschickt hatte. Die Vorstellung, bald wieder nach Vegas zurückzukehren und dort zu leben, machte sie nervös, doch wer konnte schon vorausblickend sagen, ob dies nicht doch ein Neuanfang war.

Kapitel 16

Einige Wochen bevor die Show den letzten Tourauftritt absolvierte, und nach Las Vegas ging, flog Savanna zurück in die Stadt der Sünde, um alle notwendigen Vorkehrungen zu treffen, Unterkünfte zu besorgen und die letzten Details mit Jacky zu klären. Es war ein seltsames Gefühl, wieder hier zu sein und die trockene Wüstenluft zu atmen. Die größte Überraschung erwartete sie allerdings, als sie zum ersten Mal nach Monaten wieder mit dem Taxi den *Las Vegas Strip* entlangfuhr.

Savanna bat den Fahrer, rechts ranzufahren und stehen zu bleiben. Sie stieg aus und eine heftige Gänsehaut kroch über ihren gesamten Körper. Ein überdimensional großes Reklameschild mit den Gesichtern all ihrer Showgirls warb für die Burlesque-Show im *The Venetian.* Erst in diesem Moment sackte der Fakt in ihren Verstand, dass sie es geschafft hatte, dass sie endlich zu Hause angekommen war, ebenso wie jedes ihrer Mädchen.

Genau derselbe Effekt entstand, als Savanna in der kleinen, niedlichen Loftwohnung, die einen herrlichen Ausblick über die Stadt bot, stand und den Schlüssel dafür in der Hand hielt. Das erste Mal seit über vier Jahren hatte sie ein Zuhause – und dieser Schritt bedeutete so viel für sie! Nie wieder in Hotelbetten schlafen, nie mehr aus dem Koffer leben, endlich angekommen zu sein. Savanna konnte sich kaum an dem Loft sattsehen und gar nicht glauben, dass diese vier Wände ihr gehören würden. Vor einer Stunde hatte sie den Vertrag unterschrieben und den Mietkauf vereinbart. Sie wollte nicht einfach nur mieten, das war ihr eindeutig zu wenig. Sie wollte dieses Apartment besitzen, ihr Eigen nennen, und das konnte sie nun.

In Gedanken stellte sie sich vor, wie sie die einzelnen Räume einrichten würde, denn Möbel musste sie erst besorgen. Alles, was sie besaß, passte in drei Koffer und zwei Taschen, die jetzt wie verloren mitten im Wohnzimmer standen. Das Einzige in dieser Wohnung, was komplett eingerichtet war, war die Küche mit allem Schnickschnack, den man sich wünschen konnte. Klein, aber oho, hatte der Makler das Loft beschrieben und Savanna hatte in diesem Punkt nicht widersprechen können. Allerdings hätte sie selbst bei einem kleinen Herd, einer Spüle und einem funktionstüchtigen Kühlschrank garantiert schon innerliche Luftsprünge gemacht, schließlich war es lange her, dass sie überhaupt eine eigene Küche besessen hatte.

In vier Wochen würden die anderen nachkommen und in sechs Wochen würde sie deren erste Vorstellung im *Venetian* erleben dürfen. Die Aufregung war bereits jetzt schon deutlich zu spüren und selbst Savanna konnte es kaum mehr erwarten. Laut Jacky war der Kartenvorverkauf ein großer Erfolg und tatsächlich hatte ihr Mobiltelefon kaum still gestanden. Plötzlich meldeten sich genau die Hotelmanager bei ihr und wollten die Show buchen, die sie zuvor so rüde und herablassend wie ein Stück Fleisch behandelt hatten. Das Vergnügen, ihnen abzusagen und ihnen mitzuteilen, dass sie exklusiv für das *Venetian* unter Vertrag standen, ging Savanna jedes Mal aufs Neue runter wie Öl. Auch ihre Beziehung zu Jacky war intensiver geworden und Savanna hatte festgestellt, dass sie in vielen Dingen auf derselben Wellenlänge lagen. Es war ein echtes Vergnügen, mit einer solch professionellen sowie gut organisierten Geschäftsfrau zu arbeiten, die sich nicht scheute, ihre Sympathie zu zeigen.

Savanna verließ ihr Loft und wollte eigentlich nur ein paar Kleinigkeiten für den Kühlschrank besorgen, doch stattdessen schienen ihre Füße genau zu wissen, wohin sie in Wirklichkeit wollte. Sie blieb vor dem Apartmentgebäude stehen, in der sich Ethans Wohnung befand. Schon als sie zur Besichtigung ihres Lofts das erste Mal hierher gekommen war, war Savanna bewusst geworden, dass Ethan Apartmentgebäude nicht weit entfernt lag. Sie war sogar mit dem Taxi daran vorbeigefahren.

Sie zögerte. Ob sie es wagen sollte, hineinzugehen und an seine Tür zu klopfen? Was sollte sie sagen? Wie würde er reagieren? Ehe sie sich versah, trat sie durch die Glastür und stieg die Treppe empor, bis sie die Etage erreicht hatte, auf der Ethans Wohnung lag. Savanna blieb vor Ethans Apartmenttür stehen und hielt abermals inne. Sie wusste nicht, was sie ihm erzählen sollte, doch eins war klar: Sie hatte ihn vermisst, hatte sich nach ihm gesehnt und bereute zutiefst, was zwischen ihnen vorgefallen war. Bevor sie es sich anders überlegen konnte, hob sie ihre Hand, ballte sie zur Faust und klopfte an die Tür. Es dauerte eine Weile, bis ihr geöffnet wurde.

„Hi, Baby. Ich bin Shane und du bist heiß. Kann ich etwas für dich tun?“

Es war nicht die Ansage des jungen Mannes, die Savanna verwirrte, eher dass er nicht Ethan war.

„Ist Ethan da?“

„Nein, Baby, der wohnt schon lange nicht mehr hier.“

„Oh. Okay, und können Sie mir sagen, wo er jetzt lebt?“

„Sorry, Baby, aber das kann ich nicht. Wie ist denn dein Name?“

Savanna sah ihn an und schüttelte den Kopf. Es war eine so dumme Idee gewesen herzukommen. „Nicht wichtig, tut mir leid für die Störung.“

„Ah, schöne Frauen wie du stören nie. Willst du reinkommen und was mit mir trinken?“

Shane wirkte verflucht jung auf sie und der Gedanke ließ sie nur noch weiter auf Distanz gehen. Fast wäre ihr über die Lippen gekommen, dass ihre Milchdrüsen zu jucken anfingen, doch stattdessen lächelte sie freundlich.

„Danke, aber das muss ich ablehnen. Schönen Abend noch.“

Savanna drehte sich um und verließ mit eiligen Schritten das Gebäude. Hatte Ethan tatsächlich die Stadt verlassen?

Es ließ ihr keine Ruhe mehr und es gefiel ihr auch nicht, der mögliche Grund dafür zu sein, dass er womöglich alles hinter sich gelassen hatte. Savanna erledigte den ursprünglich geplanten Einkauf in einem kleinen Supermarkt um die Ecke und kehrte zurück in ihr Loft. Es wäre wie die Nadel im Heuhaufen zu suchen, wenn sie jetzt anfing zu recherchieren, was er machte und wo er war. Denn sie war sicher, ein Gigolo würde garantiert nicht im Telefonbuch stehen.

„*Devils4Angels,* Sie sprechen mit Ethan Price, wie kann ich Ihnen behilflich sein?" Ethan saß hinter dem Schreibtisch in dem Haus außerhalb der Stadt, das Graham ihm vermietet hatte.

„Hallo Ms. Snyder, schön, dass Sie sich melden. Wie hat Ihnen die Verabredung mit Alex gefallen? – Das freut mich zu hören. – Nächstes Wochenende? Einen Moment, ich sehe kurz in seinem Planer nach. Ja, das sieht gut aus. Soll ich Sie fest buchen? – Sehr gerne. Ich werde es weitergeben und Alex wird sich bei Ihnen melden. – Ihnen auch einen schönen Tag."

Die Entscheidung, die Geschäftsführung für die Begleitagentur zu übernehmen, hatte Ethan sich gut überlegt und er war zum Schluss gekommen, dass es die einzige Möglichkeit für ihn war, als Gigolo gänzlich auszusteigen und trotzdem eine Perspektive zu behalten. Zu oft hatte er bei anderen erlebt, dass sie ausgestiegen waren und, nachdem das Geld knapp geworden war, doch wieder zurück in den Job gekehrt waren.

Während Graham in L.A. erfolgreich eine Filiale der Begleitagentur gestartet hatte, liefen die Geschäfte in Vegas hervorragend unter seiner eigenen Leitung weiter. Ethan hatte sich regelrecht in die Arbeit gestürzt, einige Änderungen vorgenommen, die Graham sogar sehr begrüßt hatte, und doch gab es Momente, in denen er an Savanna denken musste und es ihm schwerfiel, sich zu konzentrieren. Der Abschied von seinen langjährigen

Stammkundinnen war ihm hingegen leicht gefallen, doch manch eine hatte seine Ankündigung infrage gestellt. Sie glaubten, nach kurzer Zeit würde ihm etwas fehlen und er würde wieder zurückkehren, doch für ihn war es endgültig. Seine ehemaligen Klientinnen würden sich nach einer Weile recht leicht damit arrangieren, dass nun ein anderer Gigolo den Service für sie übernehmen würde. Ethan nahm es nicht persönlich, denn ihm war bewusst, dass in diesem Geschäft jeder austauschbar war. Wie Graham es einmal sehr gut formuliert hatte: Gigolos waren wie ein Tag im Spa, eine wohltuende Massage oder wie der Besuch in einem Beautysalon. Sie waren ein Luxus, den sich die Frauen hin und wieder gönnten, um ihr Selbstbewusstsein aufzupolieren, sexuelle Anspannung abzubauen oder einfach eine heiße Fantasie Wirklichkeit werden zu lassen.

Ethan hatte erfolglos versucht sich einzureden, dass auch Savanna nicht anders darüber dachte, doch er wusste, dass er sich damit nur etwas vormachte, um sich die Trennung von ihr leichter zu machen. In der Nacht, als Savanna aus seinem Leben verschwunden war, war Ethan zu Graham gefahren und hatte ihm gesagt, dass er endgültig nicht mehr als Gigolo für ihn arbeiten würde. Zuerst hatte sein Freund geglaubt, er wäre nur aufgebracht, verletzt, impulsiv, doch nach einem längeren Gespräch bei Wein und Zigarren in seinem Haus schien Graham zu begreifen, dass Ethan tatsächlich fertig war. Ethan hatte ihm klar gemacht, dass er diese Entscheidung treffen musste, wenn er jemals wirklich eine Chance auf eine Beziehung, vielleicht sogar auf eine Ehe und Kinder haben wollte. Savanna hatte den letzten Anstoß dazu gegeben.

Er schüttelte die Erinnerung ab und versuchte, sich wieder auf seine Arbeit zu konzentrieren. Es lagen noch einige Anfragen über das Kontaktformular der Website vor, die dringend beantwortet werden mussten. Also suchte er sich die angegebenen Telefonnummern raus und rief die Damen persönlich an. Außerdem meldeten sich einige der Jungs von ihren Dates zurück, unter anderem auch Shane, der sich inzwischen recht gut eingelebt hatte und zur Zufriedenheit seiner Klientinnen seine Sache scheinbar gut machte.

„Hi Shane, du hast scheinbar deine erste Stammkundin. Ally möchte dich umgehend wiedersehen, ich habe sie für Samstag vorgemerkt, wenn es dir passt."

„Klingt super, steht sonst noch etwas an?"

„Drei weitere Buchungen, die ich dir nachher noch per SMS schicke."

„Okay! Hör mal, bevor ich es vergesse. Gestern stand eine Lady vor meiner Tür, die dich sehen wollte."

„Wer war es?"

„Keine Ahnung, einen Namen hat sie nicht gesagt, aber sie war echt hübsch, langes rotes Haar, blaue Augen. Sagt dir das was? Sie wollte wissen, wo du jetzt lebst, aber ich hab ihr natürlich nichts gesteckt. Nicht, dass du nachher so eine verrückte Stalkerin an der Backe hast."

Er hatte wirklich dazugelernt und hielt sich mittlerweile strikt an jede Regel, die Ethan ihm eingebläut hatte. Shanes Beschreibung passte zu Savanna, doch das konnte nicht wirklich sein. Sie hatte Vegas verlassen und der Abschied war endgültig gewesen. Ethan konnte sich nicht vorstellen, wieso sie nach dieser langen Zeit wieder hier auftauchen sollte. Dann fiel ihm etwas ein, das vor einigen Tagen in der Post gelegen hatte.

„Danke Shane, ich muss jetzt wieder an die Arbeit. Meld dich, wenn etwas ist."

Kaum hatte Ethan das Gespräch beendet, kramte er im Ablagekorb vor sich in der Post, bis er den Brief wiederfand, der zwei Karten für eine Show angeheftet hatte. Er hatte ihn achtlos zur Seite gelegt, weil er ständig solche Einladungen zu diversen Partys, Galas oder Shows erhielt, doch diese hier war etwas Besonderes. Ethan lehnte sich lächelnd in seinem Bürosessel zurück und las dieses Mal die Zeilen aufmerksam. Jacky hatte ihm zwei

Freikarten für die Eröffnungsshow ihrer neuesten Errungenschaft geschickt.

Ich dachte, das willst du sicherlich nicht verpassen! Jacky

Der freche Unterton in dem kleinen Satz ließ ihn schmunzeln. Es handelte sich um die Burlesque-Show, die Savanna betreute, und natürlich hatte sie endlich den ersehnten Vertrag bekommen. Allerdings bedeutete dies auch, dass sie hier herziehen und in Vegas leben würde. Der Gedanke gefiel ihm ebenso gut, wie er ihn beunruhigte. Ihr nicht ständig über den Weg laufen zu müssen, hatte es ihm leichter gemacht, an andere Dinge zu denken. Dennoch konnte er nicht verhindern, dass sein Puls stieg, allein durch das Wissen, sie ab sofort in der Nähe zu haben.

Ethan notierte das Datum der Eröffnungsshow in seinem Kalender und ging mit einer der Karten in die Küche, heftete sie mit einem Magneten an seinen Kühlschrank. Womöglich würde er sie nicht einmal zu Gesicht bekommen, aber er wollte dabei sein, wenn Savanna ihren großen Triumph im *Venetian* erlebte. Ethan war stolz auf sie, und auch wenn er es ihr nicht selbst sagen könnte, weil ihm die Gelegenheit nicht gegeben werden würde, wollte er daran teilhaben – und wenn auch nur als Zuschauer.

Kapitel 17

Der erste Auftritt der Burlesque-Gruppe war ein Megaerfolg. Die Zuschauer waren restlos begeistert und über Nacht waren sie das Gesprächsthema in ganz Las Vegas. Savanna platzte vor Stolz und wurde das Gefühl nicht los, zu träumen. Carrie musste sie mehrfach kneifen, damit sie es realisieren konnte.

Nach der Show fand eine exklusive After-Show-Party statt, zu der Jacky Moretti nur eine ausgewählte Anzahl von Prominenten und wichtigen Leuten der Stadt eingeladen hatte. Savanna wusste am Ende des Abends nicht mehr, wie viele Hände sie geschüttelt und wen Jacky ihr alles vorgestellt hatte.

In einem der wenigen ruhigen Momente stand sie am Büffet und holte sich etwas zu essen, als sie sich kurz zum Ausgang umdrehte und umgehend innehielt. Sie stellte den Teller ab und versuchte, sich einen Weg durch die Partygänger zu bahnen, was nicht ganz leicht war, wurde sie doch ständig angesprochen und mit Fragen bombardiert. Als Savanna endlich den Ausgang erreichte, blieb sie stehen. War das nicht eben Ethan gewesen? Ihr Instinkt war sich absolut sicher darüber, dass nur er es hatte sein können.

Savanna verließ das Hotel und konnte gerade noch zusehen, wie Ethan in ein Taxi stieg und davonfuhr.

"Ethan!"

Ihm hinterherzulaufen hätte nichts gebracht, also stand sie einfach nur da, rang nach Atem und spürt, wie ihr Puls immer weiter anstieg. Obwohl ihre Enttäuschung groß war, ihn nicht mehr erwischt zu haben, lächelte sie. Savanna freute sich darüber, dass er von ihrem Erfolg erfahren und daran teilgenommen hatte. Doch viel wichtiger war die Erkenntnis, dass es ihm so viel bedeutet hatte, diesen Tag mitzuerleben, dass er hergekommen war. Erneut schien ihr Herz einen Salto zu schlagen und für einen kurzen Augenblick ließ Savanna sich von ihren Gefühlen überrumpeln.

„Hey Savy, alles in Ordnung mit dir?“ Carrie war ihr wohl gefolgt und zündete sich eine Zigarette an. „Ganz schön heftig da drin, oder? Ich kann es selbst noch nicht fassen und soll hier jedem Rede und Antwort stehen, dabei fehlen mir selber die Worte.“

Savanna nickte nur, hörte ihr aber nicht zu. Ihre Gedanken waren ganz woanders, und das schien ihre Freundin sofort zu bemerken.

„Savanna? Okay, hör zu, ich habe dich lange in Ruhe gelassen mit der Sache, aber ich will jetzt endlich wissen, was hier mit dir passiert ist. Ich mache mir ehrlich Sorgen um dich.“

Langsam drehte Savanna sich zu Carrie um, nahm einen tiefen Atemzug und lachte auf.

„Ich bin verliebt.“

Sofort bemerkte Savanna das Leuchten in Carries Augen, doch bevor sie ihre Freude darüber bekunden konnte, fuhr sie fort.

„Ich habe mich in einen Mann verliebt, den ich kaum kenne, mit dem ich überirdischen Sex hatte und der als Gigolo arbeitet.“

Umgehend erlosch das Strahlen in Carries Gesicht.

„Oh Honey, ich dachte du wärst längst darüber hinweg. Du weißt doch, was man über diese Kerle sagt. Lass dich nicht auf einen Gigolo ein, denn sie verkaufen keine Liebe, sondern nur einen Traum.“

„Glaubst du, das weiß ich nicht? Aber Ethan ist anders. Ich habe ihn für eine Nacht gebucht, aber wir haben uns mehr als einmal getroffen. Er hat mir gesagt, dass er mich liebt. Die letzten Wochen und Monate habe ich versucht mir einzureden, dass er lügt, dass er aus mir nur eine Stammkundin machen wollte, um sein Einkommen zu sicher. Allerdings will mein Herz das nicht akzeptieren. Ich kann nicht aufhören, an ihn zu denken, und jede Faser in mir sehnt sich nach ihm.“

„Scheinbar hat der Typ seinen Job zu gut gemacht."

Dass sich Carrie so abfällig über ihn äußerte, obwohl sie Ethan nie begegnet war, ärgerte Savanna, doch sie schluckte ihre aufwallende Emotion hinunter und schüttelte den Kopf.

„Du hast ihn nicht so kennengelernt wie ich. Liebe auf den ersten Blick war für mich auch nur ein verdammter Mythos – bis ich Ethan getroffen habe."

„Honey, ganz ehrlich: Ich glaube, es ist besser, wenn du ihn nie wieder siehst. Mit der Zeit wirst du dich sicherlich wieder fangen und dann kommt vielleicht auch ein Kerl, der es wirklich ernst mit dir meint."

„Zeit? Ich hatte genug Zeit und es hat nicht geholfen. Ich habe Distanz zwischen ihm und mir geschaffen und es hat nichts gebracht. Meine Gefühle für ihn sind immer noch ebenso stark wie zuvor, vielleicht sogar noch stärker. Ihn nicht wiederzusehen, hat mir nicht dabei geholfen, mich zu entlieben, ganz im Gegenteil. Ethan ist ständig in meinem Kopf, in meinen Gedanken und selbst das hier, dieser Erfolg, ist nur halb so schön ohne ihn. Verstehst du? Ich bin Hals über Kopf in diesen Mann verliebt und ich kann mich einfach nicht dagegen wehren."

Hilflos warf Savanna die Hände hoch und schnaubte verzweifelt. Carrie schien den Ernst der Lage endlich begriffen zu haben, denn sie drückte ihre Kippe aus und ergriff Savannas Schultern.

„Dich hat es ja richtig böse erwischt."

Savanna sah ihrer Freundin in die Augen und nickte. „Schlimmer als böse."

„Weißt du, wo er wohnt?"

„Ich hatte nur seine alte Adresse, aber da lebt er nicht mehr, und im Telefonbuch steht er auch nicht, was natürlich verständliche Gründe hat."

„Mh, das wird schwierig."

„Was meinst du?"

„Na ja, irgendwie müssen wir rausbekommen, wo der Kerl steckt, damit ihr eine Chance bekommt, miteinander zu reden."

„Und was, wenn er nicht mit mir reden will? Carrie, ich hab ihm so viele verletzende Dinge an den Kopf geknallt, ihn fortgeschickt, seine Anrufe weggedrückt und seine unzähligen Nachrichten gelöscht. Er will garantiert nichts mehr mit mir zu tun haben wollen."

„Und warum stehst du hier draußen?"

„Weil ich ihn gesehen habe. Er hat eben die Party verlassen, und bevor ich ihn erreichen konnte, ist er in ein Taxi gestiegen."

„Aha, das kann doch nur eins bedeuten." Carrie grinste und legte ihren Arm um Savanna. „Er hat noch immer Interesse an dir, sonst wäre ihm das egal gewesen."

Savanna war dieser Gedanke ebenfalls durch den Kopf gegangen, doch der Zweifel blieb, ob es tatsächlich so war. Sie erzählte Carrie, was ihr Jacky mitgeteilt hatte, dass Ethan nicht mehr als Gigolo arbeitete und sie sicher sei, dass er dies nicht ohne Grund getan hatte, denn ihr war es endgültig vorgekommen. Auch das bestätigte Carrie in ihrer Meinung, dass sie der Grund sei und dass er es für Savanna getan hatte.

„Vielleicht weiß Jacky, wo er steckt. Hast du sie mal gefragt?"

Kaum hatte Carrie diese Frage gestellt, tippte Savanna sich an die eigene Stirn.

„Natürlich, er muss eine Einladung erhalten haben, sonst wäre er nicht bei der After-Show-Party reingelassen worden."

„Dann solltest du sie vielleicht mal in die Mangel nehmen."

Savanna kehrte zurück auf die Party, die sich zu dieser fortgeschrittenen Stunde langsam auflöste. Einige Leute der Stadtprominenz verabschiedeten sich gerade von der Gastgeberin.

„Jacky, kann ich dich kurz sprechen?"

„Auch länger, Liebes. Lass uns was trinken. Ich stehe noch so unter Strom, geht es dir nicht auch so?“

„Ja, klar, ähm …“

„Was ist los? Du siehst aus, als hätte man dich gerade durch den Wolf gedreht. Hey, du wirst dich schon dran gewöhnen, so ist das immer, wenn man über Nacht einen Hit landet.“

Jacky schnappte sich zwei Schampusgläser von einem der Tabletts, die von burlesque kostümierten jungen Frauen umhergetragen wurden, und überreichte eins davon Savanna. Sie zogen sich gemeinsam an einen Stehtisch etwas abseits zurück. „Auf die Show!“ Jacky prostete ihr zu und ließ die beiden Schampusgläser leise aneinanderklirren. „Worüber wolltest du mit mir reden?“

„Die After-Show-Party war doch nur für geladene Gäste, richtig?“

„Ja, natürlich. Warum fragst du?“

„Ethan war hier.“

Für einen Moment sah es so aus, als wüsste Jacky nicht, wovon Savanna sprach, doch dann konnte sie ihr ansehen, dass die Erinnerung zurückkehrte.

„Du musst ihn eingeladen haben, sonst wäre er nicht an den beiden Türstehern vorbeigekommen.“

„Das habe ich tatsächlich.“

„Ich weiß, das, worum ich dich jetzt bitten werde, ist ziemlich viel, aber ich brauche seine Adresse.“

„Liebes, das kann ich nicht machen. Das hat auch nichts damit zu tun, dass ich es nicht gerne möchte, aber Ethan hat mich explizit darum gebeten, es nicht zu tun.“

„Generell oder nur mir nicht?"

„Dir, Liebes."

Savanna fühlte sich, als hätte man ihr eine eiskalte Dusche verpasst. Jacky schien zu erkennen, dass sie mit einer solchen Antwort nicht gerechnet hatte.

„Es tut mir leid, Savanna. Aber ich muss seinen Wunsch respektieren.“

„Natürlich, das verstehe ich." Savanna zwang sich zu einem Lächeln, doch innerlich fühlte sie sich, als ob man ihr erneut das Herz herausgerissen hätte. Abermals glaubte sie, dass sie sich einer verdammten fixen Idee hingegeben hatte. Nach dem, was zwischen ihnen geschehen war, nach diesen Worten, die sie ihm gesagt und nach der Art, wie sie ihn fortgeschickt hatte – warum in aller Welt sollte er auch jetzt noch etwas mit ihr zu tun haben wollen? Wie hatte sie glauben können, dass Ethan wegen ihr hergekommen war? Überhaupt, wer war sie schon, dass sie in der festen Annahme war, dass irgendetwas, das Ethan in der letzten Zeit getan hatte, mit ihr zu tun haben könnte?

Savanna lachte freudlos auf und leerte das Schampusglas mit einem Zug. Ohne sich von irgendwem zu verabschieden, verließ sie die Party, doch bevor sie die Lobby durchquert und den Ausgang erreicht hatte, rief jemand ihren Namen.

„Ms. Bishop? Warte Sie bitte! Das wurde für sie Sie am Empfang hinterlegt." Leicht außer Atem blieb eine junge Hotelangestellte vor ihr stehen, lächelte sie freundlich an und hielt ihr eine einzelne weiße Rose entgegen.

Savanna nahm die Blume an sich. „Danke schön." Zuerst glaubte sie, es wäre einfach nur eine nette Geste eines Fans der Show. Doch an dem langen Stil der Rose war eine kleine weiße Fahne befestigt, auf der etwas geschrieben stand:

Ein Neuanfang? E. P.

Dieses Wechselbad der Gefühle überforderte Savanna nun völlig. Sie kam leicht ins Schwanken und suchte etwas, woran sie sich festhalten konnte; die Hotelangestellte war das Nächstbeste.

„Ist Ihnen nicht gut, Ms. Bishop?"

Savanna benötigte einen Moment, um die Fassung zurückzuerlangen, nickte und ließ die junge Frau los. „Nein, danke, alles in Ordnung."

„Sind Sie sicher?"

„Ja, ich hatte vielleicht ein wenig zu viel Schampus, das ist alles."

„Soll ich Ihnen ein Taxi rufen?"

„Das wird nicht nötig sein. Das schaff ich schon."

Die Hotelangestellte ließ es sich dennoch nicht nehmen, Savanna hinauszubegleiten und ihr doch einen Wagen zu beschaffen. „Kommen Sie gut nach Hause, Ms. Bishop."

Savanna fand es immer noch seltsam, dass scheinbar jeder im *Venetian* mittlerweile ihren Namen kannte, und empfand es als unhöflich, es nicht erwidern zu können. „Wie ist Ihr Name?"

„Charlotte Davis."

„Danke schön, Charlotte."

„Sehr gerne, Ms. Bishop."

Savanna nannte dem Taxifahrer ihre Adresse und gab ihm bei der Ankunft ein sattes Trinkgeld. Nachdem sie die Tür hinter sich geschlossen und sich in einen der herrlich bequemen Hochlehnensessel hatte fallen lassen, seufzte sie tief, drückte die Rose fest an ihre Brust und spürte die Stacheln durch den Stoff ihres Kleides. Savanna war mehr als bereit für einen Neuanfang mit Ethan, doch wie sollte sie ihm ihre Antwort zukommen lassen?

Kapitel 18

Am nächsten Tag erschien Savanna wie üblich zu den Mittagsproben, doch die Tänzerinnen umringten jemanden, und an ihren erschrockenen Gesichtern war zu erkennen, dass etwas nicht stimmte. „Was ist hier los? Wieso studiert ihr nicht die neuen Nummern ein?“

Als die Tänzerinnen ihr den Weg frei machten und Carrie sich in Tränen aufgelöst zu Savanna umdrehte, war deutlich sichtbar, was die Ursache war. Carries Gesicht war extrem geschwollen und mit roten Pusteln übersät.

„Oh heilige Madonna, was ist denn mit dir geschehen?“

„Der Doc sagte, dass mich wohl in der Nacht ein Insekt gebissen hat und ich darauf sehr allergisch reagiere.“

„Hat er dir etwas verschrieben?“

Carrie nickte, hob dann die Schultern. „Aber die Aufritte heute kann ich vergessen. So kann man mich nicht auf die Zuschauer loslassen.“ Sie zeigte aufgebracht auf ihr Gesicht. „*Das* ist nicht sexy.“

So, wie sie aussah, würde nicht einmal gutes Make-up etwas retten können.

Carrie erhob sich vom Stuhl und packte Savanna bei den Schultern. „Du musst für mich einspringen. Du bist die Einzige, die die Nummern auswendig kann und auch die Tanzschritte mit mir zusammen erarbeitet hat.“

„Carrie, das hat vielleicht auf der Tour funktioniert, aber du bist der Star der Show, dein Gesicht ist auf sämtlichen Plakaten und Werbeboards in der Stadt.“

„Schau mich noch mal genau an und dann sag mir bitte noch einmal, dass es nicht geht? Wir können die Shows nicht absagen. Du musst einspringen. Solange wir noch nach geeigneten Backuptänzerinnen suchen, bist du die beste Zweitbesetzung.“

„Ich habe seit Monaten nicht mehr auf der Bühne gestanden und deine Kostüme passen mir nicht.“

„Dann improvisieren wir eben. Uns fällt schon was ein.“

Savanna wurde ohne Vorwarnung von mehreren auf sie einschnatternden Tänzerinnen hinter die Bühne geschoben, geschminkt und dazu genötigt, verschiedene Kostüme anzuprobieren, von denen ihr wegen ihrer Rundungen nur die wenigsten einigermaßen passten. Die Aktion wurde zu einer einzigen Witznummer und das Gegackere und Gekichere hallte durch den gesamten Bühnensaal.

Plötzlich stand Jacky in der Tür und beobachtete einige Minuten lang das lustige Geschehen in der Umkleidekabine, bis sie scharf den Atem einsog, weil sie Carries Gesicht entdeckte. „Oh mein Gott, was ist mit dir passiert?"

„Allergische Reaktion."

„Und jetzt?"

„Savy muss einspringen."

Die Entertainmentmanagerin des *Venetian* musterte Savanna, die gerade in ein Lederkorsett geschnürt wurde, von Kopf bis Fuß. Jacky nickte. „Ich wusste nicht, dass du selbst mal aufgetreten bist. Aber ja, das könnte funktionieren."

Jacky schien gar nicht mehr ihren Blick von Savannas Figur nehmen zu können, und irgendwie wurde ihr das etwas unangenehm. Carrie setzte ihr noch eine Lederkappe auf, und eine andere Tänzerin befestigte die Netzstrümpfe am Strapsgürtel und stellte ein paar sehr hohe Pumps hin.

Jacky schüttelte den Kopf. „Overkneestiefel würden besser dazu passen, als diese High Heels."

Carrie war sofort von der Idee begeistert und kramte in den Kartons hinter den Kleiderstangen nach genau solchen Stiefeln. Nachdem Savanna die Overkneestiefel angezogen hatte, zog Carrie sie mit sich auf die Bühne und gab nach hinten das Zeichen, das Playback zu starten. „Okay, Tough Lover, du kennst den Text und ich weiß, du kannst singen. Also öl jetzt dein Goldkehlchen und wir tanzen zusammen."

Jacky ließ es sich nicht nehmen, sich ins Publikum zu setzen und die Probe zu verfolgen. Nach ein paar kleineren Textpatzern kam Savanna immer besser in den Song, und auch die Tanzschritte fielen ihr leichter. Es war, als würden ihre Füße von ganz allein wissen, was zu tun war, es war wie Fahrradfahren, und Spaß machte es obendrein. Seit sie das Management übernommen hatte, fehlte es ihr schon ein wenig, auf der Bühne zu stehen, und das zeigte sich eindeutig jetzt, in diesem Moment. Sie war frech, flirtete mit der kaum vorhandenen Zuschauermenge und kokettierte ordentlich mit ihren Reizen. Je länger sie die einzelnen Passagen durchgingen, die Savanna übernehmen sollte, desto ausgelassener und wohler fühlte sie sich. Die gesamte Show wurde dreimal durchgeprobt, bis sie sich eine Pause gönnten. Savanna kletterte von der Bühne und ließ sich lachend auf den Stuhl neben Jacky fallen.

„Wow, ich hatte fast vergessen, was für einen Spaß das macht."

„Das sieht man dir auch an. Du siehst toll da oben aus. Wieso hast du aufgehört?"

Savanna schnappte nach Luft und seufzte. „Der Manager damals wollte die Show einstampfen, weil er keine Lust mehr hatte, aber auch nicht in der Lage war, uns ordentliche Buchungen zu verschaffen. Im Grunde hätte das für uns alle nur eins bedeutet: keinen Job mehr. Und ich fand die Show zu gut, um sie zu verlieren. Also habe ich es übernommen. Wir haben uns alle zusammengesetzt und alles komplett neu gemacht. Die Songs, die Tanzeinlagen, die Stripauftritte, im Grunde eine komplette Generalüberholung. Und jetzt sind wir hier und treten in dem besten Luxuscasinohotel von Las Vegas auf. Und ich habe recht behalten."

Jacky lachte auf. „So, wie du jetzt bist, ausgelassen, fröhlich und glücklich, gefällst du mir am besten."

„Aber so bin ich doch immer."

„Nein, so hab ich dich nicht kennengelernt. Du hast ernster, trauriger und auch ein wenig verbittert auf mich gewirkt."

Savanna ließ ihre Worte für einen Moment sacken. „Tust du mir einen Gefallen?"

„Immer."

„Wenn du merkst, dass ich mich wieder so verhalte, dann knall mir eine, okay?"

Savanna grinste, und Jacky gab ihr lachend ihr Wort darauf.

„Ich glaube, du gehörst auf die Bühne. Du solltest dir das wirklich durch den Kopf gehen lassen."

„Aber ich kann mich nicht vierteilen."

„Das nicht, aber das Festengagement gibt dir mehr Zeit dafür, hin und wieder selbst aufzutreten."

Sie hatte recht, und wenn sie ehrlich zu sich selbst war, reizte die Idee sie tatsächlich.

„Ich lass es mir durch den Kopf gehen. Aber jetzt muss ich dringend was zwischen die Beißerchen bekommen, sonst überlebe ich die restlichen Proben nicht."

Am Abend war für Lampenfieber kaum Zeit, denn die Auftritte liefen wie ein reibungsloses Uhrwerk nacheinander ab und wie im fliegenden Wechsel. Ständige Kostümwechsel und Make-up-Änderungen ließen Savanna gar keine Zeit, darüber nachzudenken, wie lange es her war, dass sie zum letzten Mal vor einem komplett ausverkauften Zuschauerraum gestanden hatte.

Beim letzten Song der Show traten sie alle gemeinsam zum großen Finale auf, manche der Tänzerinnen verteilten sich dabei in der Zuschauermenge, suchten sich einen der Gäste aus und flirteten mit ihm. *Show Me How You Burlesque* dröhnte über die großen Boxen, und Savanna blieb auf der Bühne und tanzte sich die Seele aus dem Leib, bis sie plötzlich in der Menge Ethan entdeckte. Völlig perplex kam sie dabei aus dem Takt und konnte nicht mehr aufhören, in seine Richtung zu sehen. Um nicht den gesamten Auftritt zu vermasseln, mahnte sie sich selbst zur Konzentration und schaffte es wieder in die Schrittkombinationen zurück.

Savanna war froh, als endlich der Vorhang hinuntergelassen wurde. Doch statt sich hinter der Bühne mit den anderen umzuziehen, rannte sie durch die Hintertür hinaus ins Foyer, in der Hoffnung, Ethan dieses Mal abpassen zu können. Doch kaum tauchte sie mit ihrem Kostüm in der Lobby auf, wurde sie von mehreren Zuschauern, die gerade aus dem Saal strömten, umringt. Savanna versuchte, nach Ethan zu rufen, doch es war vergebens. Sie konnte nur zusehen, wie er durch die Flügeltüren das Hotel wieder verließ.

Enttäuscht und entkräftet gab sie ein paar Autogramme, bemühte sich darum, ein Lächeln aufzusetzen, und sprach mit den Zuschauern, die ihr einige Fragen stellten. Savanna nahm den Kopfschmuck aus Federn und das Strassdiadem ab und kehrte geknickt zurück in die Umkleidekabine. Sie setzte sich an ihren Platz vor dem Spiegel und schloss die Augen. Es war wie verhext. Machte Ethan das etwa mit Absicht?

Carrie rückte mit ihrem Stuhl näher an Savanna heran. „Hey, du wolltest doch schon immer mal Lady Marmelade auf der Bühne singen. Sollen wir das morgen mal durchgehen?“

„Okay, ja, warum nicht.“

Es sah so aus, als würde Savanna noch einige Tage für Carrie einspringen müssen, jedenfalls solange die Allergie ihr Gesicht noch so verunstaltete wie im Moment.

„Hey, was ist denn jetzt mit dir los? Eben warst du noch so euphorisch. Das war ein toller Auftritt, die Leute sind zufrieden nach Hause gegangen und einige davon werden garantiert wiederkommen.“

„Schön.“

„Savanna?“

„Ich freu mich ja, und es ist toll, wieder auf der Bühne zu stehen.“

„Aber?“
„Er war wieder da und ich habe ihn schon wieder verpasst.“
„Tut mir leid, Savy. Oh, bevor ich es vergesse.“ Carrie ging kurz aus der Kabine und kehrte dann mit einem verflucht großen Strauß roter Rosen zurück. Das Grinsen auf ihrem Gesicht hätte nicht mehr sagen können. Savanna suchte in dem Blumenstrauß nach einer Karte und fand sie auch. Bevor sie den Umschlag öffnete, konnte sie ihrer Freundin ansehen, dass sie wusste, von wem die Rosen stammten.
„Du bist wirklich gemein.“
„Nur ein bisschen fies. Also lies vor, was schreibt er denn?“
Savanna las die Nachricht zuerst nur still, zog die Augenbrauen zusammen und las die Zeile dann laut vor.
„Ich liebe es, dir zuzusehen! Ethan.“
„Ist das alles?“
Savanna drehte die Karte um, doch mehr hatte Ethan nicht geschrieben. Jetzt war sie wirklich verwirrt. Was für ein Spiel trieb er denn jetzt? Zuerst die weiße Rose, jetzt der Rosenstrauß mit dieser kryptischen Nachricht? „Das ist alles.“ Savanna roch an den Rosen, die einen herrlichen Duft verströmten, und nahm Carrie den Strauß ab. Erneut setzte sie sich und starrte auf die Karte. Es fühlte sich an, als würde er sie am langen Arme verhungern lassen, und das machte sie langsam mürbe. Auch in den folgenden Tagen saß Ethan im Publikum, aber immer wieder schaffte er es, das Hotel zu verlassen, noch bevor sie ihn stoppen konnte. Nach den Shows erwartete sie jedes Mal ein neuer Strauß Rosen mit einzeiligen Komplimenten. Das Wissen, dass er in der Nähe und doch so fern war, zerrte an Savannas Nerven. Sie sehnte sich immer stärker nach ihm, nach der Berührung seiner schönen Hände, nach seinen Lippen, seinem Körper, seiner Stimme, nach allem, was ihn ausmachte.

An diesem Abend hatte ihr vorerst letzter Auftritt stattgefunden, denn Carrie war wieder fit und sah gut aus. Und dieses Mal stand etwas anderes in der Karte, die Ethan erneut mit Blumen für sie hinterlassen hatte.

Ich liebe dieses Spiel mit dir. Sehnst du dich nach mir?

Wut kochte in ihr hoch und dennoch lächelte sie, denn er schien genau zu wissen, was er mit seinem Spielchen in ihr auslöste. Es reizte sie und irgendwie, auch wenn es sie langsam frustrierte, konnte sie sich dagegen nicht wehren, aber es gefiel ihr tatsächlich. Es war, als würde er sie tatsächlich auf eine neue Art verführen wollen, und der Gedanke begleitete sie an diesem Abend nach Hause. Savanna ließ sich Wasser in die Wanne ein und gab ein Schaumbad hinzu. Nachdem sie in die Badewanne gestiegen war und sich entspannt hatte, meldete sich ihr Smartphone mit einer Textnachricht.

Du brauchst also einen Tough Lover?

Savanna lachte auf. Die Nachricht war eindeutig von Ethan, und er bezog seine Frage auf einen ihrer Songs aus der Show.

Nur einen bestimmten Lover.

Sie zögerte nur kurz, bevor sie die Antwort abschickte. Ungeduldig wartete sie darauf, dass Ethan zurückschrieb.

Ich hoffe, dieser bestimmte Lover bin ich.

Seine Arroganz ging ihr durch und durch und entlockte ihr ein weiteres Lächeln. Es war der erste wirkliche Kontakt, der zwischen ihnen entstand, und ihr Herz schlug einen heftigen Takt schneller.

Ich denke nur an dich.

Gut zu wissen.

„Ähm, was?“

Sie fragte nach, doch er antwortete nicht mehr und ließ sie erneut im Ungewissen. Savanna rollte mit den Augen, tauchte im heißen Badewasser unter und fluchte. Als sie wieder auftauchte, blickte sie erneut auf ihr Handy, doch er hatte tatsächlich nichts mehr gesendet. Es war mehr als frustrierend, nicht zu wissen, wo er lebte und was er als Nächstes tun würde, aber genau das reizte sie auch. Nach dem Bad ging sie zu Bett, roch ein letztes Mal an den Rosen, die sie auf ihren Nachttisch gestellt hatte, und konzentrierte sich in Gedanken so fest auf ihn, dass sie die Hoffnung hatte, von ihm zu träumen.

Kapitel 19

In der Begleitagentur saßen fast alle Gigolos der *Devils4Angels* zusammen und Ethan besprach die Planung der nächsten Tage mit ihnen. „Ich habe euch die Termine bereits per SMS zugeschickt, sollte sich daran etwas ändern oder jemand krank werden, meldet euch bitte rechtzeitig, damit ich die Termine neu koordinieren oder Ersatz für die Kundinnen anbieten kann."

Alex Shaw schien seinen Planer zu kontrollieren, hob dann seinen Kopf und sah Ethan direkt an. „Wo steckt eigentlich Kaydan? Ich hab ihn seit Wochen nicht mehr gesehen, hast du was von ihm gehört?"

„Kaydan hat sich eine Auszeit genommen und wird sich melden, wenn er wieder einsatzfähig ist."

„Das heißt im Klartext, er kommt nicht mehr zurück?"

„Das hab ich nicht gesagt. Seine Geschäfte laufen zurzeit recht gut und du weißt, dass er nur gewisse Klientinnen bedient."

Alex lachte auf. „Ja, unser Teilzeitgigolo, ich weiß. Er kommt auch nur zurück, wenn die Auftragslage bei ihm wieder anfängt zu schwanken."

Auch die anderen Gigolos schmunzelten darüber, aber Ethan wusste, dass sie Kaydan im Grunde mochten und sich gegenseitig gern foppten. Er ging nicht weiter auf das Gespräch ein und begann, Umschläge an die Männer zu verteilen.

„Wie euch vielleicht aufgefallen ist, habe ich für keinen von euch ein Date für Samstag gebucht."

Alex Shaw war der Erste, der seinen Umschlag öffnete und lächelte. „Eine erotische Maskennacht. Interessant."

„Genau, ihr alle habt dort Anwesenheitspflicht. Ich lade einige unserer Kundinnen dazu ein, die zurzeit hier in Vegas sind. Graham war zuerst skeptisch, aber ich denke, wenn die Party gut läuft und die Kundinnen zufrieden sind, werden wir das in regelmäßigen Abständen organisieren."

Alex wirkte ebenfalls skeptisch. „Und wie hast du dir das vorgestellt? Sollen wir unseren Service etwa kostenlos dort anbieten?"

„Nein, natürlich nicht. Wir werden eine Versteigerung arrangieren. Die Lady, die jeweils das meiste Geld bietet für euch, bekommt den Zuschlag."

Shane war sofort Feuer und Flamme. „Na, dann packt mal ein, Jungs. Ich werde wohl das meiste Geld einbringen."

Rick schüttelte über Shanes Kommentar nur den Kopf und nahm ihn ebenso wie die anderen nicht ernst. „Okay, aber wie willst du das Geld später unter uns aufteilen?"

Ethan schmunzelte. „Gar nicht. Wir werden das Geld an eine wohltätige Einrichtung spenden. Lies die Einladung. Darüber hinaus werde ich euch einen Bonus für diesen Abend auszahlen. Die Geschäfte laufen hervorragend."

„Oh, hey, das ist mal eine coole Idee. Ich bin dabei. Und wo genau willst du das stattfinden lassen?"

Bevor Ethan ihm die Antwort geben konnte, schien Rick endlich den kompletten Text der Einladung gelesen zu haben und hob abwehrend die Hand. „Das überrascht mich jetzt. Ich dachte, du lässt keine Kundinnen in deine eigenen vier Wände?"

„Graham hat mir die Villa vermietet und sie ist für solche Art von Partys der perfekte Ort. Keine Nachbarn, hohe Mauern, und mit Türstehern kommt auch niemand ohne Einladung auf die Party. Es gibt einen großen Pool mit Lagune und viele Zimmer, in die man sich zurückziehen kann. Meinen Privatbereich werde ich absperren lassen und der Spaß kann sich im übrigen Haus abspielen." Bei den Gigolos war Zustimmung zu erkennen und Ethan war zufrieden. „Bisher sind die Einladungen sehr gut angekommen. Ich habe von fast allen bereits die Teilnahmebestätigung erhalten." Nur eine einzige

Einladung lag noch auf seinem Schreibtisch, und die war für jemand Besonderen gedacht. Ethan entließ seine Gigolos, nur Alex blieb zurück. Er gehörte ebenso wie er selbst am längsten zur Agentur und sie hatten sich recht schnell angefreundet.

Alex setzte sich ihm gegenüber an den Schreibtisch und legte seine Füße darauf ab. „Wie lange willst du dein Spiel mit dieser rothaarigen Schönheit eigentlich noch durchziehen?“

Ethan hatte ihm von Savanna erzählt und grinste.

„Bis zur Maskennacht.“

„Du lädst sie ein?“

„Das hatte ich vor.“

„Hältst du das für eine gute Idee? Solltet ihr nicht vielleicht erst einmal in Ruhe reden?“

„Ich werde mit ihr reden, wenn sie kommt.“

Alex schmunzelte und hakte nicht weiter nach. Der Hüne erhob sich und verabschiedete sich von Ethan, bevor er ebenfalls das Büro verließ.

Ethan entnahm dem Umschlag die Einladung und notierte noch ein paar Zeilen persönlich an Savanna, bevor er die Karte wieder zurücksteckte und auf die Geschenkschachtel legte. Danach rief er seine Sekretärin ins Büro, gab ihr den Auftrag, einen Boten mit dem Geschenk zum *Venetian* zu schicken, der es an Savanna Bishop überreichen sollte.

Nachdem die Sekretärin ihn wieder allein gelassen hatte, lehnte Ethan sich zurück und warf einen Blick durch das große Panoramafenster auf die Stadt hinunter. In den letzten Tagen hatte er sich selbst mehr als nur gequält. Savanna in ihren sexy Burlesque-Outfits auf der Bühne zu sehen, sie nicht in die Arme schließen zu können, viel mehr noch, sie nicht einfach zu packen und zu nehmen, war ihm verflucht schwergefallen. Sein ganzer Körper stand mittlerweile unter Strom, und der Sex fehlte ihm. Jahrelang als Gigolo fast täglich mit Frauen ins Bett zu gehen, hatte deutliche Spuren hinterlassen, doch sein

Begehren hatte sich komplett geändert, seit Savanna wieder in sein Leben zurückgekehrt war. Ihre Reaktion auf seine SMS am Abend zuvor hatte ihn beruhigt und ihm bestätigt, dass er mit seiner Vermutung richtig lag. Sie wollte ihn, ebenso wie er sich nach ihr sehnte. Und dieses Mal würde er nicht noch einmal den Fehler begehen, alles zu überstürzen.

Lächelnd schloss er die Augen, stellte sich vor, wie Savanna die Einladung las und wie sie die Schachtel öffnete. Seine Gedanken wanderten weiter und für eine Weile genoss er die Fantasie, wie sie die Villa betreten würde, er sie empfing und sie endlich für sich allein haben würde. Gerade als er Savanna in Gedanken von ihrem Kleid befreien wollte, klingelte sein Telefon. Für einen Augenblick verfluchte er seine Pflicht, zwang sich jedoch dazu, freundlich zu sein.

„*Devils4Angels,* Sie sprechen mit Ethan Price. Wie kann ich Ihnen helfen."

Savanna ging gerade die neue Songliste für die Show durch, als ein Bote durch die Theatertüren auf sie zukam.

„Ms. Bishop?"

„Ja?"

„Würden Sie mir bitten den Empfang bestätigen?"

Sie unterschrieb auf der für sie gedachten Linie und nahm eine Schachtel und einen Brief entgegen. „Danke." Umgehend machte sich der Fahrradkurier wieder auf den Weg und Savanna öffnete neugierig den Umschlag. Es handelte sich um eine Einladung.

„*Devils4Angels* lädt Sie zu einer erotischen Maskennacht ein."

Sie hob ihre Augenbrauen und las den restlichen Text. Es handelte sich dabei um eine Spendenaktion für eine Aidsstiftung. Es würde eine Versteigerung der Gigolos stattfinden. Savanna drehte die Einladung um und fand eine handschriftliche Notiz darauf:

Ich werde einen Wagen schicken, der dich gegen neun Uhr abholen wird. In der Schachtel findest du das, was du an diesem Abend tragen sollst. Ethan

Sofort stieg ihr Puls wieder, als sie seine Unterschrift unter den Zeilen las. Die Schachtel wirkte nicht groß genug für ein Kleid. Statt weiterzurätseln, öffnete Savanna die Schachtel. Darin lagen eine Maske aus zierlichem, kunstvoll gebogenem Metall, ein Halsband, auf das mit funkelnden Strasssteinchen ihr Name gefasst war, ein Paar schwarze High Heels in ihrer Größe, ein nachtblaues Taillenkorsett aus Samt und ein dazu passender Strapsgürtel mit schwarzen Seidenstrümpfen. Das war ehrlich gesagt nicht sonderlich viel Stoff für ihren kurvigen Körper. Weder ihre Brüste noch ihr Schoß würden bedeckt sein, aber genau das hatte er sich vorgestellt – seine Anweisungen waren unmissverständlich. Die Tatsache, wie lang sie sich nun schon nach ihm verzehrte, ließ die Vorstellung, so auf einer Spendenparty aufzutauchen, unglaublich sinnlich und sexy erscheinen. Dass Savanna allerdings noch volle drei Tage auf ein Wiedersehen mit ihm warten musste, schmeckte ihr hingegen gar nicht, und sie wusste jetzt schon, dass sich die Zeit bis zur erotischen Maskennacht wie Kaugummi ziehen würde.

Kapitel 20

Die Zeit des Wartens erschienen ihr tatsächlich länger als normale Tage, und als der Samstag endlich kam, wollten die Stunden einfach nicht schneller vorbeigehen. Aus diesem Grund stürzte Savanna sich wie besessen auf jegliche Arbeit, die sie zwischen die Finger bekam. Sie flickte Kostüme, half den Tänzerinnen beim Umziehen, reparierte defekte Requisiten und verbreitete mehr Hektik als sonst in der Umkleidekabine. Allerdings fiel es nicht sonderlich ins Gewicht, denn samstags absolvierte die Burlesque-Gruppe drei Shows, und Stress war dabei stets vorprogrammiert.

Gegen sieben Uhr am Abend tippte Carrie ihr auf die Schulter.

„Solltest du dich nicht langsam mal nach Hause schaffen und dich vorbereiten?"

„Ich muss noch so viel erledigen."

„Savy, geh heim." Sie nahm ihr das Nähzeug aus der Hand und zeigte auf die Hintertür. „Geh schon, macht dich ausgehschick und hab Spaß. Wir kommen hier schon zurecht."

„Aber ich hab doch noch Zeit."

„Schätzchen, gönn dir ein schönes Schaumbad, mach dir die Haare, lackier dir die Nägel, puder deinen hübschen Hintern und sieh zu, dass er dich nie wieder so hängen lässt, wie in den letzten Tagen. Und jetzt hau ab, sonst schleif ich dich hier raus."

Savanna hob abwehrend ihre Hände. „Ist ja schon gut, ich gehe ja schon."

Mittlerweile wurde sie von sämtlichen Tänzerinnen, die derzeit nicht auf der Bühne standen, mit einem Fingerzeig regelrecht rausgeworfen, allerdings konnte Savanna die Mädchen kichern hören, als die Hintertür zufiel, durch die sie gegangen war.

In zwei Stunden war es endlich so weit. Sie würde Ethan wiedersehen, mit ihm sprechen können, ihn berühren, ihn vielleicht küssen und wer weiß, vielleicht … Savanna schüttelte den Gedanken ab und atmete tief durch. Insbesondere in den letzten Tagen, seit Ethan das Spielchen mit ihr begonnen hatte, konnte sie nicht aufhören, an Sex mit ihm zu denken, und die Solonummern verschafften ihr einfach nicht das, was sie wirklich brauchte. Allein wenn Savanna sich seinen muskulösen, straffen Körper in Erinnerung rief, seine kräftigen Hände, die zugleich hart zupacken und ebenso zärtlich sein konnten. Wenn sie an seine tiefgrünen Augen dachte, in denen sie am liebsten versinken wollte, oder sich ins Gedächtnis zurückrief, wie er sich in ihr angefühlt hatte, begann ihr ganzer Leib zu kribbeln, und tief in ihr pulsierte ein Begehren, das einfach keine Sättigung fand. Savanna sehnte sich so sehr danach, ihre Finger endlich wieder durch sein dichtes halblanges dunkles Haar zu schicken! Es war ihr einfach kaum mehr möglich, an etwas anderes zu denken, und sie war sich sicher, genau das hatte Ethan bezweckt.

So tief in Gedanken versunken, hatte sie tatsächlich eine Dreiviertelstunde am Straßenrand vergeudet, bis es ihr bewusst wurde und sie endlich in ein Taxi stieg, das sie nach Hause bringen sollte.

Savanna entschied sich für eine längere Dusche, wusch sich das Haar und massierte ihren Conditioner sorgfältig ein, bevor sie ihn wieder ausspülte. Nach der Dusche verteilte sie eine nach Vanille duftende Lotion auf ihrem Körper und war froh darüber, dass Carrie sie einen Tag zuvor noch zu einem Spa-Nachmittag mit Entwachsen, einer Maniküre und Pediküre eingeladen hatte. Savanna trocknete sich das Haar, steckte es locker empor und drehte einige Strähnen, die sie absichtlich lose auf ihre Schultern fallen ließ, mit einem Lockenstab auf. Nur das Badetuch um den Körper gewickelt, setzte sie sich an ihren Schminktisch und begann, eine leichte Grundierung Make-up auf Gesicht und Hals aufzutragen, die sie mit einem Puder sanft mattierte. Ihre Hand zitterte ein wenig vor Anspannung, als sie dabei war, sich die Lidstriche zu ziehen und die Wimpern zu tuschen, und ständig hatte sie Ethans Gesicht dabei vor Augen. Savanna legte sich ein wenig Rouge auf die Wangen und zog sehr sorgfältig ihre Lippenkonturen nach, bevor sie einen glänzend roten Lippenstift auftrug. Als sie fertig war, legte sie das Badetuch ab, sprühte etwas Parfüm in die Luft und trat durch die Duftwolke.

Das Samtkorsett mit den Stäben hatte Carrie ihr noch am Abend zuvor perfekt geschnürt, nun brauchte sie es nur noch anzulegen und im Frontbereich einzuhaken. Sie hielt die Luft dafür an und streckte ihren Körper in die Länge, damit sie es überhaupt schließen konnte. Savanna wusste sich darin zu bewegen, wusste darin zu atmen. Sie liebte diese Art von Korsagen und ihr war bewusst, wie teuer diese Anfertigungen waren, schließlich besaß sie selbst mehrere verschiedene Modelle davon. Es hatte lange gebraucht, bis sie nach ihrer Jugend ihre Sanduhrfigur zu schätzen lernte und figurbetonte Kleidung zu tragen begann. Sie besaß keine Modelmaße mit langen Beinen, doch sie wusste, wie sie ihre Rundungen perfekt in Szene setzen konnte, und mittlerweile liebte sie ihre Kurven. Mitunter war das Burlesque daran schuld, denn es war nicht nur ein Tanz oder eine Show, für Savanna war es mehr als das, eine Art weibliches Selbstbewusstsein, eine ganz eigene Form von Feminismus und eine Lebensart. Ähnlich erging es ihr, als sie für sich die sexuelle Devotion entdeckte und sie auslebte. Auch das war für sie eine Art Befreiung und ihre ganz persönliche Auslebung von Emanzipation, auch wenn einige Geschlechtsgenossinnen das womöglich anders sahen.

Savanna nahm sich viel Zeit, die Seidenstrümpfe über ihre Beine zu streifen und am Strapsgürtel zu befestigen. Dieser Akt besaß etwas sehr Sinnliches und Erotisches für sie, und sie liebte es, diesen seidig-dünnen Stoff auf ihrer Haut zu spüren. Strumpfhosen waren ihr schon immer zuwider gewesen und halterlose Strümpfe begannen doch irgendwann zu rutschen, aber in Strapsen wirkten ihre Beine verdammt sexy.

Zum Schluss legte sie sich das strassbesetzte Halsband an und berührte sanft die Initialen darauf. Savanna saß aufrecht auf ihrem Stuhl, weil das Korsett keine andere Körperhaltung zuließ, und wartete darauf, dass der Zeiger auf ihrer Wanduhr sich bewegte. Um Punkt neun Uhr klingelte es an ihrer Tür. Weil sie viel zu wenig Stoff an ihrem Körper trug, der ihre Nacktheit nur betonte, hatte Savanna sich entschlossen, einen langen Trenchcoat überzuziehen. Bevor sie ihr Loft verließ, knotete sie den Stoffgürtel des Mantels um ihre Taille, ergriff ihre Handtasche und machte sich auf den Weg nach unten.

Vor dem Gebäude war eine Limousine vorgefahren und der Chauffeur öffnete ihr die hintere Tür. Er trug eine Maske vor dem Gesicht, die nur seine Augen nicht bedeckte. Doch Savanna war so mit ihren Gedanken bei Ethan, dass sie kaum einen Blick für den Fahrer übrig hatte und einstieg. Auf dem Rücksitz fand sie ein weiteres Paket, an das eine Notiz geheftet war.

Dachtest du wirklich, ich lasse dich nackt zu einer Party gehen?

Schmunzelnd öffnete sie den Karton und fand darin ein Kleid, das gänzlich ohne Reißverschluss oder Knöpfe auskam. Der hauchzarte Stoff wurde so geschickt gebunden, dass es den Körper gut verhüllte und doch bei jedem Schritt, den sie tun würde, viel Bein blitzen ließ. Savanna bemühte sich, das Gleichgewicht im hinteren Teil des Wagens zu halten und versuchte das Kleid anzuziehen, während der Fahrer die Limousine durch die Straßen von Las Vegas lenkte. Als sie endlich fertig war, bemerkte sie, dass sie die Lichter der Stadt bereits hinter sich gelassen hatten und auf dem Highway durch die Wüste unterwegs waren. Schließlich bog der Chauffeur auf einen unbefestigten Weg ab, und bereits aus der Ferne konnte Savanna das Villengrundstück erkennen, das hier in dieser Weite aus Sand und Dünen wie eine Oase wirkte. Je näher sie dem Grundstück kamen, desto mehr Details konnte sie sehen. Hohe Mauern und ein Eisentor mit geschwungenen Flügeln umrahmten ein großes Areal, das mit unzähligen hohen Palmen und Bäumen bepflanzt war. Als sie das Eisengatter hinter sich gelassen hatten, eröffnete sich vor ihnen ein hübsch angelegter Kiesplatz mit einem großen Brunnen, der über und über mit verschiedenen Blumen bedeckt war, und noch bevor der Chauffeur anhielt und ihr die Hintertür öffnete, konnte Savanna bereits leise Musik durch die geöffneten Eingangstüren hören.

Sie stieg aus und bedankte sich bei ihrem Fahrer, der nur nickte und zurück zur Limousine ging. Savanna nahm einen tiefen Atemzug, denn sie wusste, nun war es endlich so weit. Sie würde Ethan wiedersehen, ihn berühren und mit ihm reden können. Tausend Gedanken schossen ihr durch den Kopf, was sie ihm alles sagen – und vor allem, wofür sie sich entschuldigen wollte.

Savanna trat durch den Eingang in eine große Halle, von der mehrere Zimmer abgingen, doch die Türsteher am anderen Ende schienen den richtigen Weg zur Maskennacht zu weisen. Vor ihr übereichte eine Dame mit einem Halbvisier aus Pfauenfedern den beiden Hünen in eleganten schwarzen Anzügen ihre Einladung, also kramte auch Savanna ihre Karte aus der Handtasche und zeigte sie bei den Türstehern vor. Allerdings wurde sie nicht sofort durchgelassen. Einer der beiden Männer nahm ihre Einladung entgegen, entfernte sich kurz und schien mit irgendjemandem Rücksprache zu halten. Der breitschultrige Mann kehrte zurück.

„Ms. Bishop, willkommen bei der Maskennacht. Wenn Sie mir bitte folgen würden."

Seine freundliche Stimme beruhigte ihre Nerven und sie folgte ihm zurück durch die Eingangshalle zu der geschwungenen Treppe, die zu den oberen Etagen führte.

Die Treppe war durch ein Seil abgesperrt, wohl um die Gäste darauf hinzuweisen, dass es hier keinen Zutritt für sie gab. Der Türsteher jedoch löste für Savanna das Seil und ließ sie durchgehen, schloss es hinter sich wieder und folgte ihr die Treppe hinauf. Die Galerie war zu beiden Seiten offen und wirkte wie eine Brücke zwischen Eingangshalle und Salon, wo die Party offensichtlich bereits längst im Gange war. Savanna konnte von hier oben alles beobachten und ihr wurde bewusst, dass Ethan sie absichtlich zu einem späteren Zeitpunkt hergebeten hatte. Sie wurde von dem Hünen auf die andere Seite geführt.

„Wenn Sie hier bitte warten möchten. Mr. Price wird in Kürze bei Ihnen sein."

Savanna fühlte sich wirklich besonders bei dieser Behandlung, denn niemand sonst schien hier hinaufgebracht worden zu sein. Sie lehnte sich gegen die Balustrade und beobachtete die maskierten Gäste eingehend. Jeder trug entweder ein Visier aus Samt oder kunstvoll geschmückte Ganzgesichtsmasken. Gerade wurde die Versteigerung abgehalten und die Ladys überboten sich gegenseitig im Eifer des Gefechts. Es machte Spaß, das alles von hier oben zu betrachten, und irgendwie fühlte es sich auch ein wenig voyeuristisch an, denn einige Paare schienen sich bereits gefunden zu haben und ihre Küssen gingen weit darüber hinaus, harmlos zu erscheinen. Gerade bekam eine Dame den Zuschlag für die Ersteigerung eines Gigolos für zehntausend Dollar, und Savanna hielt die Luft an. Das war verdammt viel Geld und doch, es war ja für einen guten Zweck, und so wie die Diamanten am Hals der Frau funkelten, als sie ihren Preis abholte, wirkte sie, als könnte sie es sich locker leisten. Gleich danach begann der nächste Bieterkrieg und es schien so, als ob dieser Mann besonders begehrt bei den anwesenden Ladys wäre. Der Wettkampf hatte sie alle gepackt und keine von ihnen wollte nachgeben. Savanna sah dem Schauspiel gespannt zu und bemerkte erst, dass sie nicht mehr allein war, als ein kühler Windzug ihren Nacken streifte.

„Dreh dich nicht um. Ich weiß doch, dass du gern zusiehst.“ Ethans Stimme so nah hinter sich zu hören, ließ ihren Puls deutlich steigen und ihre Atmung flacher werden. Savanna wollte dennoch versuchen, sich umzudrehen, doch Ethan hinderte sie daran, hielt sie bei den Oberarmen in Position. „Ich sagte, dreh dich nicht um.“

„Okay. Aber ich möchte dir etwas sagen und es ist wichtig.“

„Schhhh, ich will es jetzt nicht hören, Savy.“

„Aber ich …“

Er presste sie mit seinem Körper gegen die Brüstung und seine Lippen streiften ihren Hals. „Wenn du nicht tust, was ich dir sage, schicke ich dich wieder fort.“

Er klang sanft, aber streng genug, dass Savanna ihre Lippen fest aufeinanderpresste, um gar nicht mehr in die Versuchung zu kommen, zu reden. Dennoch lag ihr so viel auf dem Herzen, das sie loswerden wollte. Aber gut, es konnte warten, sie würde warten können, bis er bereit war, ihr zuzuhören. Ethan führte ihre Hände an das Geländer, damit sie es umschloss und sich daran festhielt. Seine Fingerspitzen strichen über ihre nackten Arme und bescherten ihr eine wohlig kribbelnde Gänsehaut, die sich auf ihrem gesamten Körper ausbreitete.

„Diesen Moment habe ich mir so viele Male vorgestellt, Savanna.“

Seine Finger wanderten weiter über ihr Kleid, ihren Rücken hinab, bis er mit beiden Händen ihre Hüften zu fassen bekam und sie daran fest an sich zog. Savanna spürte deutlich seine Männlichkeit an ihrem Po und seufzte leise. Ethan war erregt, und das erregte auch sie ungemein. Der Fakt, dass sie verfolgen konnte, wie die anderen an der Party teilnahmen, während sie hier oben stand, aber jederzeit jemand seinen Blick emporrichten konnte, um sie zu entdecken, ließ einen heißen Lustschauer durch ihren Leib schießen, der sich direkt in ihrem Schoß konzentrierte. Ethan küsste ihre Nacken, wanderte mit seinen zärtlichen Lippen bis zu ihrer rechten Schulter hinab und hinterließ dort mit seiner Zunge feuchte Spuren. Savanna bog ihren Kopf zurück, doch Ethan packte sie am Nacken und zwang sie erneut, hinunter zur Party zu schauen.

„Kannst du sehen, wonach ihnen allen der Sinn steht? Schau dir das Paar dort hinten rechts in der Ecke an. Dieses Haus hat so viele Zimmer und doch wählen sie die Öffentlichkeit. Sie kennen keine Scham, keine Scheu. Sie wissen, hier können sie tun und lassen, wonach ihnen der Sinn steht. Da sie Masken tragen, können sie einmal sein, wer sie wirklich sind."

Sein Flüstern an ihrem Ohr drang sinnlich in ihren Verstand ein und sie nickte, bemühte sich jedoch noch immer, zu schweigen. Ethan wandte sich dem anderen Ohr zu, berührte es kurz mit seinen Lippen und löste damit erneut einen Hitzeschauer in Savanna aus, der sie beben ließ.

„Wer bist du wirklich, Savanna?"

„Ich bin dein, wenn du mich willst."

Ethan lachte leise auf und wiederholte seine Frage, doch sie wusste keine Antwort darauf. Als sie ihm eine Erwiderung schuldig blieb, öffnete er den Knoten ihres Kleides, hielt die Enden in seinen Händen.

„Ich werde es herausfinden, Stück für Stück."

Mit diesen Worten ließ er das Kleid fallen und es sank lautlos zu Boden. Savanna wagte es nicht, auch nur den Versuch zu unternehmen, den Stoff daran zu hindern, von ihrem Körper zu gleiten und hielt sich noch immer an der Brüstung fest. In der Zwischenzeit hatte jemand aus dem Salon bemerkt, dass sie oben auf der Balustrade stand, und blickte ungeniert empor. Ethan schien es nicht aus der Ruhe zu bringen, doch Savannas Herzschlag setzte einen Takt aus und schlug danach heftig in ihrer Brust weiter. Nun war sie nicht nur Ethans Willen ausgesetzt, sondern auch den Blicken eines maskierten

Fremden. Ethans Hände umschlossen ihren Busen, kneteten ihn so fest, dass sie leise aufstöhnte. Der Fremde stand am Ende der Halle und hörte nicht auf emporzusehen, sie anzustarren, und auf seinen Lippen zeigte sich ein interessiertes und amüsiertes Lächeln. Ethan wandte sich nun ihren bereits hart gewordenen Brustspitzen zu, kniff hinein und rieb sie fest zwischen seinen Fingerkuppen. Savanna sog die Luft tief in ihre Lungen und unterdrückte einen Wimmerlaut, der ihr über die Lippen kommen wollte. Der süße Schmerz, den Ethan damit erzeugte, schoss auf direktem Weg zwischen ihre Beine und entfachte dort ein heißes, erregendes und gierig machendes Feuer, das ihren gesamten Unterleib erfasste.

„Wo bist du geboren?"

Die Frage erschien ihr völlig irreal in dieser Situation, und tatsächlich musste Savanna ihren Verstand anstrengen, um korrekt zu antworten. „In New York."

„Wo bist du aufgewachsen?"

„Long Island."

„Wann hast du dein Elternhaus verlassen?"

„Als ich neunzehn geworden bin und auf die Juilliard ging."

„Waren deine Eltern mit deiner Berufswahl einverstanden?"

„Nein …" Ein Stöhnen drang aus ihrer Kehle, denn unablässig zwickte und rieb er weiterhin ihre Nippel, und der heiße Schmerz erschwerte ihr die Konzentration auf seine Fragen.

„Warum nicht?"

„Oh Gott … Ähm, mein Dad wollte immer, dass ich etwas Anständiges lerne, und für ihn war Tanzen brotlose Kunst. Meine Mom war immer der Meinung … oh, ah … fuck … sie glaubte, aus mir könnte irgendwann eine Primaballerina werden. Uhhhh … als ich mich für Modern Dance eingeschrieben habe, war meine Mutter enttäuscht. Es war immer ihr Traum, Ballett zu studieren und auf die Juilliard zu gehen, um zu tanzen und eines Tages … mh … eine große Karriere am Theater zu …“

Savanna war nicht mehr fähig weiterzusprechen. Noch immer starrte der maskierte Fremde empor zu ihr, und ihre Brustwarzen waren mittlerweile so empfänglich und sensibel, dass jede weitere Berührung ihr wie heiße Blitze punktgenau in die Klitoris schossen. Sie war bereits so heiß, dass es sich anfühlte, als ob sie kurz vor einem Orgasmus stünde.

„Wann hat dich zum ersten Mal ein Mann verführt?“

Wimmernd hielt Savanna sich an dem Geländer fest, weil ihre Knie immer wackliger wurden.

„Als ich zwanzig war.“

„Wer war es?“

„Ein Studienkollege aus meinem Semester an der Tanzakademie.“

„War es gut?“

„Nein … er war nicht sonderlich … mhhh oh … geschickt.“

„Hat er dir wehgetan, als er dich entjungfert hat?“

„Etwas …“

„Bist du zum Höhepunkt gekommen?“

Sein Flüstern kribbelte über ihre Haut und machte sie verrückt.

„Nein.“

„Hast du es dir danach selbst besorgt?“

Sie lachte leise und erregt auf und war überrascht, dass Ethan sie scheinbar zu durchschauen begann. „Das habe ich.“

„Und was hat dich so angemacht, obwohl er ein schlechter Lover war?“

„Die Art, wie er mich benutzt hat.“ Noch nie hatte Savanna jemanden diese Geschichte erzählt, sich jemandem so geöffnet, noch nicht einmal Carrie gegenüber.

Ethan bohrte weiter nach. „War dir da schon bewusst, dass es für dich anders war als für deine Freundinnen?“

„Ja." Sie war mittlerweile so berauscht vor Begierde, dass sich ihre Hüften verselbstständigten und sie ihren Hintern an seinem Schoß rieb. Sie hörte sein leises Keuchen in ihrem Nacken und schmunzelte.

Ethan ließ nicht locker, schien dennoch die Beherrschung in Person zu sein. „Hast du deinen nächsten Lover darum gebeten?"

„Zuerst nicht, ich habe mich nicht getraut."

„Und dann?"

„Dann habe ich Kyle kennengelernt und er war mein erster Dom."

Er kannte diese Geschichte von ihr bereits und küsste erneut ihren Nacken. „Ich sage dir, wer du bist. Du bist eine atemberaubende, devote Frau, die ich voll und ganz besitzen will. Nicht nur für heute Nacht, sondern für immer, Savanna."

Seine Worte stimulierten ihr Bewusstsein und erregten sie auf einem Level, das noch nie jemand bei ihr erreicht hatte. Mit einer Hand umschloss er ihre Kehle und zog ihren Kopf an sich. Diese besitzergreifende Geste brachte sie dem Orgasmus einen weiteren Schritt näher.

„Willst du mir gehören?"

„Ja … verdammt noch mal, ja, das will ich."

Savanna war inzwischen so verzweifelt, dass all ihre Emotionen der letzten Wochen und Monate in ihr hochkochten. Ethan drehte sie zu sich um, zog sie an sich, und als seine Lippen ihren Mund berührten, war es, als würden tausend Lichter auf einmal in ihr entzündet. Der Kuss richtete in ihr das reinste Feuerwerk an, und danach hatte sie sich so sehr gesehnt. Sie konnte endlich ihre Finger durch sein Haar gleiten lassen, ihre Kuppen darin vergraben, und seine Zunge spielte mit der ihren, als gäbe es kein Morgen. Savanna spürte, wie ihr die Tränen des Glücks in die Augen schossen, also schloss sie ihre Lider und gab sich ganz diesem innigen Gefühl hin.

Ethan beendete die Intimität zwischen ihnen als Erster, hob ihr Kleid vom Boden auf und reichte es ihr. Savanna sah ihm verwirrt ins Gesicht, was ihn wohl sichtlich amüsierte.

„Ich bin der Gastgeber heute Abend. Es wäre unhöflich, nicht zu erscheinen."

Schmunzelnd wartete er darauf, dass sie sich wieder anzog. Savanna konnte nicht fassen, wie gut er sich im Griff zu haben schien. An seinem Schritt war deutlich zu sehen, dass das Vorspiel nicht spurlos an ihm vorübergegangen war, und trotzdem schien er gewillt zu sein, das Spiel zwischen ihnen auf die Spitze zu treiben. Sie begann, sich mürrisch wieder in den dünnen Stoff zu wickeln, als er plötzlich ihr Kinn packte und sie zwang, ihn anzusehen. Sein Blick war streng und unnachgiebig, was ihren Frust sofort wieder verschwinden ließ.

„Lächele und sei freundlich zu meinen Gästen. Wir haben die ganze Nacht vor uns."

Seine Dominanz zwang sie fast auf die Knie, und zum ersten Mal lernte sie tatsächlich den Dom in Ethan kennen, und sie liebte, was sie darin erkannte. Natürlich wollte Savanna jetzt nicht an die Party denken, schon gar nicht daran teilnehmen, doch es fiel ihr nicht schwer zu lächeln, als sie gemeinsam die Treppe nach unten bestiegen. Es war nicht an ihr zu entscheiden, was in dieser Nacht zwischen ihnen geschehen würde. Es lag nur an ihm, und sie ließ sich zu gerne von ihm führen, auch wenn die Lust in ihr wild tobte und Savanna an nichts anderes denken konnte, als endlich mit Ethan allein zu sein. Ihr Fokus war gänzlich auf ihn gerichtet und es war plötzlich nicht mehr wichtig, sich bei Ethan zu entschuldigen, ihm ihre Situation von damals zu erklären und all die Dinge zu sagen, die zuvor noch so sehr in ihr gebrannt hatten. Nichts davon war mehr von Bedeutung und Savanna fühlte sich wie von einer drückenden Last befreit. Er schien es mit dem Neuanfang tatsächlich ernst zu meinen.

Kapitel 21

Ethan begrüßte einige langjährige Kundinnen und sprach mit ihnen, ließ dabei Savanna völlig links liegen. Mit der Zeit, die verstrich, bemerkte er ihre Unruhe, wusste, sie war noch immer hocherregt, und der Entzug seiner Aufmerksamkeit, ließ sie immer nervöser werden. Savanna wie Luft zu behandeln, fiel ihm schwerer als gedacht, doch es war zu köstlich, sie dabei zu beobachten und ihr den Missmut darüber ansehen zu können. Ihre Mimik war wie ein offenes Buch, und das Wechselbad ihrer Emotionen war ihr deutlich anzumerken. Sie blieb eng bei ihm, suchte ständig den Körperkontakt, den Ethan so gut es ging, wieder unterbrach. Die erotische Maskennacht schien ein voller Erfolg zu werden. Viele Pärchen fanden sich, um hemmungslos ihre Lust auszuleben, egal wo und egal wer dabei zusah. Einige zogen sich in die vorbereiteten Räume im Untergeschoss zurück, doch tatsächlich wurden nur selten die Türen geschlossen. Die Masken verbargen nicht wirklich, wer hierhergekommen war, doch sie schienen dennoch dafür zu sorgen, dass jeder hier sich gehen lassen konnte. Selbst im Salon, dort, wo die eigentliche Party stattfand, liebten sich einige zu zweit oder sogar mit mehreren.

Anfangs war die Idee dahinter gewesen, dass Ethan sich selbst als neuen Geschäftsführer der Begleitagentur vorstellen wollte, doch nun sah er eine Gelegenheit darin, noch ein paar unerfüllte Wünsche der Kundinnen mehr zu erfüllen. Tatsächlich hatten ihm einige der Klientinnen verraten, dass ihnen die Idee der erotischen Maskennacht gefiel. Ebenso war es eine gute Möglichkeit, die Damen mit allen seinen Gigolos bekannt zu machen. Die professionell gestalteten Fotos auf der Website waren lange nicht so aussagekräftig wie ein persönliches Treffen mit den Escorts. Ethans Plan schien aufzugehen. Je später der Abend wurde, desto mehr fiel die Hemmschwelle, und die erotische Maskennacht entpuppte sich zu einer heißen und sinnlichen Orgie. Auch Savanna schien die erotische Stimmung in sich aufzusaugen wie ein Schwamm, und er stellte fest, dass ihre voyeuristische Neigung wohl ausgeprägter war, als er vermutet hatte.

Je länger Ethan das Spielchen mit dem Aufmerksamkeitsentzug fortführte, desto mehr entspannte sich Savanna überraschenderweise. Sie ließ ihren Blick über die Gäste schweifen, beobachtete so manche Pärchen, die sich leidenschaftlich auf den Liegen wälzten.

Ethan beugte sich über ihre Schulter. „Gefällt dir, was du siehst?"

Savanna zuckte zusammen, denn sie schien nicht mitbekommen zu haben, dass Ethan sie die ganze Zeit aus dem Augenwinkel beobachtet hatte.

„Erregt es dich, zuzusehen?"

Savanna knabberte an ihrer Unterlippe und nickte mit einem frechen Lächeln.

„Würde es dir auch gefallen, wenn man dir zusieht?"

Wie exquisit sich ihre Wangen plötzlich röteten und doch der Teufel in ihren Augen leuchtete. Ethan schien in ein Hornissennest gestoßen zu haben. Er berührte wie zufällig ihren rechten Unterarm, als er sie umrundete und vor ihr stehen blieb. „Würde es dir gefallen, wenn sie alle nur dir zusehen würden?"

Savannas Atmung beschleunigte sich und er sah ihr an, dass die Vorstellung allein eine regelrechte Lustwelle in ihr entfachte. Er stellte sich ganz dicht vor sie, sodass sich ihre Körper leicht berührten. „Ist es nur der Gedanke daran, der dich erregt, oder auch eine umsetzbare Fantasie?"

Sie leckte sich über die Lippen. „Beides …"

Erneut beugte er sich zu ihr, senkte seine Stimme zu einem leisen Flüstern, dass nur sie hören konnte. „Ist es dieselbe Erregung wie bei dem fremden Eindringling, der dich einfach im Schlaf nimmt?"

Erneut bestätigte Savanna seine Worte mit einem Kopfnicken und sah ihm dabei tief in die Augen. Mit der Nasenspitze streichelte er ihr über die erhitzte linke Wange.

„Aber nicht heute Nacht … Heute Nacht gehörst du nur mir … Aber wer weiß, vielleicht lade ich ein paar Zuschauer ein.“ Ethan entknotete seine Krawatte, spannte sie zwischen seinen Händen und legte sie ihr über die Augen. Er achtete darauf, dass sie nicht verrutschen konnte oder zu fest gebunden war, und testete, ob Savanna noch etwas sehen konnte. „Kannst du sie stöhnen hören?“

„Ja.“

„Ja, was?“

„Ja, Sir.“

Ethan schob ihr die Fingerspitzen unter das Kinn, hob ihr Gesicht an und hauchte einen sanften Kuss auf ihre Lippen. Ihr Körper begann zu zittern, denn langsam würden sich all ihre anderen Sinne deutlich verschärfen. Ihre Haut würde empfänglicher für jegliche Art von Berührung, ihre Ohren würden jedes Geräusch viel intensiver wahrnehmen, ihr Geruchssinn würde sich konzentrieren. Er nahm ihre Hände in die seinen und führte Savanna langsam und vorsichtig an den Gästen vorbei aus dem Salon. Er folgte dem langen Flur entlang geradeaus, öffnete eine breite Flügeltür und führte Savanna in seine Bibliothek. Absichtlich ließ er die Türen krachend ins Schloss fallen, als er sie hinter sich zuzog. Savanna schreckte wegen des lauten Geräuschs zusammen, doch das Schmunzeln auf ihren Lippen verriet ihm, dass sie wusste, dass er genau diese Reaktion provoziert hatte.

In der Mitte der Bibliothek stand eine weich gepolsterte Liege, denn diesen Raum hatte er absichtlich zuvor präpariert. Er brachte Savanna dazu, sich darauf zu knien und ihre Hände vor sich abzustützen. Zuerst löste er den Knoten des Kleides am Rücken erneut, zog den Stoff von ihrem herrlich gerundeten Leib. Auf dem Sekretär lag ein

Rohrstock. Den holte er sich und kehrte zu ihr zurück. Mit dem Ende schob er ihr Haar auf die linke Schulter, zeichnete die Schnürung ihres Korsetts nach, bis er mit der Spitze ihren wunderbar runden und festen Hintern erreichte. Ethan sagte keinen Ton mehr, ließ einfach nur die Berührungen auf sie wirken und genoss den Anblick, den Savanna ihm bot. Das Zittern ihres Körpers wurde deutlicher und ihre Atmung beschleunigte sich. Für Ethan war sie eine Augenweide, wissend, wie intensiv sich der Stock auf ihrer nackten Haut anfühlen musste. Selbst sein leichter Atemhauch bescherte ihre umgehend eine Gänsehaut. Savanna war so sensibel, so empfänglich und wusste nicht, was er als Nächstes im Sinn hatte.

Bevor er den Rohrstock weiter einsetzte, nahm er den Knebel vom Schreibtisch, schob ihr den weichen Moosgummiball zwischen die Zähne und schloss den Lederriemen hinter ihrem Kopf. An den vier Stellfüßen der Liege hatte er zuvor Ketten befestigt, die am Ende mit Metallschellen versehen waren. Ethan fesselte Savanna damit und nahm sich dabei viel Zeit. Als die Handschellen leise zuschnappten, sog Savanna tief die Luft in ihre Lungen. Jede Handlung ließ sie wissen, dass sie nun in seiner Gewalt war, seinem Willen ausgesetzt und zu seinem Vergnügen hier. Savannas Anblick berauschte seinen Verstand. Sie sich nach seiner Vorstellung zu unterwerfen, hatte in den letzten Wochen und Monaten all seine Gedanken beherrscht, ihn sogar bis in seine Träume verfolgt. Ethan hatte lange darauf verzichtet und spürte die eigene Erregung rasant anschwellen.

Mit dem breiten Rohrstock fuhr er zwischen ihre Pobacken, direkt in den Spalt zwischen ihren Schamlippen, und bewegte ihn sanft vor und zurück. Die Reibung des Schaftes hinterließ deutlich hörbar seine Wirkung. Savanna stöhnte erregt auf und ihr Körper begann immer heftiger zu beben. Die glatte Oberfläche des Stockes glänzte feucht, ein Zeichen dafür, wie begierig diese Frau bereits war. Sie seufzte enttäuscht auf, als er ihr den Reiz nahm und stattdessen den Rohrstock langsam auf der Rückseite ihrer Oberschenkel entlangtippen ließ. Ethan steigerte langsam das Tempo und ebenso die Intensität der Hiebe. Je härter er Savanna traf, desto lauter wurde ihr Wimmern. Der Knebel entschärfte nur bedingt die Lautstärke ihrer Reaktionen, doch deswegen hatte er ihr nicht den Mund gefesselt. Der Knebel war nicht dazu da, sie daran zu hindern, ihrer Lust oder ihrem Schmerz Ausdruck zu verleihen, denn genau das wollte er von ihr hören. Vielmehr war er ein Werkzeug, sie zu demütigen, sie auf prickelnde Weise daran zu erinnern, wie sehr sie ihm ausgeliefert und unterworfen war. Dasselbe galt für die Fesseln an ihren Hand- und Fußgelenken.

Erneut intensivierte er die Hiebe, verteilte sie nun in mäßigen Abständen sowohl auf ihren Schenkeln als auch auf ihrem Hintern. Rote Striemen zeichneten sich auf dem getroffenen Fleisch ab und wirkten wie ein absichtlich gewähltes Muster auf ihrer Haut. Es strengte ihn kaum an, den Stock auf ihr tanzen zu lassen und ihn wippend über die gewählten Körperstellen zu bewegen. Allerdings achtete er darauf, dass er nicht zu viel Kraft hineinlegte, um keine echten Wunden zu verursachen.

„Du hast mich lange warten lassen."

Savanna nuschelte etwas in den Ballknebel, das wie eine Bestätigung klang, doch es folgte eine Reihe unverständlicher Laute, die er nicht mehr weiter deutete.

„Zu lange, wie ich finde. Ich denke, es wird Zeit, dass ich dir eine Lektion erteile."

Er nahm die Auszeit zwischen ihnen als Grund für eine Bestrafung, und erst als er ihren unverständlichen Lautefluss, der wohl eine Rechtfertigung werden sollte, unterbrochen hatte, schien Savanna zu begreifen, dass dies nur zu dem Spiel gehörte. Ein heftiger Lustschauer schien durch ihren erhitzten Körper zu dringen.

„Ich werde dir dafür zehn Schläge verpassen, auf jede Pobacke."

Erneut streichelte er mit dem Rohrstock ihren Hintern, ließ sie spüren, wie sanft es sich anfühlen konnte, bevor er ihr zeigte, wie hart dieses Instrument werden würde. „Ich werde nicht zimperlich sein, Savanna, doch dieses Mal werde ich Spuren hinterlassen, die dich daran erinnern sollen, wem du gehörst."

Sie seufzte leise auf und nickte dann. Ethan stellte sich direkt neben sie, legte ihr eine Hand mittig auf den Rücken und wartete.

„Bist du bereit?"

Erneut nuschelte sie eine Bestätigung durch den Knebelball, nahm dann einen tiefen Atemzug und schien die Luft anhalten zu wollen. Ethan hatte Geduld, er wartete, bis sie freiwillig wieder die Atemluft entweichen ließ. Die Atmung war Bestandteil des Schmerzes, der sich nur zusätzlich konzentrieren würde, wenn sie dabei die Luft anhielt, also forderte er Savanna auf, trotz der brennenden Qualen zu atmen.

„Du kannst so laut schreien, wie du willst. Hier wird dich niemand hören."

Allein diese Ankündigung schien etwas in Savannas Verstand zu bewegen. Er konnte spüren, wie sich ihre Anspannung langsam löste. Ethan zielte mit dem Rohrstock und schlug genau zehnmal zu. Die Kraft dahinter hatte er wohldosiert, und doch gellten ihre Schreie trotz des Knebels durch den Raum. Er stellte sich auf die andere Seite, legte ihr erneut eine Hand sanft auf den Rücken und gönnte ihr eine Pause, um das heiße Brennen der geschundenen Rundung zu verkraften.

„Bereit?"

Sie nickte und Ethan setzte die Bestrafung mit der gleichen Intensität fort wie zuvor. Die Hiebe verpasste er ihr schnell und kraftvoll hintereinander, achtete jedoch sehr penibel darauf, niemals ein und dieselbe Stelle zweimal zu treffen, um zu gewährleisten, dass ihre samtige Haut keinen tatsächlichen Schaden erlitt. Er wollte Spuren, aber keine Wunden hinterlassen. Savanna jammerte noch lange, nachdem er längst den Rohrstock zurück auf den Sekretär gelegt hatte. Das Nachbrennen seiner Schläge musste höllisch für sie sein. Zärtlich strich er ihr über den Kopf, hockte sich zu ihr und nahm ihr Gesicht in beide Hände.

„Ich weiß, es tut weh, aber es war mir ein großes Vergnügen, dich zu bestrafen. Ich bin sicher, die Lektion wird sich dir gut einprägen. Du wirst mich nie wieder warten lassen. Nicht wahr?"

Savanna knurrte leise in den Knebel, schüttelte dann jedoch ihren Kopf.

„Braves Mädchen."

Er konnte ihren Gesichtszügen deutlich ansehen, dass er ihren Zorn geweckt hatte, doch sie würde nichts dagegen unternehmen können, was er mit ihr tat. Ihre Wehrlosigkeit erregte ihn zunehmend und ihre aufwallende Wut ebenso. Es zeigte, wie stark sie wirklich war und wie feminin ihr Verstand arbeitete. Ethan liebte beides an ihr und genoss es in vollen Zügen. Nachdem er sie eine Weile still hatte schmoren lassen, löste er ihre Hand- und Fußfesseln, half ihr, sich hinzusetzen, und schmunzelte, als sie leise zischend ihren Hintern wieder von der kühlen Liegenpolsterung hob. Die Striemen würden noch eine Weile anhalten und sie stets an diese Nacht erinnern. Die Vorstellung gefiel ihm – immer dann, wenn Savanna irgendwo Platz nehmen würde, würden die Spuren sie an ihn denken lassen. Schmunzelnd erhob Ethan sich und ging hinüber zu dem Stuhl, der wenige Schritte entfernt von der Liege stand, und setzte sich.

„Komm zu mir."

Ihre Augenbinde hatte er ihr noch nicht abgenommen, also hob Savanna ihre Hände und versuchte auf diese Weise herauszufinden, wo er sich in dem Raum befand.

„Auf die Knie."

Sie gehorchte ohne Widerspruch oder dem Versuch eines solchen und begann, sich auf allen vieren fortzubewegen, nur seiner Stimme folgend, die ihr die Richtung dirigierte. Savanna kroch langsam vorwärts, tastete sich vorsichtig über den glatten Boden der Bibliothek und erreichte schlussendlich seine Füße.

„Öffne meine Hose."

Ihre Hände strichen verspielt an seinen Beinen entlang. Der Griff in seinen Schritt jedoch geschah ein wenig härter, als es ihr erlaubt war. Ihr Grinsen war unvergleichlich und sexy und das darauffolgende Kichern unverwechselbar frech, denn Ethan zuckte unter ihrer Hand heftig zusammen. Sein Schwanz war bereits so hart und sensibel, dass der Griff ihrer Finger ihn recht unsanft daran erinnerte, dass er sich nun ihrem Willen unterwarf, auch wenn sie diejenige auf Knien war. Ethan lächelte gierig und umfasste erneut ihren Kopf. Savanna reizte absichtlich seine Geduld aus und ließ sich viel Zeit, seine Hose zu öffnen, zuerst den Gürtel, dann den Knopf und schlussendlich den Reißverschluss. Ihre Finger schoben sich in die Stofföffnung, umfassten seine Männlichkeit mit einer sehr engen Faust, und sie begann, ihn unablässig zu massieren, bis Ethan fast nicht mehr sitzen konnte. Hastig und ein wenig fahrig öffnete er den Verschluss ihres Knebels, löste den Ball aus ihrem Mund und ließ ihn auf den Boden fallen. Erneut packte er ihr Gesicht, zog es an seinen Schoß und deutete ihr an, was er nun von ihr erwartete. Savanna befeuchtete sich die Lippen, zog seinen Schwanz aus der Hose und rieb ihn noch immer.

„Sag bitte!"

Oh, dieses Luder wusste ganz genau sein Spiel zu spielen und seine Dominanz infrage zu stellen. Statt ihr zu antworten, stand Ethan auf und packte ihr Nackenhaar und zog ihren Kopf daran zurück. Mit einer Hand schob er ihre Finger fort, umschloss seine eigene Erektion und presste seine Eichel gegen ihre Lippen. Sie lachte auf, öffnete dabei ihren Mund und er nutzte die Gelegenheit, in sie einzudringen. Savanna hatte scheinbar genau das provozieren wollen. Stöhnend schob er seinen Schwanz tiefer in ihren Mund, genoss die feuchte Höhle und ihre Lippen, die sich willig um seinen Schaft schlossen und verengten. Ethan sah nur noch Sterne vor seinem inneren Auge tanzen und begann sich in ihrem Mund zu bewegen. Das aufgezwungene Oralvergnügen entpuppte sich als einzigartiges Erlebnis, denn Savanna wusste gleichzeitig geschickt ihre Zunge an seinem pumpenden Schaft einzusetzen und ihm damit eine zusätzliche Stimulanz zu verpassen, die ihn fast den Verstand kostete. Die Lust lief in Wellen durch Ethans Körper und ballte sich wie eine Faust in seinen Lenden. Zu gerne hätte er sich jetzt gehen lassen, wäre am liebsten nur seiner Gier gefolgt und in ihrem Mund gekommen. An sich hinunterzusehen, zuzusehen, wie sein Schwanz zwischen ihren Lippen ein und aus glitt, überforderte ihn komplett, war jedoch so heiß, dass es ihm kaum gelang, seinen Blick von ihr abzuwenden. Sie züngelte an seiner Eichel entlang, als er sich ihr entziehen wollte, brachte ihn damit erneut zum Stöhnen. Savanna ließ ihn nicht los, umschloss mit ihren Händen seine Hinterbacken und zog seinen Unterleib wieder näher zu sich. Wie ein gieriges kleines Miststück begann sie seinen Schaft entlangzulecken, saugte seine Spitze wieder zwischen ihre Lippen und nahm ihn tiefer in sich auf, als er es zuvor gewagt hatte, vorzudringen. Ihre Lust, ihn zu vernaschen, machte ihn wehrlos, und ihre Gier, sich an ihm zu vergnügen, brach seine Selbstbeherrschung. Savanna saugte, lutschte und leckte an ihm, brachte ihn immer näher einem Höhepunkt entgegen, und schlussendlich bekam sie, wonach sie so sehr gierte. Ethans Körper verkrampfte sich, bebte, und keuchend bog er den Kopf in den Nacken. Als er kam, zuckte er zusammen, entlud sich in ihrem Mund und Savanna schluckte jeden Tropfen.

„Verdammt! Du kleines freches Luder."

Seine Männlichkeit glitt aus ihrem Mund und sie lächelte, leckte sich erneut die Lippen, als wäre es der süßeste Genuss, den sie jemals erlebt hatte. Selbst als Ethan ihr eine leichte Ohrfeige verpasste, um ihr Verhalten zu bestrafen, lächelte sie noch immer frech, und er liebte sie dafür. Savanna rang nach Atem.

„Mach das nochmal."

Ihre Wangen hatten sich erneut gerötet, doch dieses Mal schien etwas anderes dahinterzustecken. Ethan ohrfeigte sie erneut und sie hielt die Luft an.

„Wow!"

Diese Reaktion hatte er nicht erwartet. Nachdem er seine Kleidung wieder gerichtet hatte, löste er die Krawatte von ihren Augen, setzte sich wieder in den Stuhl und wartete, bis sich ihr Blick geklärt hatte. „Es hat dir gefallen?"

„Auf verrückte Weise hat es mich sogar angemacht."

Sie schien selbst fassungslos darüber zu sein, berührte ihr eigenes Gesicht. Eine Ohrfeige war etwas so Tabubelastetes und Unvorstellbares, etwas, das eine Frau normalerweise niemals, unter keinen Umständen, duldete. Ethan beobachtete sie in ihrer Verwunderung, und er konnte sich kaum an ihrem Anblick sattsehen. Viele Male hatte er diesen Moment mit Frauen erlebt, die sich auch niemals hatten vorstellen können, dass eine Ohrfeige so sinnlich und erregend sein könnte. Doch mit Savanna war dieser Augenblick wie ein erstes Mal. Als sie sich wieder gefasst hatte, hob sie ihren Blick zu ihm.

„Würdest du jetzt bitte mit mir schlafen?"

Ethan schmunzelte und betrachtete sie weiter, ohne eine Erwiderung. Er konnte ihre Lust wahrnehmen, diesen süßlich-herben Duft ihres hocherregten Geschlechts. „Ich werde heute Nacht nicht mit dir schlafen, Savanna."

Ihr Schock ging tief und schien ihre Erregung für einen Moment lang zu dämpfen. „Warum nicht?"

Er hob die Schultern und lächelte sie entspannt an. „Weil wir im Begriff sind, uns kennenzulernen. Erinnerst du dich an die weiße Rose mit der Nachricht? Ich finde, wir sollten es langsam angehen lassen."

Ihre Augen weiteten sich und eine neue Form von Fassungslosigkeit brannte in ihrem Blick. „Das ist jetzt nicht dein Ernst oder?"

„Warum nicht? Wir sollten reden, uns gegenseitig von uns erzählen und nichts überstürzen. Den Fehler haben wir beide bereits hinter uns. Oder liege ich da falsch?"

In ihrem erregten Zustand schien es eine Weile zu dauern, bis seine Worte ihren Verstand erreichten. „Aber darüber sind wir doch schon längst hinweg. Wir hatten Sex … Was ist daran so schlimm, sich danach kennenzulernen? Du hast es selbst gesagt, wir haben Zeit."

Ethan tat verständnislos und weidete sich daran, wie Savanna sich vor ihm im Wechselbad ihrer Emotionen wand und war bemüht, darum nicht zu grinsen. „Aber Sex verkompliziert so vieles, macht es schwer, sich auf das Wesentliche zu konzentrieren, findest du nicht?"

Ihr schockierter Gesichtsausdruck war köstlich und bittersüß. Savanna schien ihn vollkommen ernst zu nehmen, und es fiel ihm nicht leicht, sein Amüsement zu verbergen. Ethan stand auf. „Ich glaube, wir sollten zur Party zurückkehren."

„Nein!" Als er zur Tür ging, stand Savanna auf und holte ihn ein. „Das kannst du jetzt nicht bringen."

„Kann ich nicht?"

Er öffnete die Türen, trat hindurch und sie folgte ihm.

„Nein, kannst du nicht."

Ohne Vorwarnung umschloss er mit einer Hand ihre Kehle, drückte sie gegen die Wand im Flur und fixierte ihren Blick. „Du bist sehr aufmüpfig, Savy!"

Die Strenge in seiner Stimme schien sie nur noch mehr zu erregen, und ihr trotziger Gesichtsausdruck bewirkte dasselbe bei ihm. Ethan wusste, er würde mit dieser Frau noch viel Spaß haben.

„Du willst, dass ich dich ficke?"

„Ja!"

„Jetzt auf der Stelle?"
„Absolut."
„Und was, wenn ich gar keine Lust habe?"
„Willst du mich verarschen? Ich weiß genau, wie sehr du mich begehrst, Ethan." Erneut packte sie mit einer Hand zwischen seine Beine und brachte ihn dazu zusammenzuzucken. „Willst du mir allen Ernstes erzählen, dass das, was ich hier in der Hand halte, kein stattlicher Ständer ist, der jetzt gerne tief in mich eindringen und mich vögeln will?"
Ihr Lächeln wirkte in ihrem Gesicht so herrlich teuflisch und verführerisch. Ihm wurde mit einem Mal etwas sehr Essenzielles bewusst: Das Machtgefüge zwischen ihnen kam ins Schwanken, und es fühlte sich großartig an. Zum ersten Mal in seinem Leben stand er vor einer Frau, die sich nicht nur beherrschen ließ, sondern in ihrer devoten Rolle durchaus auch wusste, ihn zu beherrschen. Sie hatte ihn buchstäblich in der Hand, ebenso wie er sie.
„Ich liebe dich, Savy."
Diesen Moment der Schwäche gönnte Ethan sich mit einem amüsierten Lächeln, sah zu, wie seine Worte Savanna völlig aus dem Konzept brachten und sie wieder schwach werden ließ.
„Ich liebe dich auch, Ethan Price."
„Gut zu wissen."
Das Machtkonzept war wiederhergestellt und Ethan packte sie, drehte sie mit dem Gesicht zur Wand. Mit seinen Knien brachte er sie dazu, ihre Beine zu spreizen, und öffnete seine Hose. Mit einem harten unbarmherzigen Stoß drang er tief in sie ein. Savanna war so feucht, dass sie aufstöhnte und zufrieden keuchte. Er nahm sie hart und heftig, rammte seinen Schwanz immer wieder in sie, bis sie sich kaum noch auf den Beinen halten konnte. Ethan folgte nur seiner eigenen Gier und erfüllte ihr den Wunsch danach, benutzt zu werden. Viele Male zuvor hatte er Frauen auf diese Weise befriedigt, doch Savannas Körper auf diese Art zu besitzen, war intimer, erfüllender

und lustvoller als alles, was er bisher erlebt hatte. Dieses Mal stöhnten sie dem gemeinsamen Höhepunkt entgegen und die Laute hallten im Flur wider. Bevor ihre Körper vom Finale übermannt wurden, griff Ethan in ihr Haar, zog ihren Kopf zurück und erstickte die süßen Laute aus ihrer Kehle mit einem intensiven Kuss. Lustschauer durchdrangen sie beide und der Orgasmus intensivierte sich um ein Vielfaches, weil sie ihn gemeinsam erlebten. Savanna brach in ein herrlich hysterisches Lachen aus und Ethan wusste, sie hatte am Ende doch bekommen, wonach sie sich gesehnt hatte.

Kurze Zeit später saßen sie nebeneinander an die Wand gelehnt und rangen nach Atem.

„Tust du mir einen Gefallen, Ethan?"

Er drehte seinen Kopf zu ihr und lächelte. „Jeden."

„Hör niemals auf, mit mir zu spielen."

Ethan lachte leise auf und nickte. „Kein Problem, kleiner Teufel."

„Gut, dass wir das geklärt haben." Savanna stand auf, ging in die Bibliothek und kehrte vollständig bekleidet wieder zurück. Sie hockte sich vor ihn, küsste ihn zärtlich auf den Mund. „Das nächste Mal erwartete ich ein Dinnerdate. Du weißt schon, wegen Zeit lassen und so." Sie zwinkerte ihm frech zu und ließ ihn einfach sitzen.

„Hey."

Mit erhobenem Zeigefinger und schwingenden Hüften entfernte sie sich, stieß die Flügeltüren zum Salon wieder auf, wo noch immer die Party in vollem Gange war. Ethan lachte laut auf und schüttelte den Kopf.

„Ich weiß, wo du wohnst, Lady."

„Dann weißt du ja auch, wo du mich morgen Abend um Punkt acht Uhr abzuholen hast. Bye, Ethan."

Er konnte nicht glauben, wie dreist diese Frau war, und doch war sie genau das, was er in seinem Leben vermisst hatte. Ethan würde sie nicht mehr gehen lassen und es nicht noch einmal versauen. „Wir sehen uns, Beautiful."

Savanna warf noch einen letzten sehr kessen Blick über ihre Schulter zurück zu ihm und zwinkerte ihm zu. Dieser kurze und doch so intensive Moment gab Ethan einen Einblick in seine bevorstehende Zukunft, und ihm gefiel, was er darin erkannte.

Ende

Jazz Winter lebt mit ihren Hunden dort, wo andere Urlaub machen: an der Mosel. Ihr Debütroman „Liebessklavin“ schaffte 2010 auf Anhieb den Sprung in die Erotik-Jahresbestsellerlisten des Online-Buchhändlers Amazon. Es folgten weitere erfolgreiche Romane und inzwischen gehört Jazz Winter zu den beliebtesten deutschsprachigen Erotikautorinnen.

Website: www.nachteule.eu

Facebook: Jazz Winter – Autorin

Ebenfalls erhältlich:

Liebessklavin

Die Zähmung der Wildkatze

Absolute Hingabe

Undercover Lover

Wenn es dunkel wird im Märchenwald … – Aschenbrödel

Skinchanger – Wildes Blut *(unter dem Pseudonym Pandora Winter)*

Lucy Stern
Twin Love 01: Ein Geschenk für zwei Wochen
ISBN Taschenbuch: 978-3-86495-161-9
ISBN eBook: 978-3-86495-162-6

Nina erhält das aufregende Angebot, die ebenso attraktiven wie reichen Zwillingsbrüder Benjamin und Daniel für zwei Wochen in den Urlaub nach Malaysia zu begleiten, die dort ihren 28. Geburtstag feiern wollen. Ninas pikante Aufgabe: Sie soll die beiden nicht nur begleiten, sondern auch all ihre sexuellen Wünsche erfüllen.
In dem luxuriösen Haus angekommen, verbringen die drei sinnlich-lustvolle Nächte. Nach und nach entwickelt sich ein immer engeres Verhältnis zwischen Nina und den Zwillingen, und bereits nach der Hälfte des Urlaubes muss Nina verzweifelt feststellen, dass sie mehr für diese verführerischen Männer empfindet, als gut für sie sein kann ...

Vivian Hall
Cowboy sucht Frau – Teil 1
ISBN Taschenbuch: 978-3-86495-157-2
ISBN eBook: 978-3-86495-158-9

Jesse und Noah Coleman sind zwei richtig harte Cowboys und denken gar nicht daran, ihr Junggesellendasein aufzugeben. Grund genug für Mutter Brenda härtere Geschütze aufzufahren: Sie meldet die beiden bei der TV-Kuppelshow „Cowboy sucht Frau“ an. Kurz darauf kreuzen die selbstbewusste Fernsehredakteurin Jane, die rigorose Kamerafrau Rachel und die süße Visagistin Hayley auf der Blueberry Ranch auf - und von dem Moment an versinkt das Leben der Brüder im Chaos! Während Hayley sich Hals über Kopf in den Tierarzt Trent Morrison verguckt, müssen sich Jane und Rachel mit Jesse und Noah herumschlagen. Vor allem der attraktive Jesse macht Jane mit seinem unmöglichen Benehmen das Leben schwer. Und nicht nur die drei Frauen wirbeln das ruhige Junggesellendasein der Männer ordentlich durcheinander, sondern auch die zimperlichen Kandidatinnen mischen ordentlich mit und sorgen für haufenweise Ärger!

Astrid Martini
Engel der Schatten
ISBN Taschenbuch: 978-3-86495-173-2
ISBN eBook: 978-3-86495-174-9

Als die Krankenschwester Cecile den attraktiven Nicholas kennenlernt, ist nichts mehr so, wie es einmal war. Entgegen ihrer Prinzipien lässt sie sich von ihm verführen und auf ein sinnliches Spiel aus Dominanz und Unterwerfung mit ihm ein. Sie gerät vollkommen in den Bann dieses mysteriösen Mannes. Doch es bleibt nicht bei purer körperlicher Hingabe - sie verliert auch ihr Herz an ihn. Was sie nicht ahnt: Nicholas ist ein Bewohner des Schattenreiches, ein gefallener Engel, der es auf ihre Seele abgesehen hat und der nur eines im Sinn hat: Cecile ins Schattenreich zu locken und ihre Seele ins Verderben zu stürzen …

Der Klassiker von Astrid Martini in einer vollständig überarbeiteten und um das Doppelte erweiterten Ausgabe.

Jacqueline Greven
Hot Indian Summer
ISBN Taschenbuch: 978-3-86495-177-0
ISBN eBook: 978-3-86495-178-7

Olivia Hamptons Herz gehört dem alten Historical Museum of Alexandria, in dem sie angestellt ist. Doch es geht das Gerücht um, ein vermögender Geschäftsmann wolle das gesamte Areal aufkaufen, um die Gebäude abzureißen und dort einen Firmenkomplex zu bauen. Eine schreckliche Vorstellung für Olivia, die sich um ihre Mutter kümmern muss. Bei einer Führung lernt sie den charmanten Samuel Barrett kennen. Mit diversen Zwischenfragen bringt er sie während des Rundganges verbal ins Stolpern. Der Mann hat eine starke erotische Ausstrahlung auf sie, und obwohl sie ihn unverschämt findet, beeindruckt sie sein Charisma und sie kann seiner Einladung zu einer Ausstellung nicht widerstehen. Während gleichzeitig die Schließung des Museums bevorsteht und Olivias Existenz bedroht, verfällt Olivia Samuels Charme und lässt sich auf eine heiße Affäre mit ihm ein. Sie verbringen leidenschaftliche Tage in New York und Olivia verliebt sich über beide Ohren. Doch Samuel ist nicht der, der er vorgibt zu sein …

Verlagsprogramm, Leseproben,
Buch-Trailer & Autoreninfos:
www.plaisirdamour.de

Facebook:
Plaisir d'Amour Verlag

YouTube-Kanal:
Plaisir d'Amour Verlag